言志文学思潮研究

黄开发 / 著

人民文学出版社

图书在版编目(CIP)数据

言志文学思潮研究/黄开发著.—北京:人民文学出版社,2021
ISBN 978-7-02-016975-7

Ⅰ.①言… Ⅱ.①黄… Ⅲ.①中国文学—现代文学—文学研究 Ⅳ.①I206.6

中国版本图书馆 CIP 数据核字(2020)第 272704 号

责任编辑　王　薇　黄彦博
装帧设计　黄云香
责任印制　宋佳月

出版发行　人民文学出版社
社　　址　北京市朝内大街 166 号
邮政编码　100705

印　　刷　北京建宏印刷有限公司
经　　销　全国新华书店等

字　　数　214 千字
开　　本　880 毫米×1230 毫米　1/32
印　　张　9.625　插页 3
版　　次　2021 年 9 月北京第 1 版
印　　次　2021 年 9 月第 1 次印刷

书　　号　978-7-02-016975-7
定　　价　56.00 元

如有印装质量问题,请与本社图书销售中心调换。电话:010-65233595

目 录

引 言 …………………………………………… 1

一 言志派文论的核心概念溯源 …………… 10
  1 人生的艺术派 ………………………… 10
  2 自己表现 ……………………………… 14
  3 言志、载道与晚明小品 ……………… 25
  4 言志文论的重镇 ……………………… 35

二 晚明小品热与言志文学思潮 …………… 42
  1 一个晚明小品选本 …………………… 43
  2 晚明小品热与言志派 ………………… 51
  3 言志派的得失 ………………………… 64

三 论语派作家的政治身份 ………………… 68
  1 政治身份叙述 ………………………… 70
  2 言论自由 ……………………………… 76
  3 期刊政治 ……………………………… 81
  4 文场之争 ……………………………… 89
  5 积极自由与消极自由 ………………… 101

1

四 论语派小品文话语的政治意味 …… 106
1 小品文 …… 108
2 性灵 …… 118
3 自由题材 …… 129
4 闲适笔调 …… 140
5 幽默 …… 147

五 沈启无与言志文学选本 …… 165
1 苦雨斋弟子 …… 166
2 破门事件 …… 169
3 寂寞无闻 …… 177
4 言志文学选本 …… 182
附录：沈启无著作目录 …… 186

六 言志派小品文的日常生活书写 …… 190
1 小品文与日常生活 …… 190
2 观察点 …… 194
3 人性的发掘 …… 197
4 小品文的气质 …… 200

七 废名的小品文 …… 204
1 文体嬗变 …… 205
2 涩如青果 …… 210

八 梁遇春的小品文 …… 220
1 偏嗜小品文 …… 220
2 率性而谈 …… 224

九　张爱玲、苏青的小品文 …………………… 233
　　1　欢悦世俗 …………………………………… 233
　　2　感觉和语象 ………………………………… 244
　　3　女性生存状态的书写 ……………………… 250
　　4　女性主义小品文话语 ……………………… 258

附录
周作人致周建人的一封未刊书信 ……………… 264
　　1　一封回信 …………………………………… 265
　　2　隐忍的敌意 ………………………………… 275
　　3　再次兄弟失和 ……………………………… 279
　　　附：1937年2月9日周作人致周建人（许广平抄件）…… 289

参考书目 …………………………………………… 292
后　　记 …………………………………………… 299

引 言

　　1930年代前半期,中国文坛兴起了一场与左翼、右翼、京派等文学思潮并立的言志文学思潮。言志派作家借重评晚明小品倡导言志文学,标举小品文,与左翼文学对垒,引发了声势浩大的言志文学思潮。然而,翻阅众多的中国现代文学史或文学思潮史,都找不到对这个文学思潮的明确论述。长期以来,言志文学思潮由于与左翼对立而受到主流文学观念的屏蔽,文学史包括文学思潮史在内的著作往往又陈陈相因,言志文学思潮的面目始终笼罩在历史的烟尘中。

　　这个文学思潮的存在是显明的。苏联文学理论家波斯彼洛夫有一个对"文学思潮"的定义:"文学思潮是在某一个国家和时代的作家集团在某种创作纲领的基础上联合起来,并以它的原则为创作自己作品的指导方针时产生的。这促进了创作的巨大组织性和他们作品的完整性。但是,并不是某一作家团体所宣布的纲领原则决定了他们创作的特点,正相反,是创作的艺术和思想的共性把作家联合在一起,并促使他们意识到和宣告了相应的纲领原则。"[①]古今中外的文学思潮多种多样,人们对文学思潮的理解不同,提出一个可以被普遍认可的定义十分困难;

[①] [苏]波斯彼洛夫:《文学原理》,王忠琪、徐京安、张秉真译,生活·读书·新知三联书店1985年8月,173页。

不过,此定义对于言志文学思潮来说是适用的。这个文学思潮共享纲领性的文学观念,言志派作家在政治倾向、审美趣味、题材主题、文学风格诸方面都表现出了明显的共性。言志派有《论语》《人间世》《宇宙风》《骆驼草》《世界日报·明珠》等主要的发表阵地。代表作家周作人、林语堂有相近的言志文学理论,青睐闲话式的小品文,有着共同的对手,在他们的麾下还各自集合了一个小品文流派:以周作人为代表的苦雨斋派和以林语堂为代表的论语派。

1932年9月,北平的人文书店同时推出周作人的文学理论小册子《中国新文学的源流》与沈启无编选的《近代散文抄》上册(下册于12月出版)。《中国新文学的源流》是言志派文论重镇,周氏用"言志"与"载道"重新架构中国文学史,《近代散文抄》为晚明小品选本,二书一理论一作品选,互相配合,引发了一次晚明小品热。受其影响,林语堂认识并推崇袁中郎等晚明作家,并用传统言志派的话语形式,重述了他受克罗齐、斯宾岗(J. E. Spingarn)等影响的表现派文论。1934年4月,林语堂主编的半月刊《人间世》创刊,大力提倡"以自我为中心,以闲适为格调"的小品文。周作人与他的几个弟子俞平伯、废名、沈启无、江绍原等苦雨斋派成员悉数列入特约撰稿人名单。创刊号登载了周作人五十自寿诗的手迹,并配以大幅照片。同时,还发表了沈尹默、刘半农、林语堂、蔡元培、沈兼士、胡适等人的和诗,众所瞩目。《人间世》的问世,特别是南北言志派——苦雨斋派和论语派——的联手,引起了势头正盛的左翼作家的高度警惕和讨伐,于是,代表两种截然不同文学倾向的派别针锋相对,发生了大规模的文学论争,凸显了新文学"言志"与"载道"两大传统,具有广泛而深刻的文学史影响。

"言志"和"言志派"的概念在1930年代前期文坛广泛使

用,"言志派"的派别特征受到了一定的关注。金克木于1935年发表几篇文章,分析和评价言志派的特点和得失。《言志派文章之四名家》举出林语堂、俞平伯、周作人、废名为言志派具有独创性的代表作家。作者又在《论周作人文章的难懂》中,把《莫须有先生传》选为"有辞章而无义理"的"言志派的极峰"。他对"言志派"是持批评态度的,在《言志派的弱点》中说:"言志风气是自发的、自然的、事实上的结局,是不能提倡、不能有意去制造的。《中国新文学的源流》出来以后,接着出来《近代散文抄》。有了理论,有了模范,言志文学的大旗堂堂出来,但旗下掩护着的已不是言志文学了。"金氏的三篇短评预设了一个严格的"言志"标准,然后进行评判。尽管是反面文章,也说明"言志派"已成为受到时人注意的现象①。

有人发表文坛八卦式的文章,把《论语》中常发表文章的八个台柱式人物拟为"八仙":吕洞宾——林语堂,张果老——周作人,蓝采和——俞平伯,铁拐李——老舍,曹国舅——大华烈士,汉钟离——丰子恺,韩湘子——郁达夫,何仙姑——姚颖②。《宇宙风》创刊号发表女作家姚颖的《改变作风》,文末附有"语堂跋",其中说:"本日发稿,如众仙齐集,将渡海,独何仙姑未到,不禁怅然。适邮来,稿翩然至……大喜,写此数行于此。"③这说明林语堂本人也是很认可"八仙"之称的。

言志文学思潮中存在了两个文学流派——苦雨斋派和论语派。波斯彼洛夫说:"司空见惯的是,建立并宣布了统一创作纲领的某个国家和时代的某个作家团体的创作,却只有相对的和

---

① 金克木:《文化危言》,周锡山编,中国人民大学出版社2006年12月,213页、211页、212页。
② 五知:《瑶斋漫笔·新旧八仙考》,1937年4月20日《逸经》28期。
③ 姚颖:《改变作风》,1935年9月16日《宇宙风》1期。

偏向一方面的创作共性。这些作家事实上属于不是一个而是两个(有时甚至更多的)文学流派。因此,他们虽然承认一个创作纲领,可是对它的一些原则有各自不同的理解,并且在自己作品中对它们的运用更是五花八门。换言之,把不同流派作家的创作联合在自己周围的文学思潮是常有的。有时,流派不同而思想上彼此有某些接近的作家,在同思想上截然对立的其他流派的作家进行共同的思想艺术的论战过程中,在纲领上联合起来了。"[1]苦雨斋派和论语派是在言志的创作纲领原则下联合起来的,有人把苦雨斋派成员归入论语派中,其实两派有着明显不同的审美理想、审美趣味和文学风格。

由于《论语》半月刊对闲适笔调小品文的首倡和影响,人们把以林语堂为中心的小品文流派称为"论语派",成员主要有林语堂、老向、姚颖、简又文(大华烈士)、何容、老舍、陶亢德、邵洵美、李青崖、章克标、徐訏、郁达夫、丰子恺等。他们坚持自由主义的政治立场,追求个体的自由,作文时力图把闲适和正经结合起来,以幽默闲适的笔调,表现日常生活趣味,揭露现实政治,针砭社会世相。论语派的倾向在1930年代引起了各方的关注,在新时期拨乱反正之初,就被作为流派正式命名。四十年来,论语派的流派特征得到了较为深入、全面的研究,出现了吕若涵《"论语派"论》(2002)、杨剑龙《论语派的文化情致与小品文创作》(2008)等流派研究专著。如今,论语派得到了学界的承认,已成为文学常识。

与论语派相比,以周作人为中心的创作流派很早就被指认,而一直没有被正式命名,遑论系统的论证。我在几篇文章中把

---

[1] [苏]波斯彼洛夫:《文学原理》,王忠琪等译,生活·读书·新知三联书店1985年8月,175页。

它叫作苦雨斋派[1]。1928年11月,周作人在《燕知草跋》中说:

> 我平常称平伯为近来的一派新散文的代表,是最有文学意味的一种,这类文章在《燕知草》中特别地多。"又云:"平伯这部小集是现今散文一派的代表,可以与张宗子的《文秕》(刻本改名《琅嬛文集》)相比,各占一个时代的地位,所不同者只是平伯年纪尚青,《燕知草》的分量也较少耳。[2]

他肯定俞平伯是现代散文一派的代表,而这个散文流派的代表正是他本人,只是不好标榜自己罢了。沈从文在论废名时写道:"冯文炳君作品,所显现的趣味,是周先生的趣味。"[3]作者批评废名《莫须有先生传》的文体趣味云:"在现时,从北平所谓'北方文坛盟主'的周作人、俞平伯等等散文糅杂文言文在文章中,努力使之在此等作品中趣味化,且从而非意识的或意识的感到写作的喜悦,这'趣味的相同',使冯文炳君以废名笔名发表了他的新作,在我觉得是可惜的。这趣味将使中国散文发展到较新情形中,却离了'朴素的美'越远,而同时所谓地方性,因此一来亦已完全失去。代替这作者过去优美文体显示一新型的只是畸形的姿态一事了。"[4]周作人与俞平伯、废名等是试图引进文言因素丰富和发展新文学的表现力,成败得失可能见仁见智,然而沈从文显然是把他们几个人看作一派的。阿英认为,周作人的小品文形成了"一个很有权威的流派",俞平伯是除周作人

---

[1] 关于苦雨斋文人群体研究的著作有孙郁《周作人和他的苦雨斋》(人民文学出版社2003年7月)、高恒文《周作人与周门弟子》(大象出版社2014年7月)。

[2] 周作人:《燕知草跋》,《永日集》,北京十月文艺出版社2011年3月,84页、86页。

[3] 沈从文:《论冯文炳》,《沈从文全集》16卷,北岳文艺出版社2002年12月,146页。

[4] 沈从文:《论冯文炳》,《沈从文全集》16卷,148页。

而外的最重要的成员①。这一派的阵容不如论语派那么强大，主要有周氏和他的几个弟子俞平伯、废名、沈启无、江绍原等。他们的散文写作文体不一，甚至还存在文类之别，风格亦各有自家面目。周作人写作多种体式的知性随笔，沈启无、江绍原主要写学术随笔，俞平伯多写记叙抒情散文；废名以写作散文化小说著名，散文则少有人知。周作人在编选《中国新文学大系·散文一集》时，从废名的长篇小说《桥》中选取六则。其长篇小说《莫须有先生传》《莫须有先生坐飞机以后》更是不拘一格，自由地穿梭于小说与散文之间。如果不过多地受文类、文体成规的束缚，可以看到这个作家群的文学观念高度一致，审美趣味近似，风格异中有同——不似论语派作家公安派式的流利，而近于竟陵派式的涩味。

1954年，香港新文化出版社印行曹聚仁回忆性的文学史专著《文坛五十年》。曹聚仁是1930年代文学亲历者，曾编辑《涛声》《芒种》杂志，并与陈望道等合办与《人间世》对立的《太白》半月刊。在《言志派的兴起》一节中，他以史家的视野，称周作人、林语堂等为"言志派"，肯定"言志派"的重要影响。他虽然和金克木一样并没有加以明确的界说，也没有使用思潮的概念，但实际上速写式地勾勒出了言志文学思潮的面目。

我在《文学评论》2006年第2期上发表论文《一个晚明小品选本与一次文学思潮》②，首先对1930年代的言志文学思潮进行了论证。文章受到杂志编辑部的重视，在《编后记》中把它作为该期现当代文学方面的重要文章予以介绍，评价说："黄开发的文章敏锐而大胆地论述了'一个晚明小品选本'如何引发了

---

① 阿英：《俞平伯小品序》，《现代十六家小品》，光明书局1935年3月，37页。
② 参阅本书第二章。

一个现代'言志派'的文学思潮。史料撑起结论,有文有质,不尚空言。"这篇文章引起了一些回响。有人从文学思潮的角度提出:"'五四'至30年代的散文思潮主要有两种:一是以鲁迅领衔的'载道'散文思潮;二是以周作人、林语堂为代表的'言志性灵'散文思潮。"作者归纳了"'言志性灵'散文思潮"的特征:一、推崇"个人的发现";二、强调表达的"真";三、倡扬幽默,以闲适为格调;四、重视"笔调"与"文调"的美。最后指出,"言志性灵"散文思潮是散文的正宗,它标志着现代散文文体的自觉,是一个既传统古典又具有开放性和现代性的散文思潮,应引起足够重视并成为现代散文的发展方向①。此文把这个思潮限制在了散文领域,其实虽以散文为主角,但其影响远远超出了散文自身。"言志性灵"这个名称似可斟酌,"志"虽在传统文论中具有多种含义,而在言志派作家周作人、林语堂那里,指的是"个性",而"性灵"同样指"个性"。还有研究者提出,在中国现代散文发展的历史进程中,林语堂等以言志为中心的"新的审美思潮"的崛起具有历史的合理性,并高度评价"幽默""性灵""闲适"的价值②。另外,尽管缺少明确从言志文学思潮的角度来研究的成果,但相关论著的数量仍然可观。

1930年代中期,言志文学思潮达到了高潮。本书重点考察了它的来源和高潮,对其以后的去路,则因个人力量所限,未能更多地沿波追迹。随着抗战的全面爆发,言志文学思潮开始沉寂下去,然而并没有断流。《论语》《宇宙风》《西风》等言志派杂志继续存活。沦陷区的创作以小品文和小说的成就为最大。集中发表小品文的杂志,北平地区有《朔风》《中国文艺》,上海、

---

① 陈剑晖:《中国现代散文与"言志性灵"文学思潮》,《福建论坛》2013年9期。
② 吴周文、张王飞、林道立:《关于林语堂及"论语派"审美思潮的价值思辨》,《中国现代文学研究丛刊》2012年4期。

南京地区有《杂志》《万象》《古今》《风雨谈》《苦竹》等,大致继承了战前《论语》《人间世》《宇宙风》的路子。小品文写家们置身于动乱的时代,为了避免惹来麻烦,采取与现实政治较远的态度,多叙写往事回忆、饮食男女、风土人情、文献掌故等,寄托现实的苦闷,表现出一种忧患的闲适。主要作家有文载道(金性尧)、纪果庵、周黎庵、柳雨生等,大都受周作人的影响。在上海"孤岛"和国统区,有"鲁迅风"的杂文,而在沦陷区则有"知堂风"的言志小品。还出现了张爱玲、苏青的女性散文,她们的写作与战前的论语派有着或多或少的关系。在国统区,梁实秋、钱锺书、王了一(王力)等人的学者散文出手不凡。余波所至,一直到1990年代汪曾祺、张中行等人的散文创作。其影响并不限于散文,对小说也有一定的渗透作用。曹聚仁高度肯定周氏兄弟代表了新文学的两种传统:"我们回看新文学的进程,用周氏兄弟鲁迅和周作人两人的道路来代表1927年以后的文坛动向,那是不错的。"[1]舒芜也提出,在周作人的身上,"有中国新文学史和新文化史的一半"[2],这"一半"亦当为一种传统之意。言志派文学代表了一个在新文学史上与"载道"并立的文学传统,两派可以视为中国源远流长的言志与载道传统的现代延续。在1930年代国事蜩螗之际,言志派主张自己表现,倡导与社会现实保持距离的小品文,是有道义上的欠缺的,左翼等方面对其进行批评自有历史的合理性;然而,言志派在一定的程度上平衡了言志与载道(功利主义)的影响,二者之间的对立、竞争和互补,促进了中国文学生态的平衡。功利主义关系着二十世纪中国文学主要的得失,言志文学包含了反思主流文学的宝贵的思想和

---

[1] 曹聚仁:《文坛五十年》,东方出版中心2006年1月2版,263页。
[2] 舒芜:《周作人概观》,《中国社会科学》1986年4、5期。

创作资源。当主流文学发展到一定高度时，是可以从对手那里汲取有利于自己发展壮大的因素的。

本书共分九章。第一章追溯言志文学理论核心概念"言志"的由来，这也是言志文学思潮的缘起；第二章从晚明小品热的角度，评述言志派的理论主张及其与左翼作家的论争，勾勒1930年代言志文学思潮的基本面貌；第三、四章论述作为言志派一翼的论语派作家的政治身份及其小品文话语的文化政治倾向；第五章评述言志派另一翼苦雨斋派作家沈启无的文学活动；第六、七、八、九章是言志派作家的散文创作论，其中，梁遇春可谓言志派的外围作家，梁实秋、张爱玲、苏青是1940年代的言志派作家。书后附录一篇近期完成的关于周作人的文章。书稿是在一系列论文基础上整合而成的，并非精心结撰、体系谨严的著作。言志文学思潮研究是一项大课题，需要更多研究者的加入。本书与拙作《人在旅途——周作人的思想和文体》(1999)、《周作人精神肖像》(2015)等一起，从一些主要方面初步勘察和论证了言志文学思潮的存在和影响。

一 言志派文论的核心概念溯源

1930年代初期,周作人构制出一套较为系统的言志文学理论,核心概念就是与载道对立的言志。言志本是中国古老的文学概念,然而,周氏使其融入了现代性的意蕴,与其在中国古代文论中的含义迥然有别。这一概念的起源可以追溯到五四新文化运动中的文学革命,又从文学革命主流的功利主义文学观念中脱离而出。它的蓝本是1920年代前期建立在个人主义思想基础上的"自己表现",以后随着革命文学和左翼文学勃兴,对文学的功利主义要求被进一步强化,周作人借用传统文论的"言志"概念重述其"自己表现"的文学观,以言志与载道二元对立的理论框架重构中国文学史,指对手为载道,回击左翼作家的讨伐,推动形成了言志文学思潮。

1 人生的艺术派

新文化运动是一场空前的思想启蒙运动。新文化的倡导者们看到晚清以降一系列救亡图存运动并没有带来一个现代意义上的民族国家,甚至出现了袁世凯称帝、张勋复辟等逆流,意识到更有必要通过思想启蒙来改造社会意识和民族心性,建设全新的意识形态,从而完成建立独立、统一、富强、民主的现代民族国家的历史使命。五四新文化运动的内驱力仍然是民族主义。

"五四"知识分子对西方文化的接受是全方位的,认为西方启蒙主义所追求的个性解放、自由意志、理性和进步具有普适性,与建立真正现代意义上民族国家的目标高度一致,因而突破了民族主义的思想框架。我曾经提出,留日时期的周氏兄弟提出"立人—立国"的社会革新思路,在其民族主义思想中,建立现代民族国家的目标与进步、个性解放、自由意志等西方启蒙主义的基本价值观是高度一致的,可以把他们的民族主义称为"启蒙主义的民族主义"①。而五四新文化运动则是这种思路的发扬光大,因此可以把五四新文化的思想性质概括为"启蒙主义的民族主义"。这个概念的优点是指出民族主义是中国启蒙主义的题中应有之义,由此可以加深对五四思想意识的认识,从而避免启蒙与救亡的纠结。文学又被广泛地认为是进行思想启蒙的最好的工具,蔡元培在《中国新文学大系》的《总序》中说,初期新文化运动的路径是由思想革命而进于文学革命的,"为怎么改革思想,一定要牵涉到文学上?这因为文学是传导思想的工具。"②

1919年,文学革命已初见成效之时,作为文学革命干将之一的傅斯年说:"我现在有一种怪感想:我以为未来的真正的中华民国,还须借着文学革命的力量造成。现在所谓中华民国者,真是滑稽的组织;到了今日,政治上已成'水穷山尽'的地步了。其所以'水穷山尽'的缘故,全由于思想不变,政体变了,以旧思想运用新政体,自然弄得不成一件事。回想当年鼓吹革命的人,对于民主政体的真相,实在很少真知灼见,所以能把满洲推倒,

---

① 参阅拙作《文学之用——从启蒙到革命》第三章"精神立国",北京十月文艺出版社2004年11月。
② 蔡元培:《中国新文学大系·总序》,《中国新文学大系·建设理论集》,上海良友图书印刷公司1935年10月。

一半由于种族上的恶感,一半由于野心家的投机。""到了现在,大家应该有一种根本的觉悟:形式的革新——就是政治的革新——是不中用的了,须得有精神上的革新——就是运用政治的思想的革新——去支配一切。物质的革命失败了,政治的革命失败了,现在有思想革命的萌芽了。现在的时代恰和光绪末年的时代有几分近似:彼时是政治革命的萌芽期,现在是思想革命的萌芽期。想把这思想革命运用成功,必须以新思想夹在新文学里,刺激大家,感动大家"。于是他得出结论:"真正的中华民国必须建筑在新思想的上面。新思想必须放在新文学的里面;若是彼此离开,思想不免丢掉他的灵验,麻木起来了。所以未来的中华民国的长成,很靠着文学革命的培养。"①

胡适就是从思想启蒙的立场来倡导文学的,这从他作于1922年5—6月的《我的歧路》中可以得到更充分的证明。他叙述了他在文学革命最初两三年时间里集中精力提倡思想、文艺的原因:"一九一七年七月我回国时,船到横滨,便听见张勋复辟的消息;到了上海,看了出版界的孤陋,教育界的沉寂,我才知道张勋的复辟乃是极自然的现象,我方才打定二十年不谈政治的决心,要想在思想文艺上替中国政治建筑一个革新的基础。"②1919年7月,他有感于国内一些新潮的知识分子高谈主义,而不谈面临的具体的政治问题,便忍不住开始发表谈政治的论文《多研究些问题,少谈些"主义"》,参与政治思想斗争。

1918年、1919年,周作人发表《人的文学》《思想革命》等文章,对五四文学革命提出思想革命的要求,不可避免地带有功利主义的倾向。然而,在五四诸子中,他又率先发现功利主义观念

---

① 傅斯年:《白话文学与心理的改革》,《中国新文学大系·建设理论集》,207—208页。
② 胡适:《我的歧路》,《胡适全集》2卷,安徽教育出版社2003年9月,467页。

存在的问题,于是开始对"人的文学"思想不断地修订。此时,功利主义已经对新文学创作造成了消极影响,"问题小说"等出现观念化的倾向。

1920年1月,周作人在北平少年学会发表题为《新文学的要求》的讲演,说道:

> 从来对于艺术的主张,大概可以分作两派:一是艺术派,一是人生派。艺术派的主张,是说艺术有独立的价值,不必与实用有关,可以超越一切功利而存在。艺术家的全心只在制作纯粹的艺术品上,不必顾及人世的种种问题……这"为什么而什么"的态度,固然是许多学问进步的大原因;但在文艺上,重技工而轻情思,妨碍自己表现的目的,甚至于以人生为艺术而存在,所以觉得不甚妥当。人生派说艺术要与人生相关,不承认有与人生脱离关系的艺术。这派的流弊,是容易讲到功利里边去,以文艺为伦理的工具,变成一种坛上的说教。正当的解说,是仍以文艺为究极的目的;但这文艺应当通过了著者的情思,与人生有接触。换一句话说,便是著者应当用艺术的方法,表现他对于人生的情思,使读者能得艺术的享乐与人生的解释。这样说来,我们所要求的当然是人生的艺术派的文学。①

五四时期,新文学倡导者的文学观念特别受到两方面的外来影响:一是以王尔德唯美主义为代表的"世纪末"思潮的影响,一是以托尔斯泰为代表的俄国19世纪写实主义的影响,二者分别代表着文艺主张的"艺术派"与"人生派"。周氏相信提倡人生的文学在中国自有其现实的合理性:"我们称述人生的文学,自

---

① 周作人:《新文学的要求》,《艺术与生活》,北京十月文艺出版社2011年1月,21页。

己也以为是从学理上立论,但事实也许还有下意识的作用;背着过去的历史,生在现今的境地,自然与唯美及快乐主义不能多有同情。这感情上的原因,能使理性的批判更为坚实,所以我相信人生的文学实在是现今中国唯一的需要。"[1]可见,他的内心深处仍然纠结着文学独立观念与功利主义的矛盾。以《新文学的要求》为标志,周作人开始与五四新文学主流的功利主义分道扬镳。他的纠结是告别之际对文学社会使命的难以割舍。

后面我们将会看到,"人生派"与"艺术派"的二元对立,是周作人1923年所提"颓废派"与"革命文学"、1930年代所提"言志"与"载道"的蓝本。

2 自己表现

"五四"退潮后,经历了"新村主义"和"工读互助团"等空想社会主义实践的失败,周作人激情澎湃的人道主义社会理想在动荡、颓废的现实中碰壁,他内心充满了矛盾,不知如何选择自己的人生道路。他消退了对社会理想的热情,而心中的文人气质抬了头。他开始经营"自己的园地",试图改造"人的文学"观念,寻求一种更加贴近自我、对人生有无形的功利而又非功利主义的文学观。

周作人对"人生派的艺术"之说一直心存芥蒂,因为通常所言人生派包含有"为人生"的意思,撇不开工具论的嫌疑。他说,"泛称人生派的艺术,我当然是没有什么反对,但是普通所谓人生派是主张'为人生的艺术'的"。他批评艺术派、人生派

---

[1] 周作人:《新文学的要求》,《艺术与生活》,北京十月文艺出版社2011年1月,21页。

各有偏至:"'为艺术'派以个人为艺术的工匠,'为人生'派以艺术为人生的仆役;现在却以个人为主人,表现情思而成艺术,即为其生活之一部,初不为福利他人而作,而他人接触这艺术,得到一种共鸣与感兴,使其精神生活充实而丰富,又即以为实生活的基本;这是人生的艺术的要点,有独立的艺术美与无形的功利。"①他又在《文艺的讨论》中,强调文艺的个人主义性质:"我想现在讲文艺,第一重要的是'个人的解放',其余的主义可以随便;人家分类的说来,可以说这是个人主义的文艺,然而我相信文艺的本质是如此的,而且这个人的文艺也即真正的人类的——所谓的人道主义的文艺。"②换一句话说,文艺以个人主义为体,以人道主义为用。周作人在《人的文学》中就把新文学的思想性质锚定在个人主义的基础上,即"以个人主义为基础的人间本位主义"③。1920年代初,他进一步明确这一立场,阐明个人主义文学的合理性。

接着,他便在《文艺上的宽容》一文里正式提出"自己表现"的文艺主张:

> 文艺以自己表现为主体,以感染他人为作用,是个人的而亦为人类的,所以文艺的条件是自己表现,其余思想与技术上的派别都在其次,——是研究的人便宜上的分类,不是文艺本质上判分优劣的标准。④

1930年代,周作人、林语堂倡导与"载道"对立的"言志"文学。"诗言志"是中国传统文论的母体,据朱自清在《诗言志辨》一书

---

① 仲密(周作人):《自己的园地》,1922年1月22日《晨报副镌》。
② 仲密(周作人):《文艺的讨论》,1922年1月20日《晨报副镌》。
③ 周作人:《人的文学》,1918年12月《新青年》5卷6号。
④ 仲密(周作人):《文艺上的宽容》,1922年2月5日《晨报副镌》。

中考辨,从《尚书·尧典》到周作人《中国新文学的源流》,"言志"含义繁多,在"情"和"道"两极之间。周、林二人则在"言志"中融入了现代性的观念,在他们那里,"志"就是个性、自我,而"自己表现"即是"言志"。他们根据文化政治斗争的需要,用言志论重述"自己表现"的文学主张。

"自己表现"容易受到功利主义的干涉,所以周作人主张"文艺上的宽容",反对"文艺的统一"。针对当时出现的极端论调,表示不应"以社会的意义的标准来统一文学","建立社会文学的正宗,无形中厉行一种统一"。他说:"文艺是人生的,不是为人生的,是个人的,因此也即是人类的;文艺的生命是自由而非平等,是分离而非合并。一切主张倘若与这相背,无论凭了什么神圣的名字,其结果便是破坏文艺的生命,造成呆板虚假的作品,即为本主张颓废的始基。"①总的来说,1920年代初期,由于政治动乱,北洋政府还没有能够实行有效的意识形态管控,新文学内部还未形成支配性的力量,"为人生"与"为艺术"尚可各行其是。周作人表达了对文艺自由的担忧,试图制定新文学的规则。与周作人等人同时,早期创造社也是主张自我表现论的,被时人目为"艺术派"。同样主张"为艺术"的还有浅草社、沉钟社以及弥洒社等新文学社团。这些所谓的"艺术派"与"人生派"二水分流,一时难分伯仲,代表着五四新文学现代性的两个面向。

关于文学功用观的问题,周作人与他的学生俞平伯之间有过一次讨论,表现了他对自己文学主张的坚持。俞平伯说,"诗是人生底表现,并且还是人生的向善的表现","好的诗底

---

① 周作人:《文艺的统一》,《自己的园地》,北京十月文艺出版社2011年1月,31页。

效用是能深刻地感化多数人向善的"①。周作人发表《诗的效用》,对俞平伯的观点提出质疑:第一,关于诗的效用,他说:"我始终承认文学是个人的,但因'他能叫出人人所要说而苦于说不出的话',所以我又说即是人类的。然而,在他说的时候,只是主观的叫出他自己所要说的话,并不是客观的去体察了大众的心情,意识的替他们做通事,这也是真确的事实。"第二,关于"感人向善是诗底第二条件",他指出,"善字的意义不定,容易误会,以为文学必须劝人为善"。《诗的效用》是在作者1922年3月27日致俞平伯的书信的基础上改作的,他在原信中表示过他的担心:"我近来不满意于托尔斯泰之说,因为容易入于'劝善书'的一路。"②第三,托尔斯泰认为艺术的价值是以能懂的人的多少为标准,周作人提出民众对文艺作品的判断往往不可靠,即便多数人真能了解其意义,也不能以此来判决文艺。他还说:"君师的统一思想,定于一尊,固然应该反对;民众的统一思想,定于一尊,也是应该反对的。"他强调:"文艺本是著者感情生活的表现,感人乃其自然的效用。"③

俞平伯在公开发表的回信中回应:"我在《诗底进化的还原论》所说的话底真意,似与先生所言无甚大出入。""我论诗虽侧重在效用一方面,但这效用,正是先生所谓自然的效用。我所主张的文学,是人生底(of life),不是为人生的(for life)。这正和先生底态度相仿佛了。"他强调:"我抗争用'定一尊'的主张,去压迫个性,我抗争'迁就什么'、'为着什么'的文学,正和先生一

---

① 俞平伯:《诗底进化的还原论》,1921年1月《诗》1卷1号。
② 周作人1922年3月27日致俞平伯,周作人、俞平伯:《周作人俞平伯往来通信集》,上海译文出版社2014年5月,孙玉蓉编注,2—3页。
③ 仲密(周作人):《诗的效用》,1922年2月26日《晨报副镌》。

样的迫切。"①俞平伯在北大文科国学门读书时是周作人的学生,听过周氏讲授"欧洲文学史"。以后在与周氏交往时,一直尊他为师。尽管两人的文学本体论和功用观并无大异,然而周作人对功利主义高度敏感,要求自然、完全地保持作家个性的完整,这可以看作是他对启蒙主义个性原则的守卫。不久,俞平伯修正了自己的观点,他说:"我信文艺是'无鹄的'的,'为什么'在这里只算个愚问。"文学批评是没有客观的标准的,否定"向善"是文艺功用观。② 同时也可以看到,通过讨论,师徒二人进一步扩大了共识,这为他们以后在文艺上的紧密合作打下了坚实的思想基础。

周作人"自己表现"论的形成受到几个外国文艺批评家和作家的影响,他们是厨川白村、托尔斯泰和霭理斯。

曹聚仁把鲁迅译厨川白村(1880—1923)的学术随笔集《出了象牙之塔》(1920)视为言志派兴起的思想资源,他指出:"从这散文集的题名说,显然是走着和鲁迅相同的路,舍弃了象牙之塔,走向十字街头,为社会、人生而艺术。但翻开第一页,《出了象牙之塔》的第一个小题,便是'自我表现',却是周作人所走的路。"曹氏引用《出了象牙之塔》中关于"自己表现"和幽默的几段话,并得出这样的重要结论:"一个从象牙之塔走出来的为人生的艺术家,他用这样的意义来启示我们,这便是林语堂、周作人在《语丝》《论语》《人间世》提倡'幽默'与'言志'文学的由来了。"③他的判断是符合实际的。其实,不仅《出了象牙之塔》,厨川氏的著作《近代文学十讲》(1912)、《文艺思潮论》(1914)、

---

① 周作人、俞平伯:《通信》,1922年4月15日《诗》1卷4号。
② 俞平伯:《文艺杂论》,1923年4月《小说月报》14卷4期。
③ 曹聚仁:《文坛五十年》,263—264页。

《苦闷的象征》(1924)①等同样对五四时期的周作人产生了重要影响。周作人在"自己表现"论、印象主义批评观、文学起源说、随笔论、社会批评与文明批评倾向等重要方面,都与厨川白村的观点一致或相通。

厨川白村关于文艺本体的基本观点是"自己表现"的。他主张纯然的"自己表现",在书中频繁地使用这个词,第一辑"出了象牙之塔"第一篇标题就是"自己表现"。他说,"我们每看作家的全集,比之小说,却在尺牍或诗歌上面更能看见其'人'"②。周作人、鲁迅对尺牍的意见与厨川氏相同③。后者还强调:"在 essay,比什么都紧要的要件,就是作者将自己的个人底人格的色采,浓厚地表现出来。"④这是上世纪二三十年代周作人、林语堂等新文学作家关于小品文的基本观点。厨川氏在《苦闷的象征》中也有言:"文艺……到底是个性的表现"⑤。

厨川白村借鉴弗洛伊德的精神分析学说,提出了他的创作论:"生命力受了压抑而生的苦闷懊恼乃是文艺的根柢,而其表现法乃是广义的象征主义。"⑥周作人在评论《沉沦》中说:"这集内所描写是青年的现代的苦闷……生的意志与现实之冲突,

---

① 这四种书在五四时期都有中译本:《近代文学十讲》(上下),罗迪先译,上海学术研究会丛书部1921年8月、1922年10月;《文艺思潮论》,樊从予译,上海商务印书馆1924年12月;《苦闷的象征》,鲁迅译,北京未名社1924年12月,另有上海商务印书馆1925年3月丰子恺译本;《出了象牙之塔》,北京未名社1925年12月。
② [日]厨川白村:《出了象牙之塔》,鲁迅译,未名社1925年12月,4页。
③ 参阅周作人:《日记与尺牍》,《雨天的书》,北京十月文艺出版社2011年1月,12页;鲁迅:《孔另境编〈当代文人尺牍抄〉序》,《鲁迅全集》6卷,人民文学出版社2005年,429页。
④ [日]厨川白村:《出了象牙之塔》,7页。
⑤ [日]厨川白村:《苦闷的象征》,鲁迅译,新潮社1924年12月,84页。
⑥ [日]厨川白村:《苦闷的象征》,20页。

是这一切苦闷的基本"①。这里提到的"青年的现代的苦闷"根据的是厨川白村《近代文学十讲》里的《近代的悲哀》一章。据《周作人日记》所记,周作人早在1913年9月6日、10日就阅读了此书。1921年1月,厨川氏《苦闷的象征》部分书稿发表在日本《改造》杂志上,周作人完全有可能阅读这本杂志。该期《改造》还有有岛武郎、武者小路实笃、志贺直哉等人的文章,这几个作者都是周作人很感兴趣的。②

厨川白村在《苦闷的象征》中表明印象主义的批评观:"从同一的作品得来的铭感和印象,又因个人而不同……将批评当作一种创作,当作创造底解释(creative interpretation)的印象批评,就站在这见地上。"③周作人的批评观同样是印象主义的,他说:"各人的个性既然是各各不同……那么表现出来的文艺,当然是不相同。现在倘若拿了批评上的大道理要去强迫统一,即使这不可能的事情居然实现了,这样文艺作品已经失了他唯一的条件,其实不能成为文艺了。"所以,对于一个高明的批评家来说,"他的批评是印象的鉴赏,不是法理的判决,是诗人的而非学者的批评。"④

厨川氏否定文学创作的功利动机:"这'非实际底'的事,能使我们脱离利己底情欲及其他各样杂念之烦,因而营那绝对自由不被拘囚的创造生活。即凡有一切除去压抑而受了净化的艺术生活、批评生活、思想生活等,必以这'非实际底''非实利底'

---

① 周作人:《沉沦》,《自己的园地》,74页。
② 参阅[日]小川利康:《周氏兄弟的"时差"——白桦派与厨川白村的影响》,《文学评论丛刊》2012年2期。
③ [日]厨川白村:《苦闷的象征》,60—61页。
④ 周作人:《文艺上的宽容》,《自己的园地》,9页。

为最大条件之一而成立。""假如要使艺术隶属于人生的别的什么目的,则这一刹那间,即使不过一部分,而艺术的绝对自由的创造性也已经被否定,被毁损。那么,即不是'为艺术的艺术',同时也就不成其为'为人生的艺术'了。"①虽然如此,文艺又是能够感染读者,发生社会作用的。他说:"生命者,是遍在于宇宙人生的大生命。因为这是经由个人,成为艺术的个性而被表现的,所以那个性的别半面,也总得有大的普遍性。"②这里显示出托尔斯泰"情绪感染说"的影响。托尔斯泰在《艺术论》中排斥古往今来那些仅以美和快感之类来说明艺术本质的学说,强调读者通过鉴赏产生共鸣,受到情绪的感染。《苦闷的象征》引用了托尔斯泰关于情绪感染的著名论断:

> 一个人先在他自身里,唤起曾经经验过的感情来。在他自身里既经唤起,便用诸动作,诸线,诸色,诸声音,或诸以言语表出的形象,这样的来传这感情,使别人可以经验这同一的感情——这是艺术的活动。
>
> 艺术是人类的活动,其中所包括的是一个人用了或一种外底记号,将他曾经体验过的种种感情,意识底地传给别人,而且别人被这些感情所动,也来经验他们。③

有人说,文艺的社会使命有两方面。一是时代和社会的诚实的反映,一是对未来的预言,二者分别是对现实主义作品和浪漫主义作品的要求。厨川氏认为从他的创作论的角度来看,这也是没有问题的。他说:"文艺只要能够对于那时代那社会尽量地

---

① [日]厨川白村:《苦闷的象征》,109页、115页。
② [日]厨川白村:《苦闷的象征》,50页。
③ [日]厨川白村:《苦闷的象征》,83—84页。译文可参阅[俄]托尔斯泰:《艺术论》,耿济之译,商务印书馆1921年3月,67—68页;《艺术论》,丰陈宝译,人民文学出版社1958年5月,47—48页。

极深地穿掘进去,描写出来,连潜伏在时代意识社会意识的底的底里的无意识心理都把握住,则这里自然会暗示着对于未来的要求和欲望。"①他的话与托尔斯泰的情绪感染说一致。

周作人对文学的本体、功用和批评的认识与厨川白村高度一致,尽管前者没有后者那样的使命感和对文艺功用的积极肯定。那么,周作人关于情绪感染的观点受厨川白村与托尔斯泰的影响哪个更大一些?这恐怕是一个难以分辨的问题。在五四时期,托尔斯泰是影响最大的外国作家,他的著作被广泛介绍到中国。其《艺术论》1921年由耿济之翻译介绍到中国来。从总体上来说,周作人更多地接受厨川氏文艺理论的影响,后者的阐释可能更令他信服情绪感染说。

周作人所受影响是多方面的。他的表现论又受到英国性心理学家、文艺批评家蔼理斯(Havelock Ellis,1859—1939)的自我表现说的强化,尤其表现出对艺术客观效用的否定。② 他淡化了托尔斯泰式的社会使命意识,——这在其留日时期和文学革命前期的文艺思想中都是显著存在的。不过,他并非要否定文艺的社会功用,而是强调一切本诸作家的主体性。(周氏虽说过文艺无用,但须考虑其发言时的论争语境。)

1923年10月,周作人基于自己表现的理论,对新文学的前途作出预言:"中国新文学的趋势,将来当分为二大潮流,用现在的熟语来说,便是革命文学与颓废派。这两者的发达都是当然的,而且据我看来,后者或要占更大的势力。"现实社会是非人的,而文学不管是什么派别,但根本上都是反抗的。"我在这里要重复的声明,这样新文学必须是非传统的,决不是向来文人

---

① [日]厨川白村:《苦闷的象征》,97页。
② 参阅罗钢:《周作人的文艺观与西方人道主义思想》,《中国现代文学研究丛刊》1987年4期。

的牢骚与风流的变相。换一句话说,便是真正个人主义的文学才行。"在他看来,"革命文学在根本上与颓废派原是一致,只是他更是乐观,更是感情的;因为这一点异同,所以我说他虽当兴起而未必很盛。""总之现代的新文学,第一重要的是反抗传统,与总体分离的个人主义的色彩"①。周作人没有阐明所用"革命文学""颓废派"的确切含义。"颓废派"在当时是流行的文学术语,显然与作为"世纪末"思潮的西方颓废主义或颓废派有关。"颓废派"具有多重含义,周作人不是在其原有的意义上使用它。颓废派宣扬高度的个人主义,在文艺观念上主张"为艺术",反对生活目的和道德的束缚。其个人主义、非功利与周作人所言的"颓废派"是相通的,只是周氏淡化了西方"颓废派"高蹈的姿态,在一定的意义上承认文艺的社会功用。"颓废派"是颓废、堕落的"非人的社会"在文艺上的表现,反映出作家对社会现实的应对策略。它与"革命文学"都是对现实的反抗,但二者对现实的态度和对艺术的观念迥乎有别,可谓同源而异流。"革命文学""颓废派"大致可视为"为人生"与"为艺术"的修正性表达,是周氏1930年代所言"载道""言志"的雏形。

周作人于1925年2月写过一篇名为《十字街头的塔》的随笔,开篇解题云:"厨川白村著有两本论文集,一本名'出了象牙之塔',又一本名为'往十字街头'。"②《十字街头的塔》的题目即来自两书的题名。"十字街头的塔"的意象是周氏现实政治态度的生动写照,意思近于他1928年在《泽泻集·序》中所言"叛徒"与"隐士"的相结合,也体现出他的个人主义的文学倾向。周作人在他所起草的《语丝·发刊辞》中说:"我们所想做

---

① 周作人:《新文学的二大潮流》,1923年10月28日《燕大周刊》20期。
② 周作人:《十字街头的塔》,《雨天的书》,北京十月文艺出版社2011年1月,76页。

的只是想冲破一点中国的生活和思想界的昏浊停滞的空气,我们个人的思想尽自不同,但对于一切专制与卑劣之反抗则没有差异。我们这个周刊的主张是提倡自由思想,独立判断,和美的生活。"①他在《答伏园论"语丝"的文体》中说:"除了政党的政论以外,大家要说什么都是随意,惟一的条件是大胆与诚意,或如洋绅士所高唱的所谓'费厄泼赖'(fair play)……我们有这样的精神,便有自由言论之资格;办一个小小周刊,不用别人的钱,不说别人的话"②。后来,《论语社同人戒条》第四条云"不拿别人的钱,不说别人的话"③,其自由主义的倾向一脉相承。鲁迅也说《语丝》在不经意中显示了一种特色:"任意而谈,无所顾忌,要催促新的产生,对于有害于新的旧物,则竭力加以排击。"④这些都表明了《语丝》的个人主义和自由主义倾向。他们在继承《新青年》随感的基础上,借鉴外国的随笔,创造了一种个人笔调的、表现力丰富的散文,积极实践厨川白村所积极倡导的社会批评和文明批评。周作人一方面与鲁迅等人一样,运用杂文参加"三一八"惨案、女师大风潮的现实斗争,并抨击国民党"四一二"事件;另一方面又写作大量闲话式的小品文,表现出低徊的趣味。

厨川白村说:"在近代英国的文艺史上,看见最超拔的两个思想家,都在四十岁之际,向着相同的方面,施行了生活的转换:乃是很有兴味的事实。这就是以社会改造论者与世间战斗的洛思庚(John Ruskin,今译约翰·罗斯金,1819—1900——引者)

---

① 《发刊辞》,1924 年 11 月 17 日《语丝》1 期。
② 岂明(周作人):《答伏园论"语丝"的文体》,1925 年 11 月 23 日《语丝》54 期。
③ 《论语社同人戒条》,1932 年 10 月 16 日《论语》3 期。
④ 鲁迅:《我和〈语丝〉的始终》,《鲁迅全集》4 卷,人民文学出版社 2005 年,171 页。

和摩理思(William Morris,今译威廉·莫里斯,1834—1896——引者)。"他们都走出了象牙之塔。厨川氏联系日本作家说,夏目漱石遁入"低徊趣味",所取的态度是向着超越逃避了俗众的超然的高蹈的生活走去,而岛村抱月则和女伶同入剧坛,反抗因袭道德,断然采取积极的战斗者的态度。① 周氏兄弟正值四十岁之际人生道路转向的关键期。1927年国民党"四一二"事件发生后,导致他们对社会现实的极度失望。周作人更多地偏向于夏目漱石一边,"向着超越逃避了俗众的超然的高蹈的生活走去";而鲁迅则选择与共产党领导下的革命作家联合,投身于左翼文学运动,积极参加现实政治斗争,走上罗斯金、莫里斯、岛村抱月式的反抗之路。周氏兄弟走向不同的文学和政治道路,在文学观念上截然对立,在1930年代分别成为"言志派"和"载道派"的代表。

3 言志、载道与晚明小品

周作人的文学观在1927年后经历了重大的变化。他在五四退潮之后选择"自己表现"的个性文学,是出于对新文化阵营普遍的功利主义文学观的担忧和不满;而1928年年初,革命文学初兴,功利主义文学观与特定的政治力量联系起来使周作人担忧个人自由受到压制,于是把这种新的功利主义文学观视为个性文学的对立面,并名之为"载道"。

1927年以后,革命文学思潮涌起,此派的作家对五四文学进行了大规模的批判。周作人和鲁迅作为五四个人主义文学的代表人物受到讨伐。反资产阶级和小资产阶级的趣味文学是革

---

① [日]厨川白村:《出了象牙之塔》,203—204页。

命文学的提倡者们批判五四文学的一个重要方面,成仿吾为急先锋,发表了多篇文章。他极力讽刺"北京的周作人先生及他的 Cycle"所代表的"以趣味主义为中心的文艺"①。接着,成仿吾在著名论文《从文学革命到革命文学》中,把周作人当作脱离时代的有闲的资产阶级的代表进行批判:"关于文学革命的现阶段的考察还有北京一部分的特殊现象必须一说。这是以《语丝》为中心的周作人一派的玩意。他们的标语是'趣味';我从前说过他们所矜持的是'闲暇,闲暇,第三个闲暇';他们是代表着有闲的资产阶级,或者睡在鼓里面的小资产阶级。他们超越在时代之上;他们已经这样过活了多年,如果北京的乌烟瘴气不用十万两无烟火药炸开的时候,他们也许永远这样过活的罢。"②李初梨同样批判周作人所代表的趣味主义文学③。冯乃超说鲁迅"无聊赖地跟他弟弟说几句人道主义的美丽的说话",指自我表现论为"观念论的幽灵,个人主义者的呓语","现在成为一般反动作家的旗帜"④。鲁迅曾还击道:"我的主张如何且不论,即使相同,何以说话相同便是'无聊赖地'?莫非一有'弟弟',就必须反对,一个讲革命,一个即该讲保皇,一个学地理,一个就得学天文么?"⑤

周作人一直担心主流的文学对个人主义文学的压迫,所以对革命文学的兴起高度敏感。其对革命文学作家的进攻不是正面回击,而是旁敲侧击。他从文学的思想意识的角度,认为无产阶级革命文学不成立。因为文学是思想和情感的表现,而在中

---

① 成仿吾:《完成我们的文学革命》,1927 年 7 月 16 日《洪水》3 卷 25 期。
② 成仿吾:《从文学革命到革命文学》,1928 年 2 月《创造月刊》1 卷 9 期。
③ 李初梨:《怎样地建设革命文学》,1928 年 2 月《文化批判》2 期。
④ 冯乃超:《艺术与社会生活》,1928 年 1 月《文化批判》创刊号。
⑤ 鲁迅:《我的态度气量和年纪》,《鲁迅全集》4 卷,111 页。

国尽管经济地位有不同,但都抱有资产阶级的升官发财思想。在这样的情况下,如果硬要提倡革命文学,那就只能成为一种"应制"的文学。鲁迅在1927年10月发表的《革命文学》,把这个问题的重要性讲得十分清楚:"我以为根本问题是在作者可是一个'革命人',倘是的,则无论写的是什么事件,用的是什么材料,即都是'革命文学'。从喷泉里出来的都是水,从血管里出来的都是血。"①这确实关乎革命文学能否成立的大问题,所以革命文学的提倡者们也十分重视革命作家的世界观改造。周作人又说:"故中国民族实是统一的,生活不平等而思想则平等,即统一于'第三阶级'之升官发财的浑账思想。不打破这个障害,只生吞活剥地号叫'第四阶级',即使是真心地运动,结果民众政治还就是资产阶级专政,革命文学亦无异于无聊文士的应制,更不必说投机家的运动了。"②有研究者说:"这段引文里使用的'应制'一词十分重要,值得充分注意,因为这与他即将提出'载道'和'言志'一对概念中的'载道'一词是呼应的,甚至可以说前者就是后者的本义或语源、来历。"③说"应制"一词是"载道"的本义或语源、来历可能不甚恰当,然而它确实在一定意义上预示了"载道"一词即将出场。

1928年1月,周作人在中法大学发表演讲,"对准倡说革命文学的人"而发表对于时下各派文学的看法。他说,在革命文学倡导者看来,"应当根据这一个时代的精神来做心轴,在思想上是要先进的,在政治上要能够来帮助活动与改革的成功"。"就我个人的意见,文学是表现思想与情感的,或者说是一种'苦闷的象征'"。"文学既然仅仅是单纯的表现,描写出来就算

---

① 鲁迅:《革命文学》,《鲁迅全集》3卷,568页。
② 岂明(周作人):《爆竹》,1928年2月9日《语丝》4卷9期。
③ 高恒文:《周作人与周门弟子》,大象出版社2014年7月,101页。

完事了。那末现在讲革命文学的,是拿了文学来达到他政治活动的一种工具,手段在宣传,目的在成功"。"先前人说到:'文以载道。'夫文而欲其载道,那末便迹近乎宗教上的宣传。桐城派的文,就是根据'文以载道'的话,而成其为道"。① 他首次明确用"文以载道"责难革命文学,把它与其主张"自己表现"的文学对立起来。

1926年前后,周作人开始系统地阅读明人小品,并从中找到新文学的源流,为其反击革命文学提供了新的资源。新文学到1920年代中期取得了文坛上的支配地位,面临着如何进一步发展的问题,周作人等一部分作家开始摆脱五四文学革命新旧二元对立的思维方式,从传统中寻求资源,发掘中国文学埋在土里的根,从而使新文学落地化。这无论是对周作人自己还是对新文学,都标志着一次重大的思想方式的转折。之后周作人越走越远,披沙拣金地去寻找、重释和组合符合现代思想观念的另类传统,并参与现实的文化政治斗争。

1926年5月,他在致俞平伯信中谈读明人小品的感想:"我常常说现今的散文小品并非五四以后的新出产品,实在是'古已有之',不过现今重新发达起来罢了。由板桥冬心溯而上之这班明朝文人再上东坡山谷等,似可编出一本文选,也即为散文小品的源流材料,此件事似大可以做,于教课者亦有便利。现在的小文与宋明诸人在文字上固然有点不同,但风致实是一致,或者又加上了一点西洋影响,使他有一种新气息而已。"②周作人发现了晚明小品与现代散文之间的高度相近,第一次把新文学散文的源头追溯到明清名士派的文章——晚明小品。1926年

---

① 周作人:《文学的贵族性》,原载1928年1月5、6日《晨报副刊》,昭园记录,收入《周作人集外集》(下集),海南国际新闻出版中心1995年9月,296页、299页。
② 《周作人书信》,北京十月文艺出版社2011年3月,94—95页。

11月,周氏在为俞平伯重刊《陶庵梦忆》所写的序中说:"现代的散文在新文学中受外国的影响最少,这与其说是文学革命的还不如说是文艺复兴的产物,虽然在文学发达的程途上复兴与革命是同一样的进展……我们读明清有些名士派的文章,觉得与现代文的情趣几乎一致,思想上固然难免有若干距离,但如明人所表示的对于礼法的反动则又很有现代的气息了。"①

周作人对晚明小品的重新发现,得益于他在燕京大学中国文学系担任新文学组的课。他后来于1944年7月所作《关于近代散文抄》中有过较为详细的回顾。据周氏自己说,1922年夏,他由胡适介绍到燕京大学,担任中国文学系的新文学组的课。教师只有他一人,许地山担任助教,第二年俞平伯来做讲师。他最初的教案是从现代起手,先讲胡适、俞平伯等的文章,再上溯到明清之际的诸多小品文家,并编过作为教学资料的作品选②。

1928年,他为俞平伯的两个散文集作跋二篇,进一步明确晚明小品与现代散文之间的承继关系,并且有了批判性的指向。他在《杂拌儿跋》中写道:

> 在这个年头儿大家都在检举反革命之际,说起风致以及趣味之类恐怕很有点违碍,因为这都与"有闲"相近。可是,这也没有什么法儿,我要说诚实话,便不得不这么说……唐宋文人也作过些性灵流露的散文,只是大都自认为文章游戏,到了要做"正经"文章时便又照着规矩去做古文;明清时代也是如此,但是明代的文艺美术比较地稍有活气,文学上颇有革新的气象,公安派的人能够无视古文的正

---

① 周作人:《陶庵梦忆序》,《泽泻集》,北京十月文艺出版社2011年3月,15页。
② 参阅本书第二章第一节。此章原载《文学评论》2006年2期,题为《一个晚明小品选本与一次文学思潮》。

统,以抒情的态度作一切的文章,虽然后代批评家贬斥它为浅率空疏,实际却是真实的个性的表现,其价值在竟陵派之上……现代的散文好像是一条湮没在沙土下的河水,多少年后又在下流被掘了出来;这是一条古河,却又是新的。①

他又在《燕知草跋》中说:

> 中国新散文的源流我看是公安派与英国的小品文两者所合成,而现在中国情形又似乎正是明季的样子,手拿不动竹竿的文人只好避难到艺术世界里去,这原是无足怪的。我常想,文学即是不革命,能革命就不必需要文学及其他种种艺术或宗教,因为他已有了他的世界了;接着吻的嘴不再要唱歌,这理由正是一致……文学是不革命,然而原来是反抗的:这在明朝小品文是如此,在现代的新散文亦是如此。②

他从公安派的文论中拈出"性灵",凸显其代表的张扬个性的精神价值,矛头指向"性灵"的对立面——革命文学的主张。

周作人没有把上文所谈《新文学的二大潮流》收入自编文集,很可能并不看重它。然而,1929年他在中国大学绮虹社主编的《绮虹》重刊此作③,时值无产阶级革命文学兴起之时,大概意在借此暗示其由于是"乐观""感情的",成不了大气候;同时也表露出他试图对当下新文学潮流进行理论化。

当革命文学的力量日益壮大,左翼文学风生水起的时候,周作人便寻出"言志"一词,与"载道"二元对立。"文以载道"与个性解放、文学独立的现代性观念截然对立,在文学革命中受到

---

① 周作人:《杂拌儿跋》,《永日集》,80—82页。
② 周作人:《燕知草跋》,《永日集》,85—86页。
③ 周作人:《新文学的二大潮流》,1929年4月《绮虹》1卷1期。

了广泛、尖锐的批判。而周作人的文化政治斗争策略是利用文学革命以来"文以载道"的负面声誉,责难和抵制左翼文学。

1930年3月2日,中国左翼作家联盟在上海成立。这给周作人带来了强烈的刺激。他于3月11日作《金鱼》一文,写道:"几个月没有写文章,天下的形势似乎已经大变了,有志要做新文学的人,非多讲某一套话不容易出色。……文学上永久有两种潮流,言志与载道。二者之中,则载道易而言志难。我写这篇赋得金鱼,原是有题目的文章,与帖括有点相近,盖已少言志而多载道欤。"①这段话讽刺意味显然。他虽然先有题目再写文章,与帖括有点相像,但并非是言他人之道。作者没有说出"大变了"的"形势"有何所指,但紧接着的一句话表明是文学上的大事。这很容易使人想到"左联"的成立,鲁迅转变为"左联"的盟主。曾几何时,两人一起作为革命文学对立面的五四新文学的代表人物受到批判。他曾担心的文坛政治力量进一步组织化,成为一种压制异己的群众运动。正是在这样的历史语境中,周作人言志文学理论最重要的二元对立的范畴"言志"与"载道"正式同时登场。

1930年,周作人遭到了一次来自左翼青年的讨伐。这次讨伐发生在北平的《新晨报》副刊上,肇端于黎锦明发表于3月24日的《致周作人先生函》。黎文对革命文学的势力迅速扩大表示不满,并就这一问题向周作人请教。周作人在4月7日《新晨报》上发表《半封回信·致锦明》,讽刺了革命文学,表明了自己对于文学的几点意见。他针对"革命文学"发言:"文学有言志与载道两派,互相反动,永远没有正统。"②周作人的态度和观点

---

① 周作人:《金鱼》,《看云集》,北京十月文艺出版社2011年3月,22页。
② 周作人:《半封回信》,《周作人散文全集》(5),广西师范大学出版社2009年4月,628页。

遭到了几个革命青年的攻击[1]。1930年6月12日《新晨报副刊》上有文章宣告周作人是"命定地趋于死亡的没落",批评《骆驼草》的作者,俞平伯著文反击[2]。

1930年5月12日,周作人主持的散文周刊《骆驼草》正式成立,聚集了俞平伯、废名、徐祖正、梁遇春、徐玉诺等一群言志派作家。废名撰写的《发刊词》说,"我们开张这个刊物,倒也没有什么新的旗鼓可以整得起来,反正一晌都是于有闲之暇,多少做点事儿",声称"不谈国事","不为无益之事","文艺方面,思想方面,或而至于讲闲话,玩古董,都是料不到的,笑骂由你笑骂,好文章我自为之,不好亦知其丑,如斯而已,如斯而已"。字里行间,不难看出针对左翼方面的讽刺来。创刊号首页上,登载周作人后来收入"草木虫鱼"一辑中的散文《水里的东西》。1931年3月《青年界》创刊号发表《草木虫鱼》,包括《小引》《金鱼》《虱子》《两株树》四篇,收入散文集《风雨谈》中"草木虫鱼"一辑时,又加入《苋菜梗》《水里的东西》《案山子》《关于蝙蝠》,总共八篇。周作人突出这一组闲适题材的小品文,并以"草木虫鱼"名之,与废名所作《发刊词》表达的闲适一样,有意与左翼文学对垒。

周作人对文艺自由的思考,从来都没有局限于纯文艺的范围,而把它看作社会自由的表征。他在《草木虫鱼小引》中表露出对左翼方面的抱怨和忧思:"不必说到政治大事上去,即使偶然谈谈儿童和妇女身上的事情,也难保不被看出反动的痕迹,其次是落伍的证据来,得到古人所谓笔祸。"他对此高度敏感,甚至说:"即如古今来多少杀人如麻的钦案,问其罪名,只是大不

---

[1] 参阅拙作:《周作人研究的历史与现状》,辽宁人民出版社2015年4月,19—20页。
[2] 平伯(俞平伯):《又是没落》,1930年6月13日《骆驼草》7期。

敬或大逆不道等几个字儿,全是空空洞洞的,当年却有许多活人死人因此处了各种极刑,想起来很是冤枉,不过在当时,大约除本人外没有不以为都是应该的罢。名号——文字的威力大到如此。实在是可敬而且可畏了。"他讽刺道:"我个人却的确是相信文学无用论的。我觉得文学好像是一个香炉,他的两旁边还有一对蜡烛台,左派和右派。无论那一边是左是右都没有什么关系……文学无用,而这左右两位是有用有能力的。"①统治者为了自己的利益以名号杀人,而普通群众又麻木不仁,这样就构成了对少数人的压迫。周作人从五四以来始终有着对个人自由遭致压迫的忧虑。自1927年以降,他的忧虑来自左、右两个方面,一是国民党政府实行的专制,一是左翼革命运动的威胁。他由西方的宗教迫害谈到中国的专制和思想压制,"中国向来喜欢以思想杀人,定其罪曰离经叛道,或同类的笼统的名号。"②作为一个自由主义知识分子,他备感来自左、右两方面的压力。

1932年9月,北平的人文书店同时推出周作人的文论小册子《中国新文学的源流》与沈启无编晚明小品选集《近代散文抄》上册(12月推出下册),直接推动了言志文学思潮形成。该集原名"冰雪小品选",因故未能及时梓行,后来才易名"近代散文抄"出版。《近代散文抄》卷首的《周作人新序》《周作人序》分别作于1932年9月6日和1930年9月21日,二文收入《苦雨斋序跋文》分别改题为"近代散文抄新序"和"近代散文抄序"。其中原序载于9月29日《骆驼草》第21期,名为"冰雪小品选序"。《俞平伯跋》作于1930年9月13日,发表于本年9月22日《骆驼草》第20期。

---

① 岂明(周作人):《草木虫鱼小引》,1930年10月30日《骆驼草》23期。
② 周作人:《关于妖术》,《永日集》,119—120页。

在作于1930年9月的《近代散文抄序》里,周作人明确开始用"文以载道"与"诗言志"的二元对立来重新构架中国文学史。他提出,古今文艺的变迁有两个大的时期——集团的与个人的。当个人的文艺之时期到来时,先前的集团的文艺并未退场,这样二者并存或者对峙。他写道:

> 文学则更为不幸,授业的师傅让位于护法的君师,于是集团的"文以载道"与个人的"诗言志"两种口号成了敌对,在文学进了后期以后,这新旧势力还永远相搏,酿了过去的许多五花八门的文学运动。在朝廷强盛,政教统一的时代,载道主义一定占势力,文学大盛,统是平伯所谓"大的高的正的",可是又就"差不多总是一堆垃圾,读之昏昏欲睡"的东西,一到了颓废时代,皇帝祖师等等要人没有多大力量了,处士横议,百家争鸣,正统家大叹其人心不古,可是我们觉得有许多新思想好文章都在这个时代发生,这自然因为我们是诗言志派的。小品文则在个人的文学之尖端,是言志的散文,它集合叙事说理抒情的分子,都浸在自己的性情里,用了适宜的手法调理起来,所以是近代文学的一个潮头,它站在前头,假如碰了壁时自然也首先碰壁。①

周作人自称言志派,并把小品文视为言志派的代表性文类。

周作人用来阐明"载道"与"言志"起伏的主要文类是散文,因为散文(或称文章)贯穿中国文学史的始终,儒家的载道要求主要是通过散文尤其是其中的古文来承担的;相反,言志的倾向主要表现在小品文——一种"不专说理叙事而以抒情分子为主的,有人称他为'絮语'过的那种散文上"②。这一散文的文体

---

① 岂明(周作人):《冰雪小品选序》,1930年9月29日《骆驼草》21期。
② 周作人:《燕知草跋》,《永日集》,84页。

出现得较晚,"因为小品文是文艺的少子,年纪顶幼小的老头儿子。文艺的发生次序大抵是先韵文,次散文,韵文之中又是先叙事抒情,次说理,散文则是先叙事,次说理,最后才是抒情。"在西方,小品文直到基督纪元后希腊罗马文学时代才可以说真正开始,而中国要到晋文里才能看出小品文的色彩来,而之前的诸子只能勉强地说是渊源。他说:"小品文[是文]①学发达的极致,它的兴盛必须在王纲解纽的时代。"②

4 言志文论的重镇

有了载道与言志交替起伏的剧情主线,有了小品文、古文、八股文等重要角色,周作人后来得到机会演义出了一场大戏。1932年春夏间,受辅仁大学国文系主任沈兼士之邀,周作人发表了八次讲演,以"载道"与"言志"的对立展开系统的中国文学史叙述。在讲演记录稿的基础上整理而成一册《中国新文学的源流》,新文学言志派的文学理论至此确立。

周作人是言志派作家的精神导师,《中国新文学的源流》为言志文学思潮的理论重镇。正如前面谈到的周氏许多文章一样,此书有着强烈当下的问题意识,但它不是直截了当地谈论现实问题,而是借对中国文学史的论述,寄寓自己的思想观点,剑有所指,表现出明显的文化政治斗争策略。

周作人从文学的起源讲起。他认为文学起源于宗教,比如古希腊的悲剧就是从宗教仪式里脱化出来的。他的观点与厨川白村一样,后者说过:"在原始时代的宗教的祭仪和文艺的关

---

① 据天马书店1934年3月初版本《苦雨斋序跋文》补足。
② 岂明(周作人):《冰雪小品选序》。

系,诚然是姊妹,是兄弟。所谓'一切艺术生于宗教的祭坛'这句话的意思,也就可以明白了。"①文学从宗教分化出来以后,文学领域很快就有了两种不同的潮流:一是"诗言志——言志派",二是"文以载道——载道派"。"言志之外所以又生出载道派的原因,是因为文学刚从宗教脱出之后,原来的势力尚有一部分保存在文学之内,有些人以为单是言志未免太无聊,于是便主张以文学为工具,再藉这工具将另外的更重要的东西——'道',表现出来"。这两种潮流的起伏,便造成了中国文学。如同一条弯曲的河流没有固定的方向,只要遇到阻力,就会改变流向。载道与言志循环交替。晚周、魏晋六朝、五代、元、明末、民国,社会纷乱,王纲解纽,文学不受大一统的意识形态的统制,造成了言志的潮流;而两汉、唐、两宋、明、清政治稳定,思想定于一尊,又使得文学步入载道一途。"自从韩愈好在文章里面讲道统而后,讲道统的风气遂成为载道派永远去不掉的老毛病。"离民国最近的一次言志派的勃兴是晚明,公安派主张"独抒性灵,不拘格套""信腕信口,皆成律度",反对前后七子的复古运动,极力反对模仿,肯定文学的变迁。对此,周作人给予高度评价:"假如从现代胡适之先生的主张里面减去他所受到的西洋的影响,科学,哲学,文学以及思想各方面的,那便是公安派的思想和主张了。"他进而提出,民国以来的文学运动,是清代文学所激起的反动,而明末的文学则是这次文学运动的来源②。

《中国新文学的源流》不是对中国文学史的客观研究,而是一个论争性的文本。周作人在第二讲"中国文学的变迁"中,画了一张类似数学三角函数中的正弦曲线一样的波浪线,在载道

---

① 《苦闷的象征》,121页。
② 周作人:《中国新文学的源流》,人文书店1932年9月,34页、39页、43页、32页。

与言志之间循环往复,沿着中间的一条时间轴线表示中国文学的一直的流向①。末端标到了"民国",这又是一个王纲解纽的言志时代,此下的波浪线只画了一边,且无标识,然而无疑提示着一个新的载道时代的来临。隐含着的锋芒直指当时的左翼文学,书中没有直接提及无产阶级革命文学和左翼文学,但它们呼之欲出。这是《中国新文学的源流》中国文学史叙述的玄机所在。他通过对中国文学史的重构,高度肯定以小品文为代表的新文学言志派,并对与之相对立的载道派——左翼文学——进行还击。

虽然没有点出对手的名字,暗示是有的:"现在虽是白话,虽是走着言志的路子,以后也仍然要有变化,虽则未必再变得如唐宋八家或桐城派相同,却许是必得于人生和社会有好处的才行,而这样则又是'载道'的了。"又云:"在《北斗》杂志上载有鲁迅的一句话:'由革命文学到遵命文学',意思是:以前是谈革命文学,以后怕要成为遵命文学了。这句话说得颇对,我认为凡是载道的文学,都得算作遵命文学,无论其为清代的八股,或桐城派的文章,通是。对这种遵命文学所起的反动,当然是不遵命的革命文学。于是产生了胡适之的所谓'八不主义',也即是公安派的所谓'独抒性灵,不拘格套'和'信腕信口,皆成律度'的主张的复活。所以,今次的文学运动,和明末的一次,其根本方向是相同的。"他在第三讲中云:"言志派的文学,可以换一名称,叫做'即兴的文学'。载道派的文学,也可以换一名称,叫做'赋得的文学',古今来有名的文学作品,通是'即兴文学'。"②

左翼张扬文艺的政治作用,他偏偏要说:"文学是无用的东

---

① 周作人:《中国新文学的源流》,35 页。
② 周作人:《中国新文学的源流》,103 页、89—90 页、70 页。

西。因为我们所说的文学,只是以达出作者的思想感情为满足的,此外再无目的之可言。里面,没有多大鼓动的力量,也没有教训,只能令人聊以快意。"①这不代表周氏的本意,而是论争中的意气之语。周作人后来说过:"《清议报》与《新民丛报》的确都读过也很受影响,但是《新小说》的影响总是只有更大不会更小。梁任公的《论小说与群治之关系》当初读了的确很有影响,虽然对于小说的性质与种类后来意思稍稍改变,大抵由科学或政治的小说渐转到更纯粹的文艺作品上去了。不过这只是不看重文学之直接的教训作用,本意还没有什么变更,即仍主张以文学来感化社会,振兴民族精神,用后来的熟语来说,可以说是属于为人生的艺术这一派的。"②也许这样不经意的话更能表示他的真实意见。留日时期,他和鲁迅都相信文学的"不用之用",从留日时期、五四时期到1930年代,他的"不用之用"的文学功用观可谓一以贯之,尽管也存在着诸多不同。

在清华读书时的钱锺书曾提出,"诗以言志""文以载道"在传统的文学批评上似乎不是两个格格不入的命题,这里的"文"通常只是指"古文"或散文,并非用来涵盖一切近世所谓的"文学",与诗有不同的分工,故以此来分派的做法可以商榷③。不过,"言志"与"载道"虽有所针对文类之别,但周作人把它们改造成了自己的概念,并非在传统意义上使用。朱自清说:"……到了现在,更有人以'言志'和'载道'两派论中国文学史的发展,说这两种潮流是互为起伏的。所谓'言志'是'人人都得自

---

① 周作人:《中国新文学的源流》,103页、29页。
② 周作人:《关于鲁迅之二》,《瓜豆集》,北京十月文艺出版社2012年2月,181页。
③ 中书君(钱锺书):《评周作人的新文学的源流》,1932年11月《新月》4卷4期。

由讲自己愿意讲的话'；所谓'载道'是'以文学为工具,再借这工具将另外的更重要的东西——道——表现出来'。这又将'言志'的意义扩展了一步,不限于诗而包罗了整个儿中国文学。这种局面不能不说是袁枚的影响,加上外来的'抒情'意念——'抒情'这词组是我们固有的,但现在的涵义却是外来的——而造成。现时'言志'的这个新义似乎已到了约定俗成的地位。"①毕竟,志与道的界限有欠分明,故周氏又补充说:"言他人之志即是载道,载自己的道亦是言志。"②周作人后来说:"从前我偶讲中国文学的变迁,说这里有言志载道两派,互为消长,后来觉得志与道的区分不易明显划定,遂加以说明云,载自己的道亦是言志,言他人之志即是载道,现在想起来,还不如直截了当的以诚与不诚分别,更为明了。"③这也与他1925年在《答伏园论"语丝"的文体》中所说的"诚意"如出一辙。

　　明眼人不难看出,周作人对中国新文学之源的认定是其理论的预设和推演,而缺少实证。1934年,陈子展就提出质疑:周氏在五四时期并没有搬出他的"新发明",后来却"杜撰一个什么'明末的新文学运动'"④。清朝大一统的意识形态建立以后,晚明性灵派文人的著作大多被禁毁,受到贬损,一般学子的阅读书目中是没有晚明文人著作的。胡适在回顾他在五四文学革命初期所提出的"历史进化的文学观"时说"我

---

① 朱自清:《诗言志辨》,《朱自清全集》6卷,江苏教育出版社1996年8月2版,172页。
② 周作人:《〈中国新文学大系·散文一集〉导言》,《中国新文学大系·散文一集》(周作人编),上海良友图书印刷公司1935年8月。
③ 周作人:《汉文学的前途》,《药堂杂文》,北京十月文艺出版社2010年8月,11页。
④ 陈子展:《不要再上知堂老人的当》,1934年7月20日《新语林》2期。

当时不曾读袁中郎弟兄的集子"①。周作人早年读过张岱《陶庵梦忆》、王思任《文饭小品》等越中乡贤的著作,以及金冬心、郑板桥的书画题记②,这与他个人的散文创作及1920年代以后的新文学叙述有关,但难以找见与新文学发生的联系。这样,晚明的言志派文学就不会是新文学的真正源头。在我看来,新文学的源头反而更有可能是儒家的载道文学。林毓生在《中国意识的危机》中指出,晚清和五四知识分子选择"借思想文化以解决社会问题的途径",反映了儒家的思想模式③。晚清之时,梁启超的改良主义思想和文学主张就体现了儒家这一思想传统,他本身就是儒家今文经学中人。联系梁启超和五四诸子,可以看到借思想文化解决社会问题的经世观念正是中国文学转型的原动力,这种观念与西方现代性思想和文学的知识结合,成为新文学的源头。职是之故,可以说五四新文学的功利主义从一开始就承续着儒家"文以载道"观念的基因。这又与强调文学独立性的现代性观念和个人主义的思想原则冲突,构成了周作人所说的新一轮"言志"与"载道"的起伏。

《中国新文学的源流》《近代散文抄》出版,掀起了一次大规模的晚明小品热,引发了一场声势浩大的小品文论争。林语堂从《近代散文抄》所选公安三袁的文章里,发现了与他所服膺的克罗齐、斯宾岗(J. E. Spingarn)等的表现主义相一致的精彩文

---

① 胡适:《〈中国新文学大系·建设理论集〉导言》,《中国新文学大系·建设理论集》,上海良友图书印刷公司1935年10月。
② 参阅陈文辉:《传统文化的影响与周作人的文学道路》,中国社会科学出版社2015年2月,112—122页,203—212页。
③ [美]林毓生:《中国意识的危机——五四时期激烈的反传统主义》,穆善培译,贵州人民出版社1988年1月增订再版,45—51页。

学理论,于是像周作人一样,用言志论重述自己的文艺思想,其话语系统在1930年代前半期经历了一次本土化的转换。他接受周作人的观点,把晚明性灵派文学看作近代散文的渊源。正是在言志论文学纲领的感召下,南北言志派——论语派与苦雨斋派联合了起来,以林语堂主编的《人间世》等杂志为阵地,提倡闲适笔调的小品文,引起了与左翼作家之间激烈的小品文论争。这是1930年代最重要的文学论争,具有深刻的文学史意义。论争双方分别以周作人与鲁迅为代表,一是言志的,一是载道的(或者说是功利主义的),双峰并峙,二水分流,集中代表了新文学的两大传统[①]。

新文学的这两大传统承续了源远流长的古代文学精神,又启示着中国文学的未来。

[①] 详细论述参阅本书第二、四章。

二　晚明小品热与言志文学思潮

　　1930年代的前半期,中国文坛盛行过一个与左翼、京派等文学思潮并立的言志派文学思潮。其代表人物是周作人和林语堂,他们一北一南,桴鼓相应,搅动了整个文坛。曹聚仁在其学术随笔《言志派的兴起》中,曾把他们称为"言志派",不过并没有加以明确的界说。迄今为止,这个名称在学术界还没有得到广泛的接受,也自然缺乏深入细致的研究与进一步的整合。然而,这个文学思潮的存在是显而易见的。周、林二氏有完整的言志文学理论,发表阵地北有《骆驼草》《世界日报·明珠》(副刊),南有《论语》《人间世》《宇宙风》等,他们的麾下还各自集合了一个散文流派:以林语堂为代表的论语派,以周作人为代表的苦雨斋派——主要人物除了周氏本人,还有废名、沈启无、江绍原等。言志派与左翼相对立,与京派也存在着互动关系。言志派借重评晚明小品来倡导言志文学,引发了一个声势浩大的晚明小品热,对现代文学、现代文学学术特别是现代散文有着重要而深刻的影响。在这场热潮中,有一个晚明小品选集不能不提,这就是沈启无(1902—1969)编选的《近代散文抄》。《近代散文抄》与周作人的《中国新文学的源流》,一理论一作品,相互配合,直接推动了热潮的形成。本章即由考察这个选本的产生、特点及其所体现的观念、影响出发,剖析这次文学思潮,并试图对晚明小品热作出历史的评价。

1 一个晚明小品选本

1932年,北平人文书店出版沈启无当时在大学讲课用的晚明小品选本《近代散文抄》。选本共分上、下两册,分别出版于该年的9月和12月。此书大致以公安、竟陵两派为中心,收录十七个人的一百七十二篇作品,其中上册一百一十五篇,下册五十七篇。所收作家上起公安三袁,编选者把他们看作晚明小品的发端者;下迄张岱、金圣叹、李渔,在沈启无看来,张岱是能够兼公安、竟陵二派之长的集大成者,金圣叹、李渔是晚明小品的"末流"。选文最多的是袁宏道和张岱,分别有二十三篇和二十八篇。这后几个人的下半世虽在清初,而实际上是明季的遗民,文章所表现出的还是明朝人的气味。书后附有各家的传记材料和采辑的书目。据编选者在《后记》中介绍,书名原为《冰雪小品》,曾交给一个书店,结果被退回。后得到周作人的鼓励,沈氏于是重理旧编,交北平人文书店出版。书前有两篇周作人的序言,是为两个不同阶段的《冰雪小品》和《近代散文抄》写的。俞平伯题签,书后还有他作的跋。

《近代散文抄》所收作品的内容主要有以下几个方面:其一是表明言志的文学观。晚明作家强调时代的变化,反对空洞的模拟。袁宗道在《论文上》《论文下》①中说:"有一派学问,则酿出一种意见,有一种意见,则创出一般言语,无意见则虚浮,虚浮则雷同矣。"又说:"时有古今,今人所诧谓奇字奥句,安知非古之街谈巷语耶。"袁宏道云:"夫代有升降,而法不相沿,各极其

---

① 收入《近代散文抄》,以下所引明清之际小品文未注明出处的均见该书。

变,各穷其趣"①。袁中道也明确指出:"天下无百年不变之文章。有作始,自有末流;有末流,还有作始。"②他们极力主张言志的性灵文学。人们通常把分别出自袁宏道《小修诗叙》《雪涛阁集序》中的"独抒性灵,不拘格套"和"信腕信口,皆成律度"作为公安派的口号。一直到金圣叹,他仍然声称"诗非异物,只是一句真话"。其二,《近代散文抄》所收文章最多的是游记,共六十四篇,占全书篇幅四分之一强。这一派作家努力摆脱世网,走向自然,怡情丘壑,在山水中觅知音。笔下是一种有我之境,山水性情浑然相融,偶尔借议论随意地传达出自我对社会、人生的观感和慨叹,而不是刻意地寄寓大道理。其三,表现对世俗生活的关注,喜谈生活的艺术。品茶饮酒,听雨赏花,是他们乐此不疲的题材。张岱《闵老子茶》记与人斗茶的乐趣。李渔的文章谈睡、坐、行、立、饮、说话、沐浴,谈听琴观棋、看花听鸟、畜养禽鱼、浇灌竹木,反映出精致的生活艺术,充满了闲适的精神。而这些闲适的题材向来是被正统派视为玩物丧志,甚至是亡国之音的。另外,张岱的笔下还有几篇记叙"畸人"的文章。他记家族中的"异人",画画的姚简叔,说书的柳敬亭,唱戏的彭天锡,酒徒张东谷,家优阮圆海等。这些人都不涉世务,各有疵癖,然而有真性情,并身怀绝技,不同凡响。《五异人传》开篇即说:"人无癖不可与交,以其无深情也;人无疵不可与交,以其无真气也。"作者通过上述人物,张扬了一种不同流俗的人生理想。晚明小品的作者们恃才傲物,表现出六朝人的名士风流。风流是名士的主要表现,哲学家冯友兰有过简要的解释:一是玄心,即玄远之心,心放得开,想得远,免去了那些世俗的苦恼,获得一

---

① 袁宏道:《小修诗叙》。
② 袁中道:《花雪赋引》。

种超越感;二是洞见,指不借推理,专凭直觉,而得来的真知灼见。只需几句话或几个字,即成名言隽语;三是妙赏,指对美的深切感觉;四是深情,对于世间万物都有一种深厚的同情,有情而无我①。晚明文人与六朝人一样,身处王纲解纽的时代,思想解放,故能摆脱纲常名教的束缚,尽显名士风流。《近代散文抄》大抵能选出晚明小品家最有特色的文体的文章,同一文体中,又能选出其代表作。所以,能够反映长期为人所诟病的晚明小品的主要特色及其在文学史上的贡献。

《近代散文抄》的出版为沈启无赢得了文名。林语堂重刊《袁中郎全集》时曾经请他作过序,只是他答应了并没有交卷②。在《骆驼草》《人间世》《文饭小品》《水星》和《世界日报·明珠》等报刊上,开始频繁地出现他的读书小品和诗歌。他的散文,1930年代中期有《闲步庵随笔·媚幽阁文娱》《闲步庵随笔》《帝京景物略》《刻印小记》《闲步偶记》《珂雪斋外集游居柿录》《记王谑庵》《谈古文》《再谈古文》《三谈古文》,1930年代末、1940年代初发表《无意庵谈文·山水小记》《〈大学国文〉序》《闲步庵书简》《六朝文章》《南来随笔》等文章。大部分属于周作人路子的读书小品,追求古朴自然,抄书的成分重。少数几篇抒情言志,也简劲可观。施蛰存称赞其《记王谑庵》一文"大是精妙"③。

这些文章和《近代散文抄》的后记一样,中心思想是标举自六朝文到明清小品这一条非正统的言志派文脉。在后记中,他与周作人、俞平伯的序跋相呼应,称集子中文章的总体特色在

---

① 冯友兰:《论风流》,收入《三松堂学术文集》,北京大学出版社1984年3月,610—615页。
② 沈启无:《珂雪斋外集游居柿录》,1935年7月5日《人间世》31期。
③ 施蛰存:《无相庵断残录》,1935年4月《文饭小品》3期。

于,"这是一种言志的散文","换言之,明朝人明白一个道理,这就是说,他们明白他们自己"。正因此,"明朝人虽没有六朝的那样情致风韵,却自有一种活气,即使所谓狂,亦复有趣,譬如一切诗文集子公然以小品题名者,似乎也是从明朝人才开头的"①。他特别推崇晚明小品中的游记,"他们率性任真的态度,颇有点近于六朝","对于文章的写法乃是自由不拘格套,于是方言土语通俗故事都能够利用到文章里面来,因此在他们笔下的游记乃有各式各样的姿态"②。由此可知他把《近代散文抄》中最多的篇幅让给游记的原因。与标举文学史上言志派文脉同时,他总不忘对正统的载道派进行批判。他说"大抵正宗派的毛病,止在食古不化,死守家法"③。与周作人一样,他菲薄韩愈的古文,说韩愈文章的特点只是在于"载道",拿他的文章和上下一比,"不但他不及六朝人的华赡,甚而也不及明朝人的涩丽"④。他还通过亲身经历,谈自己学习古文的体会,"古文不过是一种形式,一种腔调,要学他,只能随他这种腔调形式写下去,不能任意自己的笔性写文章,我恍然古文之汩没性灵与八股文是一鼻孔里出气"⑤。正是上述观念,支撑了沈启无在《近代散文抄》中的选择。

要真正理解沈启无的文艺观与其《近代散文抄》的编选标准,还需要把他的文学活动放在与周作人的关系及周氏文艺思想的系统中去理解。读者可以从《近代散文抄》文本轻而易举地建立起这种联系。因为书前有言志派最大的权威和精神导师

---

① 沈启无:《闲步庵随笔·媚幽阁文娱》,1934年4月20日《人间世》2期。
② 沈启无:《无意庵谈文·山水小记》,1939年3月《朔风》5期。
③ 沈启无:《闲步偶记》,1934年10月5日《人间世》13期。
④ 启无:《谈古文》,1936年10月9日《世界日报·明珠》。
⑤ 启无:《我与古文》,1936年12月8日《世界日报·明珠》。

周作人的两篇序言，书后有周门大弟子俞平伯的跋。几篇序跋系统阐述了他们的文艺主张，相比之下，沈启无的后记倒显得稀松平常，他只是依傍周作人的门户。值得注意的是，同在1932年9月，同一家书店又出版了周作人的讲演录《中国新文学的源流》，《近代散文抄》上、下两册的书后都印有一页该书的广告。周著后面附有《沈启无选辑近代散文抄目录》。目录后有署名"平白"（尤炳圻）的一则简短的附记，讲明了这样的用意："周先生讲演集，提示吾人以精澈之理论，而沈先生《散文抄》，则供给吾人可贵之材料，不可不兼读也。因附录沈书篇目于此。"平白明确地把《近代散文抄》看作支持周作人文艺理论的作品选，显然一般读者也是这样看的。

那么，沈启无与周作人的关系究竟是怎样的呢？沈启无，生于江苏淮阴。原名沈鍚，字伯龙。上大学时改名沈扬，字启无。1925年，沈启无从南京的金陵大学转学到北京的燕京大学，读中国文学系。也就是在这一年，他上了周作人主讲的新文学课程，于是认识了这个他非常崇拜的老师。1928年燕大毕业后，沈启无到天津南开中学教国文。一年后又调回燕大中国文学系，在这个系的专修科教书，并在北京女师大国文系兼任讲师。1930年至1932年，任天津河北省立女子师范学院国文系教授、系主任。1930年代，沈启无与周作人过从甚密。在1933年7月出版的《周作人书信》中，收入周氏致他的书信二十五封，数量之多仅次于致俞平伯的三十五封。他与俞平伯、废名和民俗学家江绍原并称为周作人的四大弟子。1944年3月，因认定沈启无向日本方面检举他的所谓思想反动，周作人公开发表《破门声明》，断绝与这个追随他多年的弟子的一切关系。

《近代散文抄》是以周作人的手眼来编选明清之际小品的。其编选过程肯定也有周作人或多或少的参与。周在其1932年

3月24日致沈氏的信①中,曾提到借给他祁彪佳的《寓山注》②。沈启无在文章中每每提及自己在读书作文方面所受周作人的影响,也经常引用他的话。

《周序》高度肯定小品文的文学史意义:"小品文则在个人的文学之尖端,是言志的散文,它集合叙事说理抒情的分子,都浸在自己的性情里,用了适宜的手法调理起来。所以是近代文学的一个潮头,它站在前头,假如碰了壁时自然也首先碰壁。"这篇序言已经显示了他在《中国新文学的源流》的基本理论框架:"载道"与"言志"的对立。《周新序》又说:"正宗派论文高则秦汉,低则唐宋,滔滔者天下皆是,以我旁门外道的目光来看,倒还是上有六朝下有明朝吧。我很奇怪学校里为什么有唐宋文而没有明清文——或称近代文,因为公安竟陵一路的文是新文学的文章,现今的新散文实在还沿著这个统系,一方面又是韩退之以来的唐宋文中所不易找出的好文章。"这里,他强调了公安、竟陵是当时的"一种新文学运动",他们的文章是"近代文"。他这两段话所表明的观点不断地在俞平伯、废名特别是沈启无的文章中得到回响。

周作人的文艺思想有一个形成的过程。早在1926年11月所作的《陶庵梦忆序》中,他就点出了晚明小品的现代意义,"现代的散文在新文学中受外国的影响最少,这与其说是文学革命的还不如说是文艺复兴的产物……我们读明清有些名士派的文章,觉得与现代文的情趣几乎一致"③。1928年5月,他又在《杂拌儿跋》中这样称赞公安派,"明代的文艺美术比较地稍有活气,文学上颇有革新的气象,公安派的人能够无视古文的正

---

① 收入《周作人书信》。
② 周作人:《与沈启无君书二十五通》,《周作人书信》,132页。
③ 周作人:《陶庵梦忆序》,《泽泻集》,15页。

统,以抒情的态度作一切的文章,虽然后代批评家贬斥它为浅率空疏,实际上却是真实的个性的表现"。他进一步提出:"现代的散文好像是一条湮没在沙土下的河水,多少年后又在下流被掘了出来;这是一条古河,却又是新的。"①以后,他的《燕知草跋》《枣和桥的序》等序跋继续申明其新文学源流观,到了《近代散文抄》的序言,便出现了"文以载道"与"诗言志"二元对立的理论构架。其理论一开始就带有反对主流的功利主义文学的意思,随着革命文学的兴起,他在"言志"与"载道"的历史叙述中也渐渐增添了新的含义。到了1932年春夏间在辅仁大学所作题为《中国新文学的源流》的讲演,他便把一系列序跋中的观点连贯起来,形成了系统的言志文学理论和文学史观。在《〈中国新文学大系·散文一集〉导言》(1935)一文中他又自报家门,抄录序跋中的内容,展示了其思想产生和形成的过程。

1945年7月,周氏写了《关于近代散文》,对自己的新文学源流观形成的背景和过程作了更为清楚的回顾:

> 我最初的教案便是如此,从现代起手。先讲胡适之的《建设的文学革命论》,其次是俞平伯的《西湖六月十八夜》,底下就没有什么了。这之后不过加进一点话译的《旧约》圣书,是《传道书》与《路得记》吧,接着便是《儒林外史》的楔子,讲王冕的那一回,别的白话小说就此略过,接下去是金冬心的《画竹题记》等,郑板桥的题记和家书数通,李笠翁的《闲情偶寄》抄,金圣叹的《水浒传序》。明朝的有张宗子,王季重,刘同人,以至李卓吾。不久随即加入了三袁,及倪元璐,谭友夏,李开先,屠隆,沈承,祁彪佳,陈继儒诸人,这些改变的前后年月也不大记得清楚了。大概

---

① 周作人:《杂拌儿跋》,《永日集》,81—82页。

> 在这三数年内,资料逐渐收集,意见亦由假定而渐确实,后来因沈兼士先生招赴辅仁大学讲演,便约略说一过,也别无什么新鲜意思,只是看出所谓新文学在中国的土里原有他的根,只要着力培养,自然会长出新芽来,大家的努力绝不白费,这是民国二十一年的事。①

晚明小品集《近代散文抄》1932年由北平人文书店出版。编者沈启无正是听过周作人这门课程的学生,以后又交往频繁,他应该是熟悉老师的思路和手眼的。其基本观点与周作人出于一辙,后者所列明末清初小品文家的作品构成了《近代散文抄》的主体内容。此文发表于周作人、沈启无"破门"之后,从作者的角度来看,此文带有揭老底的意思,暗示沈氏《近代散文抄》的编选思路和手眼并非自出机杼,而是依傍老师的门户。很难具体指明周作人前后变化的时间,周作人自己也说,他记不清其间改变的前后时间了。甚至有不确之处。如他提到了李贽,然而有研究者提出,周氏1932年在《中国新文学的源流》中,并没有提及李贽,原因是当时的学术界对李贽与晚明文学思潮的关系认识不足。周作人对李贽著作的阅读和了解主要集中在1930年代的中后期②。又如他说俞平伯1923年去做教师,而俞氏是1925年秋开始到燕京大学任教的③。

显然,《近代散文抄》编选意图并不仅仅是提供一个晚明小品的普通读本,而是要来张扬一种文学观念,并且具有强烈的论战性。周作人的序和俞平伯的跋、沈启无的后记一样,尽管没有指名道姓,但都是有针对的论敌的。俞平伯自称"新近被宣告

---

① 周作人:《关于近代散文》,《知堂乙酉文编》,北京十月文艺出版社2013年1月,63—64页。
② 参阅陈文辉:《传统文化的影响与周作人的文学道路》,254—264页。
③ 参阅高恒文:《周作人与周门弟子》,86页。

'没落'的"[1],"被宣告"的主语不言而喻。这样,有理论,有材料(作品选),师徒几个披挂整齐,回击左翼文学,又有林语堂等人的理论和作品以为策应,于是形成了一个声势浩大的言志派思潮。

2 晚明小品热与言志派

1930年代上海出版界的跟风似乎一点也不比当下的出版界逊色。由于《近代散文抄》大受欢迎,人们好像突然找到了一个叫"晚明小品"的富矿,一时洛阳纸贵。出版明清之际小品集和小品作家诗文集最多的是上海杂志公司和中央书店,这两家书店分别推出了施蛰存主编的"中国文学珍本丛书"和襟霞阁主人(中央书店老板平襟亚)主编的"国学珍本文库"。前者出版的品种有(按版权页标明的次序):《袁小修日记》(袁中道),《尺牍新抄》(周亮工纂),《谭友夏合集》(谭元春),《琅嬛文集》(张岱),《白石樵真稿》(陈继儒),《白苏斋类集》(袁宗道),《梅花草堂笔谈》(张大复),《闲情偶记》(李渔),《西湖梦寻》(张岱),《陶庵梦忆》(张岱),《媚幽阁文娱》(郑元勋选),《晚香堂小品》(陈继儒),《王季重十种》(王思任),《钟伯敬合集》(钟惺),《藏弃集(尺牍新抄二集)》(周亮工纂),《珂雪斋集》(袁中道),《结邻集(尺牍新抄三集)》(周亮工纂),《徐文长逸稿》(徐渭),《古文品外录》(陈继儒辑),《明三百家尺牍》(周亮工纂)等。其中《白苏斋类集》《陶庵梦忆》是由沈启无题签的。后者印有(按版权页标明的次序):《小窗幽记》(陈继儒),《写心集(晚明百家尺牍)》(陈枚编),《冰雪携(晚明百家小品)》

---

[1] 俞平伯:《俞跋》,《近代散文抄》下卷,北平人文书店1932年12月。

（卫泳编），《雪涛小书》（江进之），《珂雪斋近集》（袁中道），《紫桃轩杂缀》（李日华），《写心二集（晚明百家尺牍）》（陈枚编），《竹懒画媵》（李日华），《天下名山游记》（吴秋士选编）等。此外，还有上海国学研究社版的"国学珍本丛书"等，其中包括《白石樵真稿》《闲情偶记》《袁小修日记》《梅花草堂笔谈》等。① 时代图书公司出版林语堂主编"有不为斋丛书"，推出铅印线装的《袁中郎全集》，由刘大杰校编，林语堂审阅（共四卷，其中第一卷由林语堂与阿英共同审阅），卷首有林语堂作《有不为斋丛书序》，另有周作人、郁达夫、阿英、刘大杰作的序言。此外，大道书局、中国图书馆出版部、国学整理社、广益书局、商务印书馆、仿古书店、中国文化服务社等多家出版社亦参与其中。有的书一再重复出版，像《袁中郎全集》至少有六个不同的版本。中央书店出版的顾红梵校、注明"襟霞阁精校本"的《袁中郎全集》1935年1月出版，到1936年4月竟出了五版。连林语堂也不无自嘲地说："中郎先生骨已朽矣，偷他版税，养我妻孥，有何不可。"②还有人提醒偷古人版税者：当心别人再偷你辛苦而来的标点，再养他们的妻孥！③ 有人把1935年称为"古书翻印年"④，可见一时之盛。在这个出版晚明小品的热潮中，处处可见现代作家的身影，他们或编或校，或著文介绍。

除了重刊旧版本，《近代散文抄》以外几本新编的选集因为适合了普通读者的需求，也风行一时。其中有刘大杰编《明人小品集》（北新书局1934年9月），施蛰存编《晚明二十家小品》

---

① 参阅上海图书馆编《中国近代现代丛书目录》，1980年9月2次印刷，223—224页，676—677页。
② 林语堂：《答周劭论语录体写法》，《我的话·下册——披荆集》，河北教育出版社1994年5月，68页。
③ 周劭：《谈翻印古书》，1935年11月7日《世界日报·明珠》。
④ 周劭：《谈翻印古书》。

(光明书局1935年4月),阿英编《晚明小品文总集选》(署名"王英",南强书局1935年1月)、《明人日记随笔选》(署名"王英",南强书局1935年3月)、《晚明小品文库》(4册,大江书店1936年7月),薛时进选注《三袁文精选》("青年国学丛书",中国文化服务社1936年6月),朱剑心选注《晚明小品选注》("学生国学丛书",商务印书馆1936年9月),笑我编《晚明小品》(仿古书店1936年10月)等。下面,我把其中影响较大的《明人小品集》《晚明二十家小品》《晚明小品文库》与《近代散文抄》进行一番对比,来看看它们各自的特色。这几个选本的编者都是现代作家,刘大杰和施蛰存的选本均由周作人题签。

从所收作品的题材内容上看,如果以《近代散文抄》为基准,更偏于闲适一边的是《明人小品集》,《晚明二十家小品》与《近代散文抄》相近,而《晚明小品文库》更强调了晚明小品正经的一面。

《明人小品集》的内容不过品茗清赏、游山玩水之类,不涉世道,可谓风流闲适。开篇即是卫泳编辑《枕中秘》中的香艳小品十二则。所选序跋中也不见主张自己的文学见解者。与《近代散文抄》不同的是,此书选自前人《冰雪携》(卫泳辑)、《枕中秘》(卫泳辑)、《钟伯敬秘籍十五种》(钟惺辑)等选集的多,选自专集的少,属于名家的作品和名篇也少。从中难以见出明人小品的风采。诚如是,明人小品也不过是天地间的闲花野草,就无足称道了。此书不同于《近代散文抄》的体例,按文体分为四卷。

施蛰存在《晚明二十家小品》的序中说明,本书是应书坊之请,"为稻粱谋"而编的。"除了尽量以风趣为标准,把隽永有味的各家的小品文选录外,同时还注意到各家对于文学的意见,以及一些足以表见各家的人格的文字。这最后一点,虽有点'载道'气味,但我以为在目下却是重要的。因为近来有人提倡了明人小品,自然而然也有人来反对明人小品,提倡明人小品的说这些'明人'的文章好,反对的便说这些'明人'的人格要不得。提倡者原未必要天下人皆来读明人小品,而反对者也不免厚诬了古人。因此我在编选此集的时候,随时也把一些足以看到这些明人的风骨的文字收缀进去。"①他举了汤显祖的例子。我们看书中汤显祖的《答王宇泰》《答岳石帆》,作者表示不愿屈己逢迎、随波逐流,这种傲骨和自信在晚明不少文人的作品中都容易见到,在汤氏那里也无特别之处。本书的体例与沈启无的书相同,书后也附有诸家小传和采辑的书目。

左翼作家阿英的选本则大大强化了晚明小品作家反抗性的一面。所选作者徐渭、李贽、屠隆都不见于《近代散文抄》,他们都是晚明文学的先行者,对晚明作家的思想、人格和文章产生过直接的影响,从他们身上可以清楚地看到那个时代文学风气的形成。施蛰存已选了徐渭和屠隆的作品,而阿英进一步凸显了他们的存在。除了徐、屠二人,又醒目地加入了李贽文三十三篇。这些作家都极其张扬个性,狂放不羁,是纲常名教的叛徒。阿英的本子还选入了与三袁志同道合的人物,同是公安派文学运动干将的陶望龄和江进之的作品。在我们讨论的这几个选本中,《晚明二十家小品》是收入江氏文章唯一的一本。江进之的杂论,借古讽今,昌兴礼乐,政论性强,表现出较强的社会批判意识。钱锺书曾为《近代散文抄》和《中国新文学的源流》没有张大复的位置鸣不平,阿英的选本也弥补了钱氏的遗憾。② 阿英

---

① 施蛰存:《序》,《晚明二十家小品》,光明书局 1935 年 4 月。
② 对此,周作人在《梅花草堂笔谈等》中有过回应(文见周氏散文集《风雨谈》),并坚持自己的观点。

的选本在内容和作家的选择上,显然是经过慎重考虑的,这个选本有利于在更长的时间范围内,从更多的方面全面把握晚明小品的风貌,其意义要大于刘大杰和施蛰存的本子。《晚明小品文库》也是按照作家来编排的。钱锺书曾批评《近代散文抄》所选书信这一类文字还嫌太少,其实书信是最能符合"小品"条件的东西①。这个本子与《明人小品集》《晚明二十家小品》都选了很多尺牍,大大弥补了《近代散文抄》这方面的不足。

《近代散文抄》的出版收到热烈的反响,态度最积极的要数林语堂。在1930年代的晚明小品热中,林氏是个重要人物,可以说是晚明小品最有力的宣传家。他当时的文论和小品文创作都深深地打上了公安派和晚明小品的烙印。他是由《近代散文抄》结识袁中郎和晚明小品的。他自己介绍:"近日买到沈启无编近代散文抄下卷(北平人文书店出版),连同数月前购得的上卷,一气读完,对于公安竟陵派的文,稍微知其涯略了。""这派成就虽有限,却已抓住近代文的命脉,足以启近代文的源流,而称为近代散文的正宗,沈君以是书名为近代散文抄,确系高见。因为我们在这集中,于清新可喜的游记外,发现了最丰富、最精彩的文学理论、最能见到文学创作的中心问题。又证之以西方表现派文评,真如异曲同工,不觉惊喜。大凡此派主性灵,就是西方歌德以下近代文学普通立场,性灵派之排斥学古,正也如西方浪漫文学之反对新古典主义,性灵派以个人性灵为立场,也如一切近代文学之个人主义。其中如三袁弟兄之排斥仿古文辞,与胡适之《文学革命》所言,正如出一辙。"②《近代散文抄》首两

---

① 中书君(钱锺书):《近代散文抄》,1933年6月《新月》4卷7期。
② 林语堂:《论文》(上篇),《我的话·下册——披荆集》。

篇是袁宗道的《论文上》《论文下》,林语堂作《论文》《论文下》①,后收入《我的话·下册——披荆集》时改名《论文(上篇)》《论文(下篇)》。这两篇文章从《近代散文抄》中撷取大量材料,借袁宗道、袁中道、谭元春、金圣叹等的话,与西方表现派文论相参证,重新表述自己的文论。在主编《论语》《人间世》的同时,林语堂撰写的谈及三袁的文章颇多,除两篇《论文》外,还有《说浪漫》《狂论》《说潇洒》《言志文学》《答周劭论语录体写法》等。他从这些古代作家那里找到一个性情与自己相近,文学观念相通,话语方式可供学习的人。林氏由《近代散文抄》进一步登堂入室,校阅和出版《袁中郎全集》。《袁中郎全集》成了他1934年最爱读的书之一②。在《四十自叙》一诗中,他表达自己接触袁中郎后情不自禁的喜悦心情:"近来识得袁宏道,喜从中来乱狂呼,宛似山中遇高士,把其袂兮携其裾,又似吉茨读荷马,五老峰上见鄱湖。从此境界又一新,行文把笔更自如。"③他在谈到自己生活理想时说:"我要一套好藏书,几本明人小品,壁上一帧李香君画像让我供奉,案头一盒雪茄,家中一位了解我的个性的夫人,能让我自由做我的工作。"④

胡适在回顾他在五四文学革命初期所提出的"历史进化的文学观"时说,"中国文人也曾有很明白的主张文学随时代变迁的。最早倡此说的是明朝晚期公安袁氏三兄弟。(看袁宗道的《论文上下》;袁宏道的《雪涛阁集序》,《小修诗序》;袁中道的《花雪赋引》,《宋元诗序》。诸篇均见沈启无编的《近代散文抄》,北平人文书店出版。)"他说:"我当时不曾读袁中郎弟兄的

---

① 分别载1933年4月16日《论语》15期,1933年11月1日《论语》28期。
② 各家:《一九三四年我所爱读的书籍》,1935年1月5日《人间世》19期。
③ 林语堂:《四十自叙》,1934年9月16日《论语》49期。
④ 林语堂:《言志篇》,《我的话·上册——行素集》,95—96页。

集子。"[1]

时为清华外文系学生的钱锺书评论道,"对于沈先生搜辑的功夫,让我们读到许多不易见的文章,有良心的人都得感谢"。他对书名所含"近代"一词提出质疑,认为这是"招惹是非的名词",因为它含有时代的意思(Chronologically Modern)[2]。不过,尽管汉语里的"近代"和"现代"在英文里对应的词都是Modern,其实在汉语里他们的意思是有区别的。"近代"含有从古代到现代过渡的意思。一个证据是在周作人的《关于近代散文》中,"近代散文"之"近代"一词与"现代新文学"之"现代"一词是并用的,既寓示了二者之间紧密、直接的承继关系,又显示了区别。

晚明小品对中国现代小品文产生了重大的影响,直接推动形成了席卷整个文坛的小品热。从晚明开始,"小品"正式成为文类的概念,文人们以此来显示与正统古文的分道扬镳。晚明出现了一大批以"小品"命名的文集,如朱国祯的《涌幢小品》、陈继儒的《晚香堂小品》、王思任的《文饭小品》,选本如陆云龙的《皇明十六家小品》等。1930年代如同晚明一样,"小品"一词颇为流行,此时出现了大量以"小品"命名的散文集、选本、理论批评著作,由康嗣群任编辑、施蛰存任发行人的杂志《文饭小品》干脆就袭用了王思任同名文集的名字。其他带有显示"小品"文体特点的"闲话""随笔""杂记""散记"等,更是不胜枚举。

晚明小品为论语派小品提供了丰富的艺术借鉴。当晚明小品热蔚然成风时,周作人和他的弟子们不满晚明文章过于清新

---

[1] 胡适:《〈中国新文学大系·建设理论集〉导言》,《中国新文学大系·建设理论集》,上海良友图书印刷公司1935年10月。

[2] 中书君(钱锺书):《近代散文抄》。

流丽,转而推崇六朝文章。他在《中国新文学的源流》和《〈近代散文抄〉新序》中已经肯定六朝文章的价值,追慕颜推之、陶渊明等六朝文人的通达、闲适和文采风流。沈启无、废名、俞平伯等与他彼此唱和。正如陈平原所言:"真正谈得上承继三袁衣钵的,不是周作人,而是林语堂。"① 林语堂主编的《人间世》等刊物上也多发表介绍明人小品的文章,还选登了一些明清小品。

林语堂在《人间世》发刊词中声称要"以自我为中心,以闲适为格调"②,他所说的"闲适"主要是指文章的语体,并非题材内容;然而闲适的题材当然更适合用这种语体说话。明清之际的名士派文章多闲适的题材,尤其是像袁中郎的《瓶史》与《觞政》、李笠翁的《闲情偶记》,直接谈论饮食起居、清赏等生活的艺术。论语派作家也更多地将关注的目光从社会现实移向自身,以审美的态度谛视日常生活,追求生活的艺术化。论语派作家也喜谈花谈鸟谈睡眠,《论语》半月刊还分别推出"中国幽默专号""鬼故事专号""癖好专号""吃的专号""睡的专号"等。周作人、林语堂的本意并不是不关心自身以外的世道人心,而是坚持从个性出发,既可写苍蝇之微,又可见宇宙之大,追求"言志"与"载道"相统一的一元的态度。③ 不过,这一派的末流是有只见苍蝇、不见宇宙之弊的。

明人文章对以林语堂为代表的论语派的影响并不仅仅限于观念、题材,林氏还试图用晚明小品来改造现代散文和他自己文章的文体。他曾提倡"简练可如文言,质朴可如白话"的"语录体",并举出袁中郎的尺牍作为"语录体"的范文④。他提倡并

---

① 陈平原:《中国现代学术之建立》,北京大学出版社1998年2月,345页。
② 《〈人间世〉发刊词》,1934年4月5日《人间世》1期。
③ 参阅周作人:《杂拌儿跋》。
④ 林语堂:《论语录体之用》,《我的话·下册——披荆集》,55—61页。

身体力行地实践,只是没有成功,阿英曾批评林氏的"语录体"云:古今语言不同,没有必要刻意去模仿那种说话的腔调,这也违背了"信腕信口"的原则①;然而,林语堂意识到了白话小品文在文体上过于平滑和浮泛之病,力图矫正此弊。他文章的境界因此有了新的变化,更为凝练、切实,多了一种古色古香的韵味。

新的文学观念导致了一些边缘性的散文文体向中心位移,如游记、日记与书信。阿英曾说:"伴着小品文的产生,一九三四年,游记文学也是很发展,几乎每一种杂志上,报纸上,都时时刊载着这一种的文字。"②这一时期,游记文学走向繁荣,涌现出大批山水游记和海外游记。关于晚明小品与现代游记的深层联系,可以从现代游记大家郁达夫的作品中见出一斑。郁达夫的游记多写名山古刹,多写空明澄寂的境界,与晚明游记小品是一致的。他们在心态上相通:充分领略了世味荼苦,在自然山水中寻求解脱和自由。他的长处是在风景描写中渗入热情,善于捕捉自然的神韵,并用多种笔墨加以烘托。这些也是晚明作家的拿手好戏。他在谈到自然美的欣赏时,强调要做一个有准备的欣赏者③,换一句话说,要有一幅能够欣赏自然美的眼光。无疑,他的眼光是受过晚明游记熏陶的。郁达夫笔下的山水游记清新洒脱,除去由于时代不同产生的一些变化,其情调与明清易代之际文人的作品是那么地相似。他熟悉并喜好明清名士派文章,并表示过对周作人新文学源流观的赞同④。施蛰存告诉我

---

① 阿英:《明末的反山人文学》,《阿英全集》4卷,安徽教育出版社2003年7月,121页。
② 阿英:《小记二章》,《阿英书话》,北京出版社1996年10月,288页。
③ 郁达夫:《山水及自然景物的欣赏》,《郁达夫全集》第6卷,浙江文艺出版社1992年12月,248—253页。
④ 参阅郁达夫《重印〈袁中郎全集〉序》等文章。

们:"在一九三〇年代中期,由于时行小品文的影响,日记、书信文学成为出版商乐于接受的文稿。"①书信直抒胸臆,自然随意,显然比别的文体更利于表现作者的性灵,所以在晚明颇为兴盛。很多小品名家也是写尺牍的高手,如李贽、徐渭、汤显祖、袁宏道、张岱等,大大提高了这一实用文体的艺术品位。这一文体得到过鲁迅、周作人等人的肯定,颇受现代作家的青睐,他们纷纷推出自己的书信集。

施蛰存后来指出:"林语堂的提倡'闲适笔调',也有他自己的针对性。他的'闲适'文笔里,常常出现'左派、左派',反映出他的提倡明人小品,矛头是对准鲁迅式的杂文的。"②林语堂在《有不为斋丛书序》中开头就以大段文字对"东家是个普罗,西家是个法西"不满,在作者看来,这两派最大的毛病是不近人情,不真诚。这样一来,救治之药只有一味晚明小品式的"性灵"了③。从周作人到林语堂,他们提倡晚明小品,心目中都有左翼文学这个论敌,视之为与"言志派"对立的"载道派"。左翼作家则对他们自然兴起攻击之师。争论的核心问题是,如何对待个人与现实的关系,用周作人、林语堂等人的话就是"言志"与"载道"的关系问题。

以鲁迅、阿英等为代表的左翼作家采取的策略是,把晚明小品作家和他们的现代追随者区别开来,凸显前者身上的反抗成分,从而争夺对晚明小品的阐释权。同样在《袁中郎全集》的序言中,阿英与刘大杰的观点就迥乎不同。在刘大杰的眼里,"中

---

① 施蛰存:《〈现代作家书简〉二集序》,《施蛰存七十年文选》,上海文艺出版社1996年4月,851页。
② 施蛰存:《说散文》,《施蛰存七十年文选》,502页。
③ 林语堂:《有不为斋丛书序》,《袁中郎全集》卷一,时代图书公司1934年9月。

郎对于现实社会的态度,是逃避的,是消极的"。"因为中郎逃避了政治的路,所以他在文学上,得到了大大的成功。"①阿英则针锋相对,他的《〈袁中郎全集〉序》通过袁中郎自己的诗文,说明他从不问时事,到关切时事,和不满当时的政治,到亲身与恶劣的政治环境作战的发展变化。并指出正是他作战的勇敢精神,才是"袁中郎一切事业的成功之源"。他的结论是:"中郎是可学的,在政治上,应该学他大无畏的反抗黑暗,反抗暴力,反对官僚主义的精神。在文学上,应该学他反对因袭,反对模拟,主张创造的力量,以及基于这力量而产生的新的文体。"②他明确地宣称:"我欢喜李卓吾,是远超过袁宏道。"③鲁迅在《骂杀与捧杀》《"招贴即扯"》等文中,指责袁中郎被他的自以为的"徒子徒孙们"画歪了脸孔,"中郎正是一个关心世道,佩服'方巾气'人物的人,赞《金瓶梅》,作小品文,并不是他的全部"④。他在《小品文的危机》中指出:"明末的小品虽然比较的颓放,却并非全是吟风弄月,其中有不平,有讽刺,有攻击,有破坏。"他提出警告:"对于文学上的'小摆设'——'小品文'的要求,却正在越加旺盛起来,要求者以为可以靠着低诉或微吟,将粗犷的人心,磨得渐渐的平滑。"他要求:"生存的小品文,必须是匕首,是投枪,能和读者一同杀出一条生存的血路的东西;但自然,它也能给人愉快和休息,然而这并不是'小摆设',更不是抚慰和麻痹,它给人的愉快和休息是休养,是劳作和战斗之前的准备。"⑤

---

① 刘大杰:《袁中郎的诗文观》,《袁中郎全集》卷二,时代图书公司1934年10月。
② 阿英:《〈袁中郎全集〉序》,《袁中郎全集》卷四,时代图书公司1934年12月。
③ 阿英:《李龙湖尺牍小引》,《阿英全集》4卷,132页。
④ 鲁迅:《"招贴即扯"》,《鲁迅全集》6卷,236页。
⑤ 鲁迅:《小品文的危机》,《鲁迅全集》4卷,591—593页。

这篇杂文可以说是一篇宣言,集中地代表了左翼作家对散文的态度和意见。周作人是熟悉乃兄的枪法的,他在《关于写文章》①一文中反唇相讥:"那一种不积极而无益于社会者都是'小摆设',其有用的呢,没有名字不好叫,我想或者称作'祭器'罢。祭器放在祭坛上,在与祭者看去实在是颇庄严的,不过其祝或诅的功效是别一问题外,祭器这东西到底还是一种摆设,只是大一点罢了。"又说:"我不想写祭器的文学,因为不相信文章是有用的,但是总有愤慨,做文章说话知道不是画符念咒,会有个霹雳打死妖怪的结果,不过说说也好,聊以出口闷气。"②双方形成了鲜明的对垒之势,在他们的身后是倾向截然不同的两个文学阵营。

林语堂、周作人指责左翼文人不真诚,左翼作家也同样批评对方装腔作势以回敬,还有人指公安派、竟陵派矫揉造作。鲁迅在致郑振铎的信中表明了自己的态度:"小品文本身本无功过,今之被人诟病,实因过事张扬,本不能诗者争作打油诗;凡袁宏道李日华文,则誉为字字佳妙,于是而反感随起。总之,装腔作势,是这回的大病根。"③因为周作人说五四新文学运动是继承公安、竟陵的文学运动而来的,陈子展就说他,"好像是有'方巾气'的'伧夫俗子'出来争道统,想在现代文坛上建立一个什么言志派的文统"。他列举并承认公安派文论的革新意义,但又说"他们的作品并不能和他们自己的理论相适合"。于是对这两派和张岱的小品作了简单的否定性评价。"公安竟陵两派都主张一个'真'字,这是他们的共通之点。又因为想要摆出真面

---

① 收入《苦茶随笔》。
② 周作人:《关于写文章》,《苦茶随笔》,北京十月文艺出版社 2011 年 5 月,190—191 页。
③ 鲁迅:《340602 致郑振铎》,《鲁迅全集》13 卷,134 页。

目,不免故意矫揉造作,自附风雅,结果伧俗,这也是他们的一个共通之点。"①他另在《申报·自由谈》《新语林》《人间世》等报刊上发表十来篇论及明代文学的短文。

尽管论争的言辞锋利,其实双方的阵营并不泾渭分明。阿英是晚明小品热的重要参加者,除了编晚明小品选集,还校点《白苏斋类集》《游居柿录》(改名《袁小修日记》)、《白石樵真稿》《王季重十种》《钟伯敬合集》等,与林语堂共同校阅《袁中郎全集》第一卷,发表相关学术小品二十余篇,用功甚勤,也难免有编书也为稻粱谋之嫌。他自己提出的理由是:"在一部分借明文为'挡箭牌',以自掩其避开现实的倾向,并号召青年以与之同化的时候,是应该有一些人'深入腹地',从明文的本身,给予他们一个答覆,来拆穿他们'挂羊头卖狗肉'的西洋镜。"②他是晚明小品热的重要助推者,不少文章写得中正平实,也不乏创见,使人难以相信他仅是一个"深入腹地"的攻击者。

双方的意见也有很多相同之处。周作人是晚明小品热的作始者,但当这股热潮兴起之后,他并没有十分热心参与,而是保持了一定的距离。他肯定翻印晚明小品的意义,但也不客气地批评了其流弊:读者对晚明小品缺乏鉴别,"出版者又或夸多争胜,不加别择",这样势必"出现一新鸳鸯蝴蝶派的局面,此固无关于世道人心,总之也是很无聊的事吧"③。在《杂拌儿跋》《燕知草跋》等文章中,他即明确指出,明朝的名士派文学诚然是多有隐遁色彩,但根本却是反抗的;称赞他们消遣与"载道"相统一的一元的著作态度。他和鲁迅都各自从自己的现实态度

---

① 陈子展:《公安竟陵与小品文》,《晚明文学思潮研究》,吴承学、李光摩编,湖北教育出版社 2002 年 10 月,129 页。
② 阿英:《论明文的可谈与不可谈》,《阿英全集》4 卷,120 页。
③ 周作人:《梅花草堂笔谈等》,《风雨谈》,北京十月文艺出版社 2012 年 2 月,150 页。

和文学观出发,各取所需,强调了不同的方面。

3 言志派的得失

在因心学而起的文学解放思潮中,晚明作家反对以前、后"七子"为代表的古文运动的思想僵化、形式因袭,近承宋人小品,远接六朝文章,又融合了众多的艺术成分,别立新宗,大大焕发出了中国散文的活力。然而,这一派作品在中国文学史上却命运多舛。清朝的统治稳定以后,由于纲解纽时代而带来的思想和创作的自由空间已经不复存在,于是名士派散文小品受到了毫不留情的否定和扼制。《四库书目提要》骂人常说"明朝小品恶习""山人习气"。这些作家的著作大多被禁毁,流传下来的可谓秦火之余。这种命运一直到1930年代前半期仍未有根本的改观。正是在这样的历史语境下,周作人在《〈近代散文抄〉新序》中表扬了这本散文选的两点贡献:其一,中国人论文向来轻视或者简直抹杀明季公安、竟陵两派的文章,而沈的选本昭示了那时的"一种新文学运动";其二,明人文章在当时极不易得,而此书荟萃了各家的精华。这话从阿英1935年的文章中可以得到进一步的印证。据他介绍,当时新近出版的钱基博《明代文学》和宋佩韦《明文学史》存在着两个突出的问题:一是对对象陌生。公安、竟陵两派的作品,他们大都没有读过,沿误失当处甚多。在宋著中,李贽、王思任、张岱、陈继儒等名家压根儿未提,钱著论明曲而居然不谈汤显祖的"四梦"。其二,沿袭《四库书目提要》的骂评。"自谢(谢无量——引者)著大文学史而下,无论是中文学史,小文学史,抑是断代文学史,除周作人《中国新文学的源流》而外,几乎没有一本不在《提要》的领导下,来痛骂作为晚明文学的主流的'公安''竟陵'两派。周作人叙刘本《袁中郎全集》云：'公安派在明季是一种新文学运动，反抗当时复古赝古的文学潮流，这是确实无疑的事实，我们只须看后来古文家对于这派如何的深恶痛绝，历明清两朝至于民国现在，还是咒骂不止，可以知道他们对于正统派文学的打击，是如何的深而且大了'，于最后出版的这两部明文学史中，是更可以得到证明。"①在晚明小品热的论争双方中，尽管观点和价值取向不一，但基本上都是肯定晚明小品在文学史上的地位的。

1930年代的前半期，是中国小品文（或称随笔，familiar essay）发展过程中关键的民族化时期。在晚明小品热的鼓荡下，小品文作家有意识地进行了民族化的尝试。明清之际的作者们在摆脱"文以载道"束缚以后，开始自信地以自己的眼睛来看社会和人生，大胆地表现性灵。他们笔下的序跋、题记、评点、尺牍等形式，文体特色颇似西方的家常体随笔，说明这一文体在中国传统中是有的，只是被正统观念和古文遮蔽了光芒。周作人指出明清名士派的文章与现代文在思想、情趣上的一致，说明"新文学在中国的土里原有他的根"，明末的文学是新文学运动和新散文的来源。在文学革命初期，传统与现代处于一种尖锐的二元对立之中，而今通过找出传统中的异质因素，拆除了这种对立，正为现代散文汲取传统的营养创造了心理条件。这种被钱锺书称为"野孩子认父母，暴发户造家谱，或封建皇朝的大官僚诰赠三代祖宗"②的情况，有效地帮助中国现代小品文作家克服了外来影响的焦虑。从这时开始，传统小品文的质素开始更多地融入现代散文，受英、法随笔影响，注重说理的现代小品文更多地融入了晚明小品和六朝文章等的抒情等成分。这带来了小品文的繁荣，出现了周作人、林语堂这

---

① 阿英：《评明文学史两种》，1935年11月《书报展望》创刊号。
② 钱锺书：《中国诗与中国画》，《七缀集》，上海古籍出版社1994年8月2版，3页。

样的大家,为新文学下一个十年小品文在梁实秋、钱锺书、张爱玲、王了一(王力)等人手中走向成熟打下了基础,也遥启了1990年代的随笔热的产生。这些小品文作者均可视为广义的言志派。并且,晚明小品的影响并不仅仅局限在某几人身上,或一些个别的方面,而是具有远为普遍的意义。

自然,小品文热存在不少问题。最为人诟病的是在那个国事阽危的情况下提倡闲适的小品文,脱离现实。鲁迅曾在《小品文的危机》一文中指出"在风沙扑面,狼虎成群的时候"提倡"小品文"的危害性。只是有的论者往往夸大了文学对世道人心的消极影响,道义上的正当性并不等于批评上的正确性。再者,任何文学一经模仿,不免成为一种滥调。晚明小品热也不例外。作为京派批评家的朱光潜针对晚明小品热的泛滥,批评道:"我并不敢菲薄晚明小品文,但是平心而论,我实在不觉得它有什么特别胜过别朝的小品文的地方……我并不反对少数人特别嗜好晚明小品文,这是他们的自由,但是我反对这少数人把个人的特殊趣味加以鼓吹宣传,使它成为弥漫一世的风气。无论是个人的性格或是全民族的文化,最健全的理想是多方面的自由的发展。晚明式的小品聊备一格固未尝不可,但是如果以为'文章正轨'在此,恐怕要误尽天下苍生。"虽然言志派作家未必有心让天下人同习晚明小品,但过分张扬是容易造成弊端的。朱氏还担心滥调的小品文和低级的幽默合在一起,"缺乏伟大艺术所应有的'坚持的努力'"[①]。另外,沈启无、林语堂、刘大杰等对晚明小品与其代表的文学倾向的叙述都整齐划一,忽视了这一文学思潮内部的矛盾性和复杂性。

不过,如果我们不是以一方的是非为绝对的是非,不把文学

---

① 朱光潜:《论小品文(一封公开信)——给〈天地人〉编辑徐先生》,《朱光潜全集》3卷,安徽教育出版社1987年8月,428页。

的发展看作是一方绝对地压倒另一方的过程,那么就可以看到,1930年代的言志派和左派、京派等的主张和创作对立、竞争、互补,既回应了时代的要求,又在一定的程度上纠正了功利主义文学的偏失,保证了文学的多样性,共同促进了中国文学的健康自由的发展。

"言志"与"载道"有如辕车之双骖,少了任何一方的平衡,车子都会跑偏,——我们是有过惨痛的教训的。

三　论语派作家的政治身份

　　1930年代,作为言志派一翼的论语派因其强烈的政治性而受到左翼作家严厉的批评。在1949年后的文学史叙述中,论语派被贴上了"帮闲文学"的政治标签。到了1980年代,研究者在思想解放运动中有保留地对林语堂与论语派进行了重新评价,论语派政治和文学倾向的复杂性更多地被认识,然而狭隘的社会学批评的阶级论仍根深蒂固。1990年代以降,特别是进入21世纪以后,论语派研究引进了新理论、新方法,流派的面目逐渐清晰,论语派诸多方面的现代文化特性得到呈现。然而,因对狭隘的政治批评矫枉过正,很少见到对该派的政治性进行新的考察和分析,出现了重文化而轻政治的倾向。疏离了政治批评的维度,很容易忽视论语派关键性的特征,难以理清其在1930年代高度政治化的历史语境中与左派、右派、京派之间复杂而又深刻的历史联系。

　　本章借鉴西方马克思主义批评家伊格尔顿、詹姆逊等政治批评的理论和方法,试图更深入、全面地建立起论语派作家的政治身份、文学理论和小品文话语三者之间的关系,呈现其在1930年代的历史语境中与左翼等派别的权力斗争,从而焕发论语派研究的活力。

　　伊格尔顿在《二十世纪西方文学理论》一书中谈到政治批评:"我用政治的(the political)这个词所指的仅仅是我们把自己

的社会生活组织在一起的方式,及其所涉及的种种权力关系(power relation);在本书中,我从头到尾都在试图表明的就是,现代文学理论的历史乃是我们时代的政治和意识形态的历史的一部分。"①伊格尔顿所言的"政治"显然没有局限于我们早已熟悉的社会政治或者说阶级政治,而是强调作为一种文学批评方法的文化政治。文化政治的核心问题是社会文化领域里到处存在的权力关系,这种权力关系也不可避免地渗透到了文学作品的形式中。

社会文化领域的权力斗争通常是在群体与群体之间进行的。不同文化群体之间有着不同的政治和文化身份,身份是社会成员在社会关系中的位置,强调社会归属,不同身份之间存在着支配与反支配、霸权与反霸权的斗争。一种政治身份的人在遭遇压力和危机时,势必要为自己的存在和诉求进行辩护,以认同为核心进行身份塑造和身份确认,从而肯定自我,争取更大的权力。而这是要通过身份叙述来完成的,同时又会被叙述,被叙述或来自同一阵线,或来自对手,或是别的身份的成员。同一阵线的叙述旨在提供支持,而对手的叙述是为了质疑、颠覆和再塑造。

因为面临合法性、合理性的危机和文学场域的权力斗争,1920年代末、1930年代初作家的身份问题尖锐地凸显出来。通过对论语派作家政治身份的叙述和被叙述——或者说确认与质疑——的考察和剖析,可以看出论语派作家的政治身份及其与左翼作家之间的深刻歧异。一种政治身份的作家的权力主张要通过其文学理论来诠释和证明,并且得到文学创作的支撑。论

---

① [英]伊格尔顿:《二十世纪西方文学理论》,伍晓明译,北京大学出版社2015年12月第1版第8次印刷,196页。

语派提出了性灵(个性)、闲适、幽默等一整套言志理论,看似消极无为,是否定性的,然而通过文化政治的视角,很容易发现其针对功利主义文学观念的斗争锋芒。在人们的印象中,论语派的文学似乎疏离政治。小品文所关联的通常被认为是远离政治的日常生活的微观场域,而微观场域依然体现出微观政治的意味。小品文写作尝试运用新的语调、结构、修辞以及文字游戏,改变文章的功利主义成规,强调个人化的感觉、经验,解脱被压制的个体性。这样,小品文的文体隐现意识形态,形式反映思想内容。文化政治研究的一个重要任务就是要细察和指认文化形式中的社会政治内涵和价值取向,并力图揭示特定文学场域中复杂的权力关系。

此章对论语派的文化政治研究尽量避免大而化之的简单概括,从作家政治身份、文学理论和小品文话语进行多层面的综合考察,深入到文本的细节中去。我要完成的论语派政治性研究包括两个问题:论语派作家的政治身份与论语派小品文话语的政治意味。本章关注的是前一个问题,后一个问题留待下一章去探讨。

1 政治身份叙述

就像传统戏剧的主要角色出场要自报家门一样,一个杂志创刊常有一个发刊词或者类似的东西,以申明自家立场和宗旨。创刊以后,会根据需要在各种形式的编者的话里,进一步阐明、强化或修正刊物的方向,让刊物在特定的场域中处于有利的位置。主要成员也会利用种种机会,在自己的刊物或其他报刊上著文,不断地为自己的刊物说话。就是在刊物停刊以后,主要成员仍会出于不同的目的,继续发言,按照自己的意愿塑造刊物的形象。

　　一般情况下尚且如此，在1930年代这个政治斗争和文坛派别斗争空前激烈的时期，一种容易招惹是非的刊物出现，更需要编者不断的发言。国民党政府自1928年6月占领北平后，推行训政党治，实行独裁专制。在政治上，异己者被逮捕或暗杀。在思想文化方面，通过高压政策来进行控制，颁布"出版法""图书杂志审查办法"等，报刊和图书受到查禁。与苏区红色政权对国民党政府的武装斗争和国际共产主义运动相呼应，左翼文学运动应运而生。"左联"明确把文学看作无产阶级斗争的一翼，对文学的主题和题材等都提出了严格、高标准的限定，并开展与"新月派""自由人""第三种人"、民族主义作家和言志派等的论争，争夺文坛上的领导权和支配权。除了民族主义文学运动中人属于偏向国民党政府的右翼，其他各派都是夹在左右之间偏向自由主义的作家。在这样的形势下，林语堂主编的小品文刊物《论语》《人间世》《宇宙风》引起了多方关注，成为政治性的问题。伊格尔顿说："实际上，不必把政治拉进文学理论：就像在南非的体育运动中一样，政治从一开始就在那里。"[①]在英、法、美等发达的有自由主义传统的国家，一个小品文刊物不会引起什么政治性的关注，然而在1930年代处于政治斗争和文坛斗争旋涡中心的上海，"小品文"成了左派、右派、言志派和京派等作家群体为争夺文化权力而进行角逐的场域，就像体育运动在南非一样具有高度的政治性。因此，作为这几本杂志主要成员的林语堂等人利用各种形式，不断地进行政治性表态，其中一个重要的内容就是对论语派作家政治身份进行自我叙述。

　　《论语》创刊伊始，论语派成员就反复声明自己独立的中间

---

① ［英］伊格尔顿：《二十世纪西方文学理论》，170页。

性的政治立场,以求得自身的生存和发展的空间。《论语》创刊号登载《论语社同人戒条》,其中有:一、"不反革命";三、"不破口骂人","要谑而不虐";四、"不拿别人的钱,不说他人的话";八、"不主张公道;只谈老实的私见";十、"不说自己的文章不好"①。第一条"不反革命"指的是不反政府,这是在专制高压下明哲保身的政治表态;第四、第八强调是个人的独立立场;第三、四条表明不偏激的温和的态度。创刊号《缘起》一文以诙谐幽默的小品文的形式,演绎了《论语社同人戒条》中的态度和原则:不拿被人的钱,不说别人的话,没有主义和宗旨②。这本身就是一篇不错的小品文。特别是虚拟了一些情景和对话,生动有趣表明了自家的追求和话语风格。其实,这种态度本身就显示了一种主义——闲适主义。以后编者继续强化这一立场,并不断告示作者遵守戒条。林语堂在《编辑滋味》中说:"《论语》既未左倾,又未腐化,言论介乎革命与反革命之间,收稿亦如之。"③《人间世》办刊仍然坚持这一原则立场,其《投稿约法》第三章声称:"涉及党派政治者不登。"④该派成员时常在文章中呼应刊物的立场和态度。大华烈士在《东南风·也有"凡例"》中仿照《论语社同人戒条》,其中第八条为"牵涉政潮捣乱大局者不录"⑤。

林语堂的办刊方针与《语丝》有承继关系,然而立场和态度又明显有变。林语堂曾赞同周作人《答伏园论"语丝的文体"》所说的"不用别人的钱,不说别人的话""大胆与诚意",并进一

---

① 《论语社同人戒条》,1932年9月16日《论语》1期。
② 《缘起》,1932年9月16日《论语》1期。
③ 林语堂:《编辑滋味》,《林语堂名著全集》14卷,东北师范大学出版社1994年11月,165页。
④ 林语堂:《投稿约法》,1934年4月5日《人间世》创刊号。
⑤ 大华烈士:《东南风》,1933年10月16日《论语》27期。

步地生发。他说:"我主张《语丝》绝对不要来做'主持公论'这种无聊的事体,《语丝》的朋友只好用此做充分表示其'私论''私见'的机关。这是第一点。第二,我们绝对要打破'学者尊严'的脸孔,因为我们相信真理是第一,学者尊严不尊严是不相干的事。""凡是诚意的思想,只要是自己的,都是偏论,'偏见'。"①林语堂在文章里频繁引用周作人的言论,并表示赞赏,这表明其思想态度更与周作人同道。《论语》又与《语丝》有着明显的区别。《语丝》发刊词云:"我们个人的思想尽自不同,但对于一切专断与卑劣之反抗则没有差异。我们这个周刊的主张是提倡自由思想,独立判断,和美的生活。"②林语堂在1930年代依旧倡导独立自主的个性精神,但是明显消退了当年的反抗性和斗争意气。

　　林语堂的变化缘于他参加大革命后的失败感和现实考量。他曾亲身参加过大革命,带着对革命的厌倦到上海参加文学活动,从事"著作生活"。他说过:"自兹以后,我便完全托身于著作事业。人世间再没有比这事业更为乏味的了。在著作生活中,我不致被学校革除,不与警察发生纠纷。"③一般来说,著作生活并不比学校生活更安全,有时反而更危险,这要看以何种立场和态度从事著作。林语堂这样说,其实表明了他对于自己政治态度的预设,那就是在安全的阈值内写作和参加活动。林语堂在《编者后记·论语的格调》中写道:"对于思想文化的荒谬,我们是毫不宽贷的;对于政治,我们可以少谈一点,因为我们不想杀身成仁。而对于个人,即绝对以论事不论人的原则为绳墨;同一个人,我们也许这期褒誉,下期也许讥贬,如果个人之行径

---

① 林语堂:《翦拂集》,北新书局1928年12月,76—77页。
② 《发刊词》,1924年11月17日《语丝》1期。
③ 《林语堂自传》,《林语堂名著全集》7卷,4页。

前后矛盾,难怪我们的批评也要前后反复。"①他在《我的话·序》中云:"风头越来越紧,于是学乖,任鸡来也好,犬来也好,总以一阿姑阿翁处世法应之,乃成编辑不看日报之怪现象。"②《论语》创刊号的《编辑后记》说:"在目下这一种时代,似乎《春秋》比《论语》更需要,它或许可以匡正世道人心,挽既倒之狂澜,跻国家于太平。不过我们这班人自知没有这一种的大力量,其实只好出出《论语》。"③他还说:"我们相约不谈主义,退而谈谈《论语》。"④林语堂所说不谈主义,看似寻常的话语,其实有着强烈的政治指涉性,流露出强烈的意识形态症状,因为暗示了与左右阵营的不同,并与现政府可以相安无事。林语堂一开始并没有想到公开与左翼阵营对立,而是要维持表面上的和谐关系。当论语派的闲适主义倾向引起了左翼人士的不满和批评时,林语堂才明确地把自己与左翼作家区别开来。他的《有不为斋丛书序》说:"东家是个普罗,西家是个法西,洒家则看不上这些玩意儿,一定要说什么主义,咱只会说是想做人罢。"⑤这种态度与周作人申明的自由主义高度一致。

1934年9月,林语堂发表《四十自叙》明志:"生来原喜老百姓,偏憎人家说普罗。人亦要做钱亦爱,踯躅街头说隐居。立志出身扬耶道,误得中奥废半途。尼溪尚难樊笼我,何况西洋马克斯。出入耶孔道缘浅,惟学孟丹我先师。"⑥后来《无所不谈合集》重刊此诗,作者新加了序言,其中有云:"'孟丹'即法国

---

① 《编辑后记——论语的格调》,1932年12月1日《论语》6期。
② 林语堂:《〈我的话·行素集〉序》,《林语堂名著全集》14卷,3页。
③ 《编辑后记》,《论语》创刊号。
④ 林语堂:《蒋介石亦论语派中人》,1932年10月1日《论语》2期。
⑤ 语堂:《有不为斋丛书序》,1934年9月1日《论语》48期。
⑥ 林语堂:《四十自叙》,1934年9月16日《论语》49期。

Montaigne,以小品论文胜。此人似王仲任。《论衡》一书亦非儒亦非老,所言皆个人见地,与孟丹相同。孟丹所以可传不朽者以此。大概文主性灵之作家皆系如此,即'制(掣)绦啮笼'还我自由之意。故乐于提倡袁中郎,《论语》半月刊所作文章,提倡袁中郎的很多。'会心的微笑'亦语出袁中郎。"①《论语》"群言堂"一栏曾以"论语何不停刊?"为题刊登读者来信,陶亢德在回复中说:"左派说论语以笑麻醉大众的觉醒意识,右派说论语以笑消沉民族意识。""打倒帝国主义,三民主义吾党所宗那样的党歌,论语是不唱的——这当然不是论语反革命看不起党,乃是唱打倒帝国主义的另有专使,不必我们越俎代庖。我们仍只要聚好友几人,作密室闲谈,全无道学气味,而所谈未尝不涉及天地间至理,全无油腔滑调,然亦未尝不嘻笑怒骂。使天下窃闻我辈纵谈者,能于微笑中有所悟有所觉,虽负亡国之罪,也尚对得起凡我同胞。"②不论是林语堂,还是陶亢德,他们都给自己塑造了疏远现实政治斗争、走中间道路的自由主义身份。

林语堂说:"我们无心隐居,而迫成隐士。"③郁达夫说过:"周作人常喜引外国人所说的隐士和叛逆者混处在一道的话,来作解嘲;这话在周作人身上原用得着,在林语堂身上,尤其是用得着。"④"隐士"只是一种消极的现实态度的隐喻,并非不涉及政治。在一定的意义上林语堂与周作人同是"隐士",但二者之间的表现还是有较大的不同。周作人由于对社会现实的深度失望,像住在圆塔里关心人类命运的蒙田一样,与现实保持距

---

① 林语堂:《〈四十自寿诗〉序》,《林语堂名著全集》16卷,269页。
② 徐敬荦:《论语何不停刊?》,1934年9月16日《论语》49期。
③ 林语堂:《创刊缘起》,1932年9月16日《论语》1期。
④ 郁达夫:《〈中国新文学大系·散文二集〉导言》,上海良友图书印刷公司1935年8月。

离,在很大程度上放弃了对现实问题直接发言,转而从思想文化的角度来观察和关联;林语堂则积极地在安全的范围内抨击现实,在一系列文章里仍然保持对现实政治的高度关注,并且积极、勇敢地参加了一些影响较大的政治活动。

2 言论自由

林语堂是关心政治的,也常发表政治性的言论,甚至有时还表现得十分尖锐。1930年代的林语堂发表了为数不少的杂文。他的散文集《我的话》按内容,大致可分为文论、小品文和时政性杂文三类,后者有十来篇,涉及民主法治、爱国救亡、官场腐败、民生疾苦、民众教育、文化批评等方面,通常由种种社会现象顺便挖掘文化根源。可能是为他幽默、闲适的小品文的名声所掩,这些杂文较少为人关注,然而却鲜明地表现出其政治立场和态度。他批评的锋芒既指向南京政府,又指向左派。

林语堂是爱国的。他积极支持学生爱国运动。其《关于北平学生一二·九运动》《告学生书》等文章对"一二·九"运动表示声援。日本驻南京总领事访问国民政府外交次长唐有壬,对北平学生"一二·九"运动提出抗议。林语堂于"一二·九"运动发生后三日写作《关于北平学生一二·九运动》,联系五四运动评论道:"民众力量如火燎原,比中国军界尤足畏也。""吾看北平教育领袖及学生脉息不错,中国其尚有望乎?"[①]陶亢德声援"高呼反对自治伪组织,要求团结救亡口号的爱国学生"[②]。《宇宙风》第八期杂志封面题词抄录《诗经·黍离》,题为"赋天

---

① 语堂:《关于北平学生一二·九运动》,1936年1月1日《宇宙风》8期。
② 亢德:《请视学生如乱民》,1936年1月1日《宇宙风》8期。

津学生赴京请愿不得乘车武汉学生不得乘渡船及北平杭州各处学生忍寒露宿"。有东北捐款下落不明,林语堂表示出对国民素质的怀疑:"染指,中饱,分羹,私肥,这是中国民族亘古以来上自王公大臣下至贩夫走卒文武老幼男女贤愚共同擅长的技术。""福尔摩斯载,《东北捐款七百万查无着落》一文,令人想到'若不染指,非中国人'八个大字。"①

尽管林语堂对政治问题有着广泛的关心,然而最关注的还是民权的保障,特别是言论自由的问题。他在《又来宪法》一文中强调:"须知宪法的第一要义,在于保障民权。民权自何而来,非如黄河之水天上来。凡谈民治之人,需认清民权有二种。一种是积极的,如选举、复决、罢免等。一种是消极的,即人民生命,财产、言论结社出版自由之保障。中国今日所需要的,非积极的而系消极的民权。"②他所说的"消极的民权"近于以赛亚·伯林所说的"消极自由",是在现代民主社会里公民最低限度的自由,是一种不经过殊死搏斗而不会放弃的自由。他指斥道:"中国有宪法保障人权,却无人来保障宪法。因此,在中国人权保障之最有效方法为'各人自扫门前雪'一句格言,载在黄帝宪法第十三条。只要谨守此条宪法,可保年高德劭,子孙盈门。"③国难方殷,作者表现出少见的愤激,强烈抨击言禁,反对暴政:"今动辄禁止言论,是驱全国国民使之自居于非国民地位,以莫谈国事相戒,母戒子者以此,兄戒弟者以此,契友相戒者以此,而谓以此举国相戒莫谈国事之国民可以'共赴'什么'国难',其谁信之?故曰禁止言论自由之政策,是政府自杀之政策

---

① 林语堂:《黏指民族》,《林语堂名著全集》14 卷,284 页。
② 林语堂:《又来宪法》,1933 年 1 月 1 日《论语》8 期。
③ 语(林语堂):《不要见怪李笠翁》,1933 年 7 月 1 日《论语》20 期。

也。呜呼痛哉!"①林语堂始终不渝地批判专制统治,呼吁民主自由。1936年去国赴美之前,他对当局提出警告:"在国家最危急之际,不许人讲政治,使人民与政府共同自由讨论国事,自然益增加吾心中之害怕,认为这是取亡之兆。因为一个国决不是政府所单独救得起来的。"并呼吁:"除去直接叛变政府推翻政府之论调外,言论应该开放些,自由些,民权应当尊重些。这也是我不谈政治而终于谈政治之一句赠言。"②即便身在大洋彼岸,林氏也念念不忘国内的民主自由问题。他在《自由并没死》一文中说,"所谓'自由没有死也'一语,盖吾国青年,眼光太狭且好趋新逐奇……遂谓德谟克拉西已成过去赘瘤,自由已化僵尸,再无一谈之价值。"③抗战爆发后,他仍密切关心国内局势。

上述批评时政的文章表现出了林语堂作为一个自由主义知识分子的判断和勇气;不仅如此,他还参加了一些重要的政治活动。如1932年12月底,林语堂参与发起中国民权保障同盟,并担任宣传主任。翌年1月,"同盟"上海分会成立,林语堂与鲁迅等人一起担任执行委员。1935年6月,以林语堂为首的论语社与左翼方面的文学社、太白社、芒种社等团体和个人一起,共同签署了《我们对于文化运动的意见》,反对国民党当局提倡的读经救国的复古运动。次年9月,林语堂与鲁迅、郭沫若、茅盾等人一起联名发表了《文艺界同人为团结御侮与言论自由宣言》,号召全国文艺界同人不分新旧左右,为抗日救国而联合,要求政府当局积极抗日,并开放人民的言论自由。

林氏也时时感到现实的威胁,这使得处世精明的他不会去

---

① 语堂:《国事亟矣!》,1935年12月16日《论语》78期。
② 林语堂:《临别赠言》,1936年9月16日《宇宙风》25期。
③ 语堂:《自由并没死》,1937年6月16日《宇宙风》43期。

冒险地在抗争的道路上走得更远。论语派成员周劭回忆道:"其时国民党政府于签订《淞沪停战协定》之后,对言路较为宽松,但不久即逆施白色恐怖。杨杏佛、史量才等民主人士相继被暗杀,林语堂也害怕受祸,乃退居第二线,由邹韬奋荐举在《生活》周刊任过编辑的陶亢德任《论语》编辑。"①1933年5月,林语堂的堂侄林惠元在福建龙溪严惩采购日货的商人,被驻军方面以通共嫌疑,在未经审讯的情况下枪决。6月,中国民权保障同盟领导成员之一杨杏佛被暗杀身亡。这些无疑给林语堂心里留下了阴影。林氏之女林太乙回忆道:"我记得杨杏佛被杀之后,父亲有两个星期没有出门,而在我们的门口总有两三个人站着。"②

其实,不管怎么反抗,林语堂等论语派作家对现政权是基本认可的。据周劭说,林语堂1936年夏举家赴美,一个重要原因是,他没有如愿以偿地当上南京政府的立法委员,于是愤而出国。他曾参与过蔡元培、宋庆龄等发起的民权保障大同盟,编辑过《论语》,给国民党政府增添过不少麻烦,所以坐失了这个"无所事事而坐领高俸的高官"③。想当立法委员虽然出于个人利益考量,但表明他对南京政府抱有希望;结果没有成功,也说明他的现实表现不能使国民党当局满意。

《剑桥中华民国史》在谈到南京政府的意识形态控制时说:"这个国民党政权在本质上是矛盾的:它时而专横暴虐,时而又虚弱妥协。在独裁的外观之下,其权力很大程度上来自对一支占优势的军事力量的控制。结果,只要在国军或警察影响所及范围之内,任何威胁到其权力或批评其政策的个人或团体,便都

---

① 周劭:《午夜高楼——〈宇宙风〉萃编·前言》,上海古籍出版社1999年9月。
② 林太乙:《林语堂传》,《林语堂名著全集》29卷,81页。
③ 周劭:《午夜高楼——〈宇宙风〉萃编·前言》。

遭到了暴力镇压。"①政权的矛盾给了林语堂这样中间派的自由主义知识分子提供了一定的言论空间,林语堂的言论有时很尖锐,有可能让统治者很讨厌,但对统治者基本上是不构成威胁的,所以他始终在安全的阈值之内。

当年追随鲁迅的左翼作家唐弢晚年作《林语堂论》,以学术的眼光重新打量林语堂,得出了新的结论:"我觉得从林语堂身上找不出一点中庸主义的东西。他有正义感,比一切文人更强烈的正义感:他敢于公开称颂孙夫人宋庆龄,敢于加入民权保障同盟,敢于到法西斯德国驻沪领事馆提抗议书,敢于让《论语》出'萧伯纳专号',敢于写《中国没有民治》、《等因抵抗歌》……等文章,难道这是中庸主义吗?当然不是。"②远离了当年文场斗争的语境,唐弢的话应是可信的。

在论语派主要成员中,林语堂、姚颖和老向的散文与社会现实的关系密切,写作态度严肃。林语堂在为姚颖小品文集《京话》所作的序中,对姚文称赞有加。姚颖小品集《京话》大都是讽刺性的时政评论,婉而多讽,也不乏尖锐辛辣之处,偶尔露出酸刻之笔。林语堂赞其"谑而不虐",所以"当时南京要人也欣赏她谈言微中的风格"③。"京话"这个栏目名称就显示了对国民党政府合法性的承认,文章尽管时时流露出讽刺的锋芒,作者显然是从国家体制的内部来批评的。这一点与左翼作家截然不同。然而,她又有意强调与右翼文人的不同:"责备我最厉害的,是一般以革命自负的朋友,他们怪我不去谈民族复兴,二次世界大战,莫索里尼,希特勒,而谈烟的作用,主席购物,夏日的

---

① [美]费正清主编:《剑桥中华民国史》2部,章建刚等译,上海人民出版社1992年9月,152页。
② 唐弢:《林语堂论》,《鲁迅研究动态》1988年7期。
③ 林语堂:《姚颖女士说大暑养生》,《林语堂名著全集》16卷,293页。

南京,他们说我清谈误国,并引晋朝的先例作证,义正辞严,令我不能置答。"①这里"以革命自负的朋友"自然不是指左翼方面。姚颖《京话·自序》云:"我写时虽然未经再三考虑,但大体有个范围,即是以政治社会为背景,以幽默语气为笔调,以'皆大欢喜'为原则,即不得已而讽刺,亦以'伤皮不伤肉'为最大限度,虽有若干绝妙材料,以环境及种种关系,不得已而至割爱,但投稿两三年,除数次厄于检查先生外,尚觉功德圆满!"②《宇宙风》第二十三期卷首刊登《京话》和《黄土泥》广告,其中说《京话》是:"中国第一本以政治社会为背景以幽默语气为笔调的小品文集。"这也点出了姚颖《京话》的政治态度。

老向的乡村小品里是看不出多少幽默的。作者服务于河北定县的"平教会",其小品集《黄土泥》大体上以一个"平教"工作者的眼光,大量叙写农村,反映农村现实中的"愚、穷、弱、私"问题。作者走的是一种"教育救国"的改良主义道路,是启蒙主义走向民间的社会实践。所以,顶多也只是借农民之口发出"换一换年头儿吧"的呼声。此外,便是记叙民俗风光,表现乡土趣味。他反映民生疾苦,可以说是怨而不怒式的。

唐弢在《林语堂论》中,一方面肯定林氏强烈的正义感和勇气,另一方面又指出他十分顽固,攻击左翼文学和马克思主义。他发表有多篇文章,攻击左翼文学。关于林氏对左派的攻击,将在下文中论及。

3 期刊政治

论语派作家的身份政治主要通过《论语》《人间世》《宇宙

---

① 姚颖:《我与论语》,《京话》,人间书屋 1936 年 9 月,101—102 页。
② 姚颖:《自序》,《京话》。

风》《西风》《逸经》等热销的小品文期刊承载并体现出来,并集聚为集体的文化政治势力,从而彰显出一种期刊政治。这种期刊政治见诸编辑方针和策略、作品倾向、作者群和读者群等方面。林语堂发表大量文章,又与陶亢德、邵洵美等编辑一起通过编后记等阐发自家的立场和主张,刊登撰稿人名单,发表同人照片和手迹,这些都强化了论语派作家的文化政治认同,凸显了期刊的文化政治面目。可以说,几大杂志集中体现了论语派作家的政治身份,在很大程度上代表了该派的文化政治面目。

林语堂创办小品文杂志,倡导闲适语调的小品文,重评晚明小品,翻印明人作品集,在文坛上掀起阵阵热潮,以至于时人把1933年称为"小品文年",把1934年称为"杂志年"(指小品文杂志),把1935年称为"古书翻印年"。这些潮流彰显了论语派的政治倾向,并产生广泛的社会效应。以林语堂为首的论语派又与北方以周作人为首的苦雨斋派互相配合,形成声势浩大的言志文学思潮,受到不同政治立场的文坛派别的强烈关注。

《论语》半月刊在编辑策略上走的是雅俗共赏的路子,出版后销量大好,引起出版界和读书界重视。林语堂介绍说:"听说论语销路很好,已达二万(不折不扣),而且二万本之论语,大约有六万读者。"[①]该刊成为当时最受欢迎的几种杂志之一。而且从《论语》到《人间世》,再到《宇宙风》,出一本火一本,办刊质量也稳步提升。

林语堂主编《论语》时,利用各种关系,引来许多著名的作者,并且积极发现和培养新秀。章克标说:"林语堂邀请鲁迅写稿,鲁迅也寄来几次。林又向北京的旧友如周作人、刘半农等人约稿。邵洵美则因同徐志摩《新月》杂志方面的人接近,而得到

---

① 林语堂:《二十二年之幽默》,《林语堂名著全集》14卷,175页。

潘光旦等人的支持。也还有热心的人主动来稿的,如老向、何容等及'大华烈士'简又文,还有姚颖女士……等等,因此,的确是逐渐兴旺的样子。"另外,徐訏也是因为投稿《论语》而与林氏结识的①。林语堂不断总结办刊经验,调整方向,到了《人间世》《宇宙风》,更是名家云集,佳作连篇。《宇宙风》第十三期(春季特大号)发表《宇宙风读者公鉴》,其中有云:"今后本刊,一本初衷,对内容力求精彩,虽不敢说雄视文坛,总做到视同类杂志能无逊色。长篇约定有老舍赵少侯二先生合作之牛天赐续传《无书代存》;主要的短篇方面,周作人先生的风雨谈,丰子恺先生的缘缘堂随笔,都蒙续予撰惠,按期刊登。语堂的小大由之更不必说。又本刊绝无门户之见,对于海内外著名作家,无不竭诚敦请撰述……过去十二期中,有再版到六七次者。"海内名家聚集,言语间充满了自豪。

特别值得注意的是,论语派三大主力杂志团结了一大批思想观念相近的自由主义作家。在《论语》刊行之前的1930年5月,冯至、林庚、冯文炳等编辑出版带有沉潜倾向的《骆驼草》,仅出二十六期,并未引起多少关注。1932年,周作人向《现代》编者施蛰存推荐李广田的散文,曾感叹"北平近来无处可卖(指文章发表——引者)"②。到了林语堂主编的《论语》,情形大变。1930年代,自由主义作家受到进一步打压,被边缘化,运交华盖,《论语》等杂志创刊,给他们提供了阵地。《论语》等予以培植,发表关于他们的人物志和照片,大力推介,因此他们对林氏是怀着知遇之情的。老舍在为《论语》创刊两周年而写的贺

---

① 章克标:《文坛草木》,上海书店出版社1996年12月,74页。
② 周作人:《致施蛰存》,《周作人集外文》(下),海南国际新闻出版中心1995年9月,429页。

诗中云："共谁挥泪倾甘苦？惨笑惟君堪语愁！"①

前文所提的读者来信《论语何不停刊?》说："我国文坛,自林公创刊论语之后,一纸(其实每期都够二十多页)风行,四方响应,凡有屁股(报屁股),莫不效颦。幽默二字,从老教授都听不惯的地位,一跃而成为小学生耳熟能详的崭新名词,尤为投稿者晨昏颠倒,寤寐思求的对象。于是笑林广记,一见哈哈笑之类的书籍,被人捧为高头讲章,竹枝词,打油诗,风头尤其十足。而刊物的命名法,也起了'奥伏赫变',仿古赝本,最为摩登,什么'中庸'、'孟子'、'聊斋'、'天下篇'等半月刊,书摊上触目皆是。"可见《论语》等杂志的广泛影响。

据茅盾介绍,自1934年1月起,定期刊物越出越多。专售定期刊物的书店——中国杂志公司也应运而生。"有人估计,目前全中国约有各种性质的定期刊物三百余种,内中倒有百分之八十出版在上海,而且是所谓'软性读物',——即纯文艺或半文艺的杂志;最近两个月内创刊的那些'软性读物'则又几乎全是'幽默'与'小品'的'合股公司。'"②还有人指出,继1927年以后书业的大发展,1932年以后则进入萧条时期。虽然一般书业不景气,而杂志业则逆势成长,出现了"杂志年",幽默小品流行起来。

论语派的三大主力杂志取得巨大的成功,引起了跟风,小品文杂志纷纷出版。如论语派的《文饭小品》《逸经》《西风》,左派的《新语林》《太白》《芒种》等。论语派杂志占据了显著的文化空间,政治影响扩大,左翼有针对性地创办《太白》和《新语林》等来争地盘。陈望道回忆道："《太白》杂志是在鲁迅先生的

---

① 老舍：《论语两岁》,1934年9月16日《论语》49期"两周年纪念特大号"。
② 茅盾：《所谓杂志年》,《茅盾全集》20卷,人民文学出版社1990年,132页。

直接关怀和支持下创办的。一九三四年创办这个杂志,是想用战斗的小品文去揭露、讽刺和批判当时黑暗的现实,并反对林语堂之流配合国民党反动派文化'围剿'而主办的《论语》和《人间世》鼓吹所谓'幽默'的小品文的。"①"配合"之言受时见所缚,名实不副,而"反对"之语则道出了实情。

《芒种》与《太白》杂志编辑出版专集《小品文和漫画》,以强大的作者阵容,否定论语派倡导的"自我""闲适"的小品文倾向。曹聚仁说:"'太白社'曾以'小品文与漫画'为题,征求当代文家的意见,那五十多家的意见,都是否定那自我的中心,闲适的笔调的。"②左派所办小品文刊物《新语林》《太白》《芒种》均与论语派对垒。徐懋庸、曹聚仁编辑出版了《芒种》半月刊,茅盾在对前三期进行了一番考察后说:"这一个半月刊,现在(四月中旬)已经出到第三期了。这也是'小品文'的刊物,是反对个人笔调、闲适、性灵的小品文刊物。"从前三期看,"《芒种》还嫌太深,与创刊号上《编者的话》预期的读者对象——'拖泥草鞋'的朋友们——不符"③。《太白》也销路不佳,只办了一年半就停刊,结果反而扩大了《人间世》和论语派的影响。

左翼人士着重从社会学的角度来看待论语派与小品文现象,忽视了由商品经济的发展和中产阶级的兴起带来的市民阶层文化消费需要的增强而为论语派提供了社会基础。作家作为中产阶级的特殊群体是精英文化的创造者和消费者,而精英文化与城市市民的大众文化之间有着交叉性,共享着现代都市许多文化资源和价值趣味。在价值观上,后者更重视庸常的日常

---

① 陈望道:《关于鲁迅先生的片段回忆》,《文艺论丛》第1辑,上海人民出版社1977年9月,223—224页。
② 曹聚仁:《文坛五十年》,273页。
③ 茅盾:《杂志"潮"里的浪花》,《茅盾全集》20卷,441页。

生活,因而疏远精英文化高蹈的政治性理想。市民阶层凭借其占有的经济资本和文化资本,分享了部分为我所需的精英文化资源。论语派作家为了吸引更多的市民读者,扩大自身的市场份额,就会迁就他们的要求和趣味。大众文化从功能上来说是娱乐性的,保守的,与左翼作家的宏大叙事背道而驰的。宏大叙事对日常生活进行排他性的选择和改造,使之成为映照在意识形态中的理想化镜像,同时对与文化理想不合拍的日常生活进行揭露和批判,从而引起日常生活主体对日常生活消极性、不合理性的反省和批判。论语派作品与这种五四以降主流的启蒙主义的精英意识迥乎不同,肯定世俗价值,表现出更突出的平民意识。不过,论语派与市民文化的关系,并不是一味地迎合,而是暧昧的,半推半就的。显然,与市民读者沉浸其中的大众文化的亲和,走雅俗共赏的路子,为论语派提供了独立的话语空间,无论是左翼文学、京派文学还是右翼文学的场域中,都没有大众文化的栖身之所。

除了编辑杂志,林语堂还编著出版英语读本,并因此成为"版税大王"。1928年,他所编三册《开明英文读本》由上海开明书店出版,面向初中生。出版不久即风行全国,并且取代周越然编辑、商务印书馆出版的《英语模范读本》,成为全国最畅销的中学英文教科书[1]。1933年、1934年,林语堂收入颇丰,有人替他算过一笔账:开明书店英文教科书的版税每月大约七百元银洋,再加上中央研究院的薪金、几本刊物的编辑费,每月收入在一千四百元左右,而当时银行普通职员月薪不过六七十元[2]。唐弢后来在《林语堂论》一文里在谈到胡风《林语堂论》发表的

---

[1] 参阅林太乙:《林语堂传》,《林语堂名著全集》29卷,62页。
[2] 徐訏:《追思林语堂先生》,《林语堂评说七十年》,子通主编,中国华侨出版社2003年1月,146页。

历史语境时说得明白："在号称'杂志年'的一九三四年，林语堂先生继提倡幽默的《论语》之后，又创办了'以自我为中心，以闲适为格调'的小品文刊物《人间世》，同时还赞扬语录体，大捧袁中郎，所编《开明英语读本》又成为畅销书。从林先生那边说，可谓声势煊赫，名重一时，达到了光辉灿烂的人生的顶点。"①林语堂变为一个成功人士，这增加了其人生道路和政治倾向的吸引力，扩大了他的政治影响，也很容易加重左翼方面的忧虑。

在《大荒集·序》中，林语堂自称"大荒旅行者"，"在大荒中孤游的人，也有特种意味，似乎是近于孤傲，但也不一定。我想只是性喜孤游乐此不疲罢了。其佳趣在于我走我的路，一日二三里或百里，无人干涉，不用计较，莫须商量。或是观草虫，察秋毫，或是看鸟迹，观天象，都听我自由。我行我素，其中自有乐趣。而且在这种寂寞的孤游中，是容易认识自己及认识宇宙与人生的。有时一人的转变，就是在寂寞中思索出来，或患大病，或中途中暑，三日不省人事，或赴荒野，耶稣，保罗，卢梭……前例俱在。"②这样的一个"大荒旅行者"走进十里洋场，没有投靠任何政治势力，虽有一些对市场和市民读者的迎合，但大体上可以说是依然故我，结果赢来拥趸无数，成为文坛上的大明星。这构成了其他政治身份作家所代表的价值观的挑战。

"杂志年"现象引起了左翼人士的广泛关注，他们进行社会剖析式的阐释，力图把握和引导期刊出版的舆论导向。茅盾发表《杂志年与文化动向》一文，其中重点介绍了傅逸生在《现代》上发表的论文《中国出版界到何处去》。傅文说，继1927年以后书业的大发展，1932年以后则进入萧条时期。一般的书业不

---

① 唐弢：《林语堂论》，《鲁迅研究动态》1988年7期。
② 林语堂：《大荒集·序》，《大荒集》，上海生活书店1934年6月。

景气,而杂志业逆势成长,出现了"杂志年"。他引用《人文》月刊的统计:一九三二年收到全国杂志八七七册。一九三三年为一二七四册,一九三四年为二〇八六册。据个人在各杂志公司调查之结果,除政府公报外,共为二百八十到三百种的数目。诚为名副其实的"杂志年"。其中,逆势而起的就有"幽默小品的流行"。他评论道:"时代在一个阴沉沉的时候,只有用反语,讽刺,和短小精干的小品文来发泄。《论语》,《人间世》,《华安》,《华美》及各报纸副刊之能为人注意,当然是有他底时代意义的。不过,这许多东西,因为他仅是一种幽默讽刺,所以,终究不能解决读者的许多问题,现在,幽默小品的时代,显然的已在向下了。"作者预言,随着时代的进展,"迎合个人牢骚及悲观思想的幽默品,将愈趋于颓废堕落,富于前进性而有社会意义的讽刺品与写实小说,将有更进步的成绩供给读者。"①他指"幽默小品"迎合个人牢骚,思想悲观,不能满足读者认识时代及其方向的要求,并预断其"颓废堕落"的前途;相反,前途光明的则是左翼文学,"富于前进性而有社会意义的讽刺品与写实小说"是左翼作家的胜场。茅盾对"杂志年"的估量与傅逸生不同,强调"杂志年"是"文化动向之忠实的记录",是多种"思潮"交流决荡而产生的结果。其中,"好的倾向"也在针锋相对地发展着②。这"好的倾向"无疑是以左翼《芒种》与《太白》等杂志为代表的。在他的论述里,"左翼"与包括论语派在内的"言志派"的对立呼之欲出。

《论语》《人间世》《宇宙风》等杂志的崛起,张扬了包括论语派在内的言志派的文学观念、政治身份和影响力,打破了文场

---

① 傅逸生:《中国出版界往何处去?》,1935年3月《现代》6卷2期。
② 明(茅盾):《杂志年与文化动向》,1935年5月《文学》4卷5号,收入《茅盾全集》20卷。

主要文化政治力量的平衡,影响了各派别所提出文学主张的合理性与合法性,因而成为高度政治化的问题,引发一系列激烈、持久的文学论争。

4 文场之争

《论语》创刊之初,并非以与左派对立或挑战的姿态出现的,它为自己确立的是"左""右"都不得罪的中间路线。《论语》第八期刊出的《我们的态度》写道:"《论语》半月刊以提倡幽默文字为主要目标。……我们不是攻击任何对象,只希望大家头脑清醒一点罢了。"《论语》既刊发大量没有多少意义的幽默之作,又在"半月要闻""雨花""群言堂""补白"和地方通讯等栏目中发表尖锐的讽刺文字。然而,这种立场仍然问题很大。一方面,从1931年"九一八"事变开始,日本逐步加快侵华步伐,占领东北,觊觎华北,而国民党政府采取"攘外必先安内"的政策,妥协退让;另一方面,国民党政府面对国内乱局,推行专制主义政策,加强对政治异己力量的打压。在这样的历史语境中,论语派提倡幽默、闲适的小品文显得大不合时宜,实质性地构成了与左派、右派的冲突,因而具有了高度的政治倾向性,招来多方诟病。

论语派杂志的编者利用自身的平台发言为自己辩护,并进行回击。其他论语派成员也积极配合,以自己的发言表示支持。国难当头,却提倡幽默、闲适的小品文,难免予人以误国的口实。简又文在《我的朋友林语堂》中说:"语堂是一个真正的,忠实的,和热烈的爱国者。不过他不是一个政客,不是一个党员,也没有担任过政治工作……所以他爱国的立场并非某某党的,其爱国的方式也不是××党的……语堂之爱国,是站在一介平民的立场,而施用一介书生,或一个学者的方式。"①这里是强调林语堂中间派独立的爱国立场。针对人们常常指责林语堂政治态度消极,同样可以归入论语派的郁达夫为他进行了辩解:"林语堂生性憨直,浑朴天真,假令在美国,不但在文学上可以成功,就是从事事业,也可以睥睨一世,气吞小罗斯福之流。《剪拂集》时代的真诚勇猛,是书生本色,至于近来的耽溺风雅,提倡性灵,亦是时事使然,或可视为消极的反抗,有意的孤行。"②鲁迅指斥过林语堂"帮闲",郁达夫则肯定林氏的个人品质和才能,强调林语堂的现实态度是"消极的反抗"。

曹聚仁说:"林语堂提倡幽默,《论语》中的文字,还是讽刺性质为多。即林氏的半月《论语》,也是批评时事,词句非常尖刻,大不为官僚绅士所容,因此,各地禁止《论语》销售,也和禁售《语丝》相同。"③《论语》的倾向不得国民党右派方面的喜欢,甚至还可以说讨厌,但并没有触碰当局的底线。右派方面批评论语派的文章则很少见,不过还是可以找出几篇的。漠野《论小品文杂志》从民族主义文学立场,攻击《论语》《千秋》《人间世》《太白》等小品文杂志,说幽默文章是"侵蚀民族性的烈性毒品"。"在这个危急存亡,千钧一发的恶劣环境里,中国急切需要的,不是民族团结的力量么?!"④《新中国》杂志刊发鲁等《反幽默斋随笔》五则短篇杂文,前四篇为署名"鲁"的作者所作攻击幽默文学的文字。其中,《(二)幽默误国论》说无论左翼作家,还是幽默作家,"均影响青年,使之坠落,令其消沉",还说什

---

① 大华烈士(简又文):《我的朋友林语堂》,1936年8月5日《逸经》11期。
② 郁达夫:《〈中国新文学大系·散文二集〉导言》,上海良友图书印刷公司1935年8月。
③ 曹聚仁:《文坛五十年》,271页。
④ 漠野:《论小品文杂志》,1934年10月《华北月刊》2卷3期。

么"国家将亡,必有妖孽,妖氛不清,国难不已"。《(四)竹林诸君子与论语》对论语派的幽默悻悻然:"幽默成风,民气消沉,人皆忘国,国乃灭亡。/幽默成风,清谈废务,不能自存,人乃绝种。"①这些右派分子肆口谩骂的文字只是表明了极端的态度,不具有很大程度上的代表性,也难构成对论语派的直接威胁。

批评论语派的不仅有"左""右"两派,主张严肃、高雅文学的京派作家也表现出了严厉的态度。沈从文批评《论语》和《人间世》的"游戏"色彩:"编者的努力,似乎只在给读者以幽默,作者存心扮小丑,随事打趣,读者却用游戏心情去看它。它目的在给人幽默,相去一间就是恶趣。"《人间世》尊小品文,迷信"性灵",尊袁中郎,"编者的兴味'窄',因此所登载的文章,慢慢的便会转入'游戏'方面去。"②京派批评家朱光潜针对晚明小品热的泛滥,批评道:"我并不反对少数人特别嗜好晚明小品文,这是他们的自由,但是我反对这少数人把个人的特殊趣味加以鼓吹宣传,使它成为弥漫一世的风气。无论是个人的性格或是全民族的文化,最健全的理想是多方面的自由的发展。"他还担心滥调的小品文和低级的幽默合在一起,"缺乏伟大艺术所应有的'坚持的努力'"③。沈、朱二人主要反对论语派的文学观念,担心论语派所代表的文学倾向进一步蔓延。

在对论语派的批评和攻击中,阵容最大、火力最强、持续时间最长的是来自以鲁迅为代表的左派作家。林语堂一开始并没

---

① 鲁等:《反幽默斋随笔》,1934年4月《新中国》1卷5期。
② 沈从文:《谈谈上海的刊物》,《沈从文全集》(17),北岳文艺出版社2002年12月,90页、93页。
③ 朱光潜:《论小品文(一封公开信)——给〈天地人〉编辑徐先生》,《朱光潜全集》3卷,安徽教育出版社1987年8月,428页。

有想要与左翼作家对立,《论语》上发表他们不少的文章。1933年2月至7月,《论语》发表了鲁迅六篇杂文,一篇讲词。此外,《论语》还转载了一批鲁迅的作品,如《航空救国三愿》《从讽刺到幽默》《从幽默到正经》《现代史》《王化》等杂文。与此同时,鲁迅等左派作家对林语堂和他的杂志也抱着团结、争取的态度,所以他们愿意把文章交给《论语》社。然而,论语派的文学倾向从根本上是与左翼作家对立的,否定文学作为批判武器的艺术的合理性,不免遭到批评。林语堂却不是轻易让人的,他进行了防守反击。于是双方枳怨越来越多,矛盾也随之加深。尽管如此,《人间世》的撰稿人名单里仍有一些左翼作家的名字,并刊登了徐懋庸、陈子展、唐弢等人的文章。《宇宙风》连载了郭沫若的传记。左翼作家在论语派杂志上发表文章,说明两者之间并非水火不容。

鲁迅等左翼作家进行社会学的政治批评,考察和分析论语派理论和作品中所体现出来的身份政治。鲁迅在发表于1933年3月的《从讽刺到幽默》中,指出幽默出现的社会心理:"人们谁高兴做'文字狱'中的主角呢,但倘不死绝,肚子里总还有半口闷气,要借着笑的幌子,哈哈的吐他出来。"又提醒道:"中国人也不是长于'幽默'的人民,而现在又实在是难以幽默的时候。于是虽幽默也就免不了改变样子了,非倾向于对社会的讽刺,即堕入传统的'说笑话'和'讨便宜'。"[①]既提出幽默水土不服,不合时宜,又告诫幽默没有前途。鲁迅在1933年6月20日复林语堂的信中,又重述了上述意思。他又指幽默发生蜕变,"幽默和小品的开初,人们何尝有贰话。然而轰的一声,天下无不幽默和小品,幽默那有这许多,于是幽默就是滑稽,滑稽就是

---

① 鲁迅:《从讽刺到幽默》,《鲁迅全集》5卷,46—47页。

说笑话,说笑话就是讽刺,讽刺就是漫骂。油腔滑调,幽默也;'天朗气清',小品也"①。1933年9月,鲁迅发表《"论语一年"》,公开表明自己不喜欢《论语》,明确反对《论语》所提倡的"幽默",断言"幽默"在中国是不会有的②。

阿英在《林语堂小品序》中提出,在一个社会变革时期里,由于黑暗现实的压迫,文学家大致有三种道路可走:"一种是'打硬仗主义',对着黑暗的现实迎头痛击,不把任何危险放在心头。"鲁迅为这一派的代表;第二种是在现实面前沉默的"逃避主义",周作人是此派的典型;"第三种,就是'幽默主义'了。这些作家,打硬仗既没有这样的勇敢,实行逃避又心所不甘,讽刺未免露骨,说无意思的笑话会感到无聊,其结果,就走向了'幽默'一途。此种文学的流行,也可说是'不得已而为之'。"③这第三种自然是说以林语堂为代表的论语派了。阿英与鲁迅、胡风等左翼作家一样,采取的策略是强调提倡幽默的作家在现实面前表现出的迫不得已和软弱,而不明说他们自己所需要的是对立面的讽刺。鲁迅和阿英的阐释体现出一种话语支配权。他们通过阐释,指出论语派在政治上所表现出的消极性,置之于不利的地位,预断其黯淡的前途。

左翼作家进一步对论语派的政治身份进行定性,指其为统治者"帮闲"或当"清客",判定他们固守的"个性",是脱离现实、落后消极、缺乏道义感的。鲁迅在《二丑艺术》中把林语堂等论语派作家视为"二丑"式的帮闲文人,说道:"我们只要取一种刊物,看他一个星期,就会发现他忽而怨恨春天,忽而颂扬战

---

① 鲁迅:《一思而行》,《鲁迅全集》5卷,499页。
② 鲁迅:《"论语一年"——借此又谈萧伯纳》,《鲁迅全集》4卷,585页。
③ 阿英编校:《现代十六家小品》,465—466页。

争,忽而译萧伯纳演说,忽而讲婚姻问题;但其间一定有时要慷慨激昂的表示对于国事的不满:这就是用出末一手来了。"这"末一手"指的就是帮闲文人为给自己留后路的遮掩自己的伎俩①。鲁迅《帮闲法发微》进一步说:"帮闲,在忙的时候就是帮忙,倘若主子忙于行凶作恶,那自然也就是帮凶。但他的帮法,是在血案中而没有血迹,也没有血腥气的。"譬如一件要紧的事,由于帮闲者们的插科打诨,人们就一笑了之。另外,报刊登载一些无聊的文章,读者常读不免麻痹,不再关心严肃的世事了②。如果用《"论语一年"》中的话来说就是:"将屠户的凶残,使大家化为一笑,收场大吉。"他在《从帮忙到扯淡》中又说,必须有"帮闲之志",又有"帮闲之才",才是真正的帮闲;否则只能算是"扯淡"③。如果按照他的严格标准来看,很少非左派的文学能够置身"帮忙帮闲"之外,所以连鲁迅自己也在一次演讲中说:"不帮忙也不帮闲的文学真也太不多。现在做文章的人们几乎都是帮闲帮忙的人物。……有人说文学家是很高尚的,我却不相信与吃饭问题无关,不过我又以为文学与吃饭问题有关也不打紧,只要能比较的不帮忙不帮闲就好。"④茅盾运用唯物史观分析道:"一个时代的'小品文'也有以自我为中心,个人笔调,性灵,闲适为主的,但这只说明了'小品文'有时被弄成了畸形。""把'小品文'的这种畸形认为天经地义的人……总自信他之所以如此这般主张者,因为他尊重自己的性灵,——换句话说,就是他的纯粹的'自由意志'。后来,'自由意志'的肥皂泡一经戳破,原来倒是几根无形的环境的线在那里牵弄,主观超然

---

① 鲁迅:《二丑艺术》,《鲁迅全集》5卷,208页。
② 鲁迅:《帮闲法发隐》,《鲁迅全集》5卷,289页。
③ 鲁迅:《从帮忙到扯淡》,《鲁迅全集》6卷,357页。
④ 鲁迅:《帮忙文学与帮闲文学》,《鲁迅全集》7卷,405—406页。

的性灵客观上不过是清客身份。"①鲁迅与茅盾都指林语堂等论语派作家为统治者"帮闲",鲁迅意在揭发动机,而茅盾则说客观效果。

自由主义主张理性指导下的社会改革,不赞成社会革命。在这一点上,林语堂与胡适是相近的。周作人则是从文化、道义上不认同现政权,而又无可奈何,于是选择了退避。按照自由主义思想,社会改革是在现行政权体制下进行,这与左翼作家致力于推翻政府迥乎不同。这是鲁迅、茅盾把林语堂等自由主义作家归入帮闲者行列的原因。

1933年6月,鲁迅发表《小品文的危机》,提出左翼对小品文的总体意见。文章先指责闲适的小品文:"对于文学上的'小摆设'——'小品文'的要求,却正在越加旺盛起来,要求者以为可以靠着低诉或微吟,将粗犷的人心,磨得渐渐的平滑。"强调"在风沙扑面,狼虎成群的时候",作为文学上"小摆设"的小品文的危害性。作者把明末小品与现代的提倡者区别开来:"明末的小品虽然比较的颓放,却并非全是吟风弄月,其中有不平,有讽刺,有攻击,有破坏。这种作风,也触着了满洲君臣的心病,费去许多助虐的武将的刀锋,帮闲的文臣的笔锋,直到乾隆年间,这才压制下去了。"他指责对方小品文"陈旧""落后":"以后的路,本来明明是更分明的挣扎和战斗,因为这原是萌芽于'文学革命'以至'思想革命'的。但现在的趋势,却在特别提倡那和旧文章相合之点,雍容,漂亮,缜密,就是要它成为'小摆设',供雅人的摩挲,并且想青年摩挲了这'小摆设',由粗暴而变为风雅了。""风雅"于是具有了负面的意义。与闲适的小品

---

① 茅盾:《小品文和气运》,《小品文和漫画》,陈望道编,生活书店1935年3月,1页。

文针锋相对,鲁迅提出了左派的小品文主张:"生存的小品文,必须是匕首,是投枪,能和读者一同杀出一条生存的血路的东西;但自然,它也能给人愉快和休息,然而这并不是'小摆设',更不是抚慰和麻痹,它给人的愉快和休息是休养,是劳作和战斗之前的准备。"①"二丑"是对以林语堂为代表的言志派作家政治人格的刻画,"小摆设"是对言志派小品文的刻画,指涉言志派作家的政治身份,这两个漫画式的杂文形象表现出了对言志派彻底的否定和强烈的憎恶。小摆设与匕首投枪、二丑与战士相对举,强调了左派与言志派作家政治身份和政治人格的迥乎有别。

1932年9月,周作人《中国新文学的源流》与其弟子沈启无编《近代散文抄》出版,理论著作与作品选相配合,引发了声势浩大的晚明小品热。林语堂大赞晚明小品,并用改造过的传统概念重新包装其表现主义文论,现实的指向性和批判性愈加突出。当晚明小品热兴起后,周作人和他的几个弟子是和热潮保持了一定距离的,相对于晚明小品,他们更心仪六朝文学。言志派南北联袂的现象引起了鲁迅等左翼作家的敏感和注意,只是左翼阵营还没有全线出击。而言志派与左派冲突的大爆发肇端于1934年4月《人间世》创刊。

林语堂多次谈到论语派与左翼矛盾升级的缘由,都提及《人间世》的创刊。林语堂说:"《人间世》出版,动起杭育杭育派的方巾气,七手八脚,乱吹乱擂,却丝毫没有打动了《人间世》。……《人间世》之错何在,吾知之矣。用仿宋字太古雅。这在方巾气的批评家,是一种不可原谅的罪案。"②林语堂在《我与人间世

---

① 鲁迅:《小品文的危机》,《鲁迅全集》4卷,591—593页。
② 林语堂:《方巾气研究》,《林语堂名著全集》14卷,173页。

（人间世编辑）》中说："我办人间世与办论语动机相同，因为那时无人办小品文刊物，所以办了。后来小品文刊物也多了，我也不知怎样，忽然得了风雅的罪名了，自己莫名其妙。大概因为第一期登了周作人的照片，普罗看见甚不高兴罢了。由是两首打油诗也不许人做，这是一九三四年文坛值得记忆的一件事，可以代表时人之态度。"①又说："《人间世》出，左派不谅吾之文学见解，吾亦不肯牺牲吾之见解以阿附初闻鸦叫自为得道之左派，鲁迅不乐，我亦无可如何。"②这几篇文章都一致把《人间世》的出版视为双方矛盾升级的标志性事件。

1934年4月5日，林语堂主编的小品文半月刊《人间世》创刊。创刊号上列出特约撰稿人四十九人，皆知名作家和学者，其中周作人的几个弟子俞平伯、废名、沈启无、江绍原均赫然在列。《人间世》发刊词明确提出"以自我为中心，以闲适为格调"。刊前发表了周作人《五秩自寿诗》手迹，并配以作者的大幅照片。同时还发表了沈尹默、刘半农、林语堂的和诗。埜容（廖沫沙）在4月14日的《申报·自由谈》上发表《人间何世？》一文，率先对《人间世》和周作人的自寿诗发动攻击，说周作人的十六寸照片像遗像，手迹如遗墨，并和了一首讽刺诗。《人间世》提倡小品文，在取材上标榜"宇宙之大，苍蝇之微"，埜容说在创刊号中"只见'苍蝇'，不见'宇宙'"。林语堂很快写了《论以白眼看苍蝇之辈》予以回击。

《人间世》创刊给左翼阵营带来了震撼，他们看到林语堂麾下的论语派与言志派的精神导师周作人及其弟子会师，南北合流，一下子改变了言志派与左派的力量对比，直接威胁到左翼文

---

① 林语堂：《我与人间世（人间世编辑）》，1935年2月2日《人言周刊》2卷1期。
② 林语堂：《悼鲁迅》，1937年1月1日《宇宙风》32期。

学主张的合法性和话语权。这件事给了鲁迅很大刺激,这从他一年后发表的《"京派"和"海派"》一文中可以看出。在《人间世》发刊后,言志派的影响继续蔓延。在《论语》上还很少见到周作人的名字,而到了《人间世》,周作人被树为大旗,且频繁在该刊上发表文章。鲁迅在《"京派"和"海派"》中讥之为"京海杂烩"的"京海合流"。"京派"与"海派"论争的高潮到1934年3月底已经告一段落,而在一年之后的1935年5月,鲁迅旧事重提,并借题发挥。他关注了两件小事情:"一、是选印明人小品的大权,分给海派来了",而且有了"真正老京派的题签";"二、是有些新出的刊物,真正老京派打头,真正小海派煞尾了。"①前者指1935年出版的由施蛰存编选、周作人题签的《晚明二十家小品》一书;后者指同年2月创刊的《文饭小品》(康嗣群编辑,施蛰存发行)月刊第三期,首篇是周作人的文章,末篇为施蛰存的文章。鲁迅始终对文坛斗争形势保持着高度的警惕,常常及时发现对手新的苗头并施行打击。

鲁迅等的杂文虽然锋利,然而并未提升到理论的高度。左派青年批评家胡风则重磅推出长篇论文《林语堂论》。唐弢《林语堂论》这样记述胡文在左翼青年中的反响:"一九三五年一月一日出版的《文学》第四卷第一号,发表了胡风先生的《林语堂论》,开卷第一篇,大字标题,十分醒目,文学青年竞相告语,议论纷纷。"②可以想见,兵临城下之际,胡风临危出阵,左翼阵营士气为之大振。胡风在文中以"个性"问题为重心,把对林语堂的批判提升到新的理论高度:"林氏忘记了文艺复兴中觉醒了的个性,现在已经成了妨碍别的个性发展的存在;林氏以为他底

---

① 鲁迅:《"京派"和"海派"》,《鲁迅全集》6卷,313页。
② 唐弢:《林语堂论》,《鲁迅研究动态》1988年7期。

批判者是'必欲天下人之耳目同一副面孔,天下人之思想同一副模样,而后称快'(《说大足》,《人间世》第十三期),而忘记了在食不果腹衣不蔽体的人们中间赞美个性是怎样一个绝大的'幽默',忘记了大多数人底个性之多样的发展只有在争得了一定的前提条件以后。问题是,我们不懂林氏何以会在这个血腥的社会里面找出了来路不明的到处通用的超然的'个性'。""这样地成了个性拜物教徒和文学上的泛神论者的林氏,同时爱上了权力意志的尼采和地主庄园诗人的袁中郎,是毫不足怪的。""由这我们可以明白,这虽是素朴的民主主义(德谟克拉西)底发展,但已经丢掉了向社会的一面,成了独往独来的东西了。"①胡风运用阶级分析的观点,指责林的"个性"是脱离现实的,是抽象的、过时的、非道义的。胡风强调大多数人的社会解放。这显然构成了左翼知识分子与自由主义知识分子思想的根本分歧,一方是马克思主义阶级论的,另一方是个人主义的;一方争取积极自由,另一方固守消极自由。除了这篇《林语堂论》,胡风还发表了《"过去的幽灵"》《霭理斯·法郎士·时代》,剑指言志派的精神导师周作人。

　　林语堂、周作人等言志派作家不断地反击左派的话语支配和霸权。林语堂是正面还击,发表《四十自叙》《游杭再记》《做人与做文》《我不敢游杭》《今文八弊》诸文。林语堂的表现主义文论力主个性的自然流露,一再指责左翼文人不诚实。《论语社同人戒条》就提出"不主张公道;只谈老实的私见"。联系林氏以后的文章不难看出,这里面已经隐含着对左翼作家的批评。林语堂把诚实看作"文德"的首要条件:"文德乃

---

① 胡风:《林语堂论——对于他底发展的一个眺望》,1935年1月1日《文学》4卷1号(新年号)。此文并非唐弢所言开卷第一篇,前面还有"文学论坛"一栏的四篇短论。

指文人必有的个性,故其第一义是诚,必不愧有我,不愧人之见我真面目,此种文章始有性灵有骨气。"①林语堂反对左派功利主义的文学观:"今人言宣传即文学,文学即宣传,名为摩登,实亦等吃冷猪肉者之变相而已。"他把幽默与讽刺对立起来,扬此而抑彼:"载道观念……其在现代,足使人抹杀幽默小品之价值,或贬幽默在讽刺之下。幽默而强其讽刺,必流于寒酸,而失温柔敦厚之旨,这也是幽默文学在中国发展之一种障碍。"②林语堂的文章频繁出现"载道""方巾气""道统""八股"等传统概念,意在指对手的人和义为"新道学""新八股",这些都是"个性"之敌。言志派与左派都采取了同样的文化政治斗争策略,大量使用文化隐喻修辞来指涉现实。这里所谓隐喻,与一般的语言修辞不同,它们通常是一组二元对立关系,正是在这种关系中,隐含着话语权力的斗争。在这些关键词之下,还会出现子词,它们互相配合,组成一个有序的关系网络,构成一个坚强的堡垒。最典型的是"言志"与"载道",它们是从中国文化传统中择取的关键词,利用其本身所包含的声望或负面性,加以改造赋予新意,并频繁使用,表现出强烈的文化政治倾向。

  周作人主要是旁敲侧击。他熟悉乃兄的招数,其《关于写文章》一文针对鲁迅《小品文的危机》中"小摆设"的谑号,进行反击。③ 这是言志派的精神导师与左派盟主之间的巅峰对决,显示出两派之间深刻的歧异,代表了1930年代两种迥乎不同的新文学传统,可谓双峰并峙,二水分流。

---

① 林语堂:《说文德》,《林语堂名著全集》16卷,186页。
② 林语堂:《今文八弊》,《林语堂名著全集》18卷,118—119页。
③ 周作人:《关于写文章》,《周作人散文全集》6卷,461—462页。参阅本书第二章。

5 积极自由与消极自由

鲁迅批判论语派所提倡的闲适小品文,胡风批判其脱离现实社会的个性(性灵)。在林语堂、周作人等言志派作家那里,"小品文"与"个性"是紧密相连的,小品文是个人自由的象征。小品文这一文化形式契合了言志派自由主义作家的人生和政治态度,为其表达自我和社会政治、文化理想提供了一种恰切的形式。论语派小品文理论标榜"自我""闲适",直接反映作者的思想信念和现实态度。

周作人说:"小品文则在个人的文学之尖端,是言志的散文,它集合叙事说理抒情的分子,都浸在自己的性情里,用了适宜的手法调理起来。所以是近代文学的一个潮头,它站在前头,假如碰了壁时自然也首先碰壁。"① 詹姆逊强调"文类"概念与社会历史和意识形态的关系,他说:"就其自然出现的、有力的形式而言,文类本质上是一种社会—象征的信息,或者用另外的方式说,那种形式本身是一种内在的、固有的意识形态。当此类形式在非常不同的社会和文化语境中被重新占用和改变时这种信息会持续存在,但在功能方面却必须算作新的形式。"② "小品文"正是这样的一个饱含着"社会—象征的信息"的文类概念,不管是从中国本土还是外部的渊源上来看,它都积淀了个性解放的文化基因。在中国,"小品文"在晚明成为正式的文类概念,它是与晚明的思想解放思潮紧密结合在一起的。在西方,其鼻祖是法国16世纪的蒙田。表现自我一直是蒙田以降小品文

---

① 周作人:《〈近代散文抄〉序》,《看云集》,118—119页。
② [美]弗雷德里克·詹姆逊:《政治无意识》,王逢振、陈永国译,中国社会科学出版社1999年8月,131页。

的主要传统。蒙田在《〈随笔集〉致读者》中写道:"读者,这是一本真诚的书。我一上来就要提醒你,我写这本书纯粹是为了我的家庭和我个人,丝毫没有考虑要对你有用,也没想赢得荣誉。……我宁愿以一种朴实、自然和平平常常的姿态出现在读者面前,而不作为任何人为的努力,因为我描绘的是我自己。我的缺点,我的幼稚的文笔,将以不冒犯公众为原则,活生生地展现在书中。假如我处在据说是仍生活在大自然原始法则下的国度里,自由自在,无拘无束,那我向你保证,我会很乐意把自己完整地、赤裸裸地描绘出来的。"① 这种对自我的高度推重是现代性的,正如一个研究者所说:"蒙田向他的当代人袒露了独特的个人,包括精神和肉体,在他之前从未有人这样做过,这是需要冒很大的风险的,总之,这需要勇气。让个人进入文学,包括他的思想、精神、性情、身体等等,这是现代文学的自觉的开始。"② 对于1930年代为小品文而奋斗的言志派作家来说,它是个性自由和思想自由的象征。对个人自由的捍卫构成了对外来干涉的拒斥,否定了左翼功利主义文学观念的合理性与合法性,因而与左翼作家对垒。在中国现代文学史上,小品文正是因为其自身蕴含的强烈的政治性而处于风口浪尖上。

言志派与左派的深刻歧异反映出两种截然不同的自由观,我以为,这种不同可以借助以赛亚·伯林关于积极自由、消极自由的理论加以阐明。积极自由要求理性的自我导向和自我实现。伯林说:"那些相信自由即理性的自我导向的人们,或早或晚,注定会去考虑如何将这种自由不仅运用于人的内心生活,而

---

① [法]蒙田:《蒙田随笔全集》(上卷),潘丽珍等译,译林出版社2001年9月第1版第3次印刷。
② 郭宏安:《从阅读到批评——"日内瓦学派"的批评方法论初探》,商务印书馆2007年9月,292页。

且运用于他与他的社会中其他成员的关系……我希望根据我的理性意志(我的'真实自我')的命令生活,但是其他人肯定也是如此。"①这样,有理性的人的联合就构成了按统一意志行事的集体,在统一意志中,个人不免受到某种强制,然而这强制是符合真实自我的,因此从根本上来说他是自由的。"自由就是自我主导,是清除阻碍我的意志的障碍,不管这些障碍是什么——自然、我的未被控制的激情、非理性的制度、其他人的对立意志或行为等等的抵抗。"②周作人、林语堂等言志派作家正是左翼作家所追求的积极自由的障碍,这些作家被视为落伍的个性主义者而受到阻击。胡风正是指责林语堂所要求的自由是脱离现实的,妨碍了争取大多数人个性发展的积极自由。

自由主义的言志派作家则追求消极自由。消极自由要求一个不受审查的最低限度的自由,这是一种舍此就会感到人生无意义,一个人不经过殊死搏斗而不会轻易放弃的自由。伯林在谈到消极自由的观念时说:"政治自由简单地说,就是一个人能够不被别人阻碍地行动的领域。如果别人阻止我做我本来能够做的事,那么我就是不自由的;如果我的不被干涉的行动的领域被别人挤压至某种最小的程度,我便可以说是被强制的,或者说,是处于被奴役状态的。……我说我不能跳离地面十码以上,或者说因为失明而无法阅读,或者说无法理解黑格尔的晦涩的篇章,但如果说就此而言我是被奴役或强制的,这种说法未免太奇怪。""不能像鹰那样飞翔,像鲸那样游泳并不叫不自由。"③后面所举的几个例子是受到自然律等客观条件的限制,不能说

---

① [英]以赛亚·伯林:《自由论》,胡传胜译,译林出版社2015年8月第1版第4次印刷,193页。
② 《自由论》,195页。
③ 《自由论》,170—171页。

是不自由。作为现代社会的公民,民权保障是起码的条件,而一个现代知识分子特别看重其中的言论自由,没有自由的言论空间就不能彰显一个知识者的存在价值,甚至没有安身立命之所,因此会尽最大的力量去抗争。1930年代,作为自由主义作家,他们的思想言论自由受到来自国民党政府和左翼文学团体两个方面的干涉。一个方面是专制的政府,不过总的来说,他们对现政权是耐受的,现政权也能容忍他们的所作所为;另一个方面的干涉来自左派团体,"左联"成立以后,对文学提出了高度政治化的主张,并通过运动的方式扩大自己的影响,争夺文场的领导权,展开对自由主义作家的批评,这让他们感到了现实的压迫。对个人自由的压制不一定来自政府,群众运动也同样可能导致对个人自由的干涉。作为自由主义知识分子,1930年代的林语堂和周作人诸人都有一种无力感。置身于充满内忧外患的社会现实,夹在"左""右"之间,他们找不到施展自己抱负的社会空间。于是,他们告别了五四时期的广泛的社会批评和文明批评和那种凌厉浮躁之气,退而经营"自己的园地"。当这一点都受到挤压时,他们会高度敏感,并进行防守反击。伯林有一段话可以很好地解释周作人、林语堂所表现出的"隐士"的消极的一面。伯林说:"我希望成为我自己的疆域的主人。但是我的疆界漫长而不安全,因此,我缩短这些界线以缩小或消除脆弱的部分。……我就仿佛做出了一个战略性的退却,退回到我的内在城堡——我的理性、我的灵魂、我的'不朽'自我中,不管是外部自然的盲目力量,还是人类的恶意,都无法靠近。我退回到我自己之中,在那里也只有在那里,我才是安全的。"①

  伯林这样评价积极自由的观念:"我试图表明的是,正是

---

① 《自由论》,183—184 页。

'积极'意义的自由观念,居于民族或社会自我导向要求的核心,也正是这些要求,激活了我们时代那些最有力量的、道德上正义的公众运动。不承认这点,会造成对我们时代的最关键的那些事实与观念的误解。但是在我看来,从原则上可以发现某个单一的公式,借此人的多样的目的就会得到和谐的实现,这样一种信念同样可以证明是荒谬的。"①伯林是自由主义思想家,自然是站在自由主义的立场上来说话的,然而至少这段话前半部分所表明的观点是成立的。我们也可以说,1930年代的左翼作家,接受了国际共产主义思潮的影响,强调文学的现实功用,深深地介入了一个民族争取社会解放和民族解放的进程,发起并推动了一个时代最有活力和正义感的文学运动。事实上,在左翼批评的压力下,论语派也在调整自己的方向,从《论语》到《人间世》《宇宙风》,总体上趋于严肃,这与所受到批评的压力是分不开的。还应该指出,影响是双向的。左翼作家追求积极自由的代价也很明显。言志派作家的固守仍不失其意义,这是中国源远流长的言志传统在现代的赓续,在很大程度上保护了中国文学的生态平衡和健康发展,留下了丰富的思想和文学资源,有助于后来者思考文学与现实政治的关系。

---

① 《自由论》,217页。

四　论语派小品文话语的政治意味

1930年代,论语派的政治倾向受到左翼、右翼等方面的尖锐批评,引发了声势浩大、聚讼纷纭的文学论争。在很长一段时间的文学史叙述里,论语派的"闲适小品"被视为"帮闲文学",遭到否定。自新时期以来,相关研究往往基于对狭隘的政治批评的不满和反拨,又过于关注其纯文学和现代文化性质,不免忽视了其强烈的政治性。而在我看来,政治性关系着论语派的关键性特征,舍此难以看清论语派的真正面目。而论语派的政治性集中体现于该派作家对小品文这一文化政治形式的言说——即"小品文"话语——之中。

本章借鉴西方马克思主义批评家伊格尔顿、詹姆逊等政治批评的理论和方法,探讨论语派作家的小品文话语。伊格尔顿《二十世纪西方文学理论》一书关于政治批评的论述我已在第三章引用,兹不赘述[①]。

文化政治的核心问题是社会文化领域里到处存在的权力关系。本文关注1930年代小品文与政治的关系问题,注重其政治关联性,即它与社会现实之间多方面的联系,无意借用文化政治的一整套理论话语,在小品文发生巨变时段的历史语境中进行推演。小品文话语的内部迄今尚非敞亮的意义空间,借助文化

---

① 参阅本书第三章。

政治的烛照,其内部的结构和实质或可更显豁地呈现。政治批评关注小品文话语中个人与群体的关系,尤其是不同派别之间的文化权力斗争。与过去从某种单一政治视角的研究不同,文化政治研究涵盖面较宽、研究方法多样,特别是留意和抉发一些隐含的意识和无意识。

在很多人的印象中,论语派是疏远政治,反对政治干预的。小品文通常被认为是远离政治的日常社会生活的微观场域,其实,微观场域依然体现出微观政治的意味。社会文化领域里的权力关系不可避免地渗透到了理论话语和文学作品的形式中。从理论到文本,从内容到形式,小品文都隐含着一种自由主义的政治意图和思想印痕。从文化政治的角度来看,论语派的小品文可谓一种个性自由的象征,它是高度政治性的。论语派提出的许多否定性命题,锋芒针对功利主义的文化政治。在这一视域中,形式反映思想内容,文类隐现意识形态。文化政治研究就是要考察和指认文化形式中的社会政治内涵和价值取向,并力图揭示特定文化政治场域中复杂的权力关系。

小品文是1930年代论语派等言志派作家与左翼作家展开激烈攻防战的一个高地。左翼作家根据自身的政治立场、文学主张,力图引领和改造文坛,使文学为自己政治目标服务。他们以争取、斗争等策略和方式,使别的文学派别服从、认同,从而实现文化领导权。而林语堂与周作人等其他言志派作家联手,进行了大规模的防守反击。林语堂等论语派作家标举小品文,张扬性灵、自由题材、闲适笔调和幽默,对抗左翼作家所提倡的战斗性的杂文,守卫参加文学活动的主体性和自由。伊格尔顿在论述现代主义时有言:"审美自主成为否定性政治。"①论语派的去政治化反而显露出审美与政治的高度关联,其"小品文"话语正是表达了一种否定性政治。

论语派作家关于小品文的言说,反映出一种自由主义的政治意识形态,体现了特定的政治立场和文化政治意图。借助文化政治的概念,或可发现和释放研究的活力,重现其对历史和现实的对话性,有助于更深入、全面地理解当年的小品文现象,把握小品文论争的精神实质,从而阐明1930年代文学的总体面貌及其以后的走向。

林语堂等论语派成员追求自由主义式个性自由的小品文话语是通过小品文、性灵、自由题材、闲适笔调和幽默等概念建构起来的,这些都是该派小品文话语的支柱。如果把论语派作家的小品文话语比作一栋建筑,那么,性灵、自由题材、闲适笔调和幽默则为四根主要支柱。下文将分别对包括小品文在内的五个关键词在特定历史语境中的用法和政治意味进行考察和分析。

1 小品文

论语派标举"小品文",但它不是一个静态的文体概念,而是动态的,甚至产生了戏剧性的变化。1930年代,"小品文"是左翼、论语派作家为争夺文场权力而进行攻守的高地。两派作家都从自己的立场出发,表达各自的诉求,争夺对"小品文"的阐释权。阐释"小品文"及其相关概念,不应仅仅局限于以论语派为代表之一的言志派的内部语境,而要结合各个派别之间所构成的张力和斗争关系。

---

① [英]特里·伊格尔顿:《美学意识形态》,王杰等译,中央编译出版社2013年12月,353页。

1934年4月,《人间世》正式创刊,在发刊词中高调提倡小品文——

> 十四年来中国现代文学唯一之成功,小品文之成功也。……盖小品文,可以发挥议论,可以畅泄衷情,可以描摹人情,可以形容世故,可以札记琐屑,可以谈天说地,本无范围,特以自我为中心,以闲适为格调,与各体别,西方文学所谓个人笔调是也。故善冶情感与议论于一炉,而成现代散文之技巧。《人间世》之创刊,专为登载小品文而设,盖欲就其已有之成功,扶波助澜,使其愈臻畅盛。①

该刊从第二期开始,即在封面上标明"小品文半月刊"。林氏在总结《论语》杂志经验的基础上另起炉灶,对小品文文体的认识和表述也更清晰,定位更明确。

Essay从五四文学革命的初期就作为外来文体资源而引入中土,但在较长时间里缺少恰切的命名,名之为"小品文"体现出一种民族化的意图。1920年代,小品文得到了快速的发展,周作人、胡适、胡梦华、梁遇春等都曾有对小品文(随笔)文体特点的阐释。1932年,周作人《中国新文学的源流》和沈启无编晚明小品选《近代散文抄》出版,引发了声势浩大的小品文热。林语堂结合晚明小品和西方Essay的特点,大力提倡小品文,进一步彰显小品文的文体特点,也引发了激烈的论争。

小品文概念在现代有不同用法:一种是"美的散文"——即文学散文的同义词②。朱自清把"小品散文"与"散文"等同,这

---

① 《人间世·发刊词》,1934年4月5日《人间世》1期。
② 朱自清:《什么是文学》,《朱自清全集》3卷,江苏教育出版社1990年,161页;《关于散文写作答〈文艺知识〉编辑问》,《朱自清全集》4卷,江苏教育出版社1990年,482页。

从其《论现代中国的小品散文》中可以看出①。叶圣陶《关于小品文》云:"成为文学的散文,正就是我们现在所说的小品文。……小品文跟文学的散文是'二合一'。"②论语派作家和左翼作家眼中的"小品文"则主要指偏重议论性的散文,他们在激烈论争中又各执一端,分别强调了小品文的不同方面,并作出褒贬分明的区别。林语堂的"小品文"概念推崇夹叙夹议、闲话琐语式的议论性散文,鲁迅、茅盾、胡风等左翼作家则与论语派对垒,提倡匕首和投枪式的战斗性文艺论文,贬低闲话式的小品。

小品文作为文类概念并非纯粹形式的,而与社会历史和意识形态密切关联。正如詹姆逊所言:"就其自然出现的、有力的形式而言,文类本质上是一种社会—象征的信息,或者用另外的方式说,那种形式本身是一种内在的、固有的意识形态。当此类形式在非常不同的社会和文化语境中被重新占用和改变时,这种信息会持续存在,但在功能方面却必须被算作新的形式。"③"小品文"作为饱含着"社会—象征的信息"的文类概念,传承了个性自由的文化基因。五四时期,小品文用以表现自我,适合了启蒙现代性和审美现代性之需。到了政治斗争空前激烈的1930年代,小品文的"个性"及其话语特征直接关系着作家对于现实的态度,蕴含着强烈政治性,因而成为问题,处于风口浪尖上。在自由主义倾向的言志派作家那里,小品文成为个性自由的象征。

小品文这一文化形式契合了部分自由主义作家的人生和政治态度,为他们表达自我和社会政治、文化理想提供了一种恰切

---

① 朱自清:《论现代中国的小品散文》,1928年11月25日《文学周报》345期。
② 叶圣陶:《关于小品文》,《小品文和漫画》,陈望道编,35页。
③ [美]弗雷德里克·詹姆逊:《政治无意识》,王逢振、陈永国译,131页。

的形式。周作人在《两个鬼》一文中自称,在他的心头同时住着"绅士鬼"和"流氓鬼"①,这是一些自由主义知识分子在社会现实面前共同的态度。唐弢说:"绅士鬼和流氓鬼萃于一身,用来概括林语堂先生的为人,也许再没有比这个更恰当了。"②小品文理论标榜的个性、自由题材、闲适笔调等,直接反映出作者的现实政治态度。闲话风的小品文既可与现实保持距离,又不远离现实,既可冷眼旁观,亦能有益世道。

其实,论语派的创作和理论主张之间是存在着明显的矛盾的。《论语》从创刊号就登载《论语社同人戒条》,其中第三条云:"不破口骂人","要谑而不虐"③。然而,林语堂发表了大量针对时局的尖锐的讽刺性杂文,姚颖的"京话"中也有一些此类文章,可谓"亦不废虐"。连左翼作家唐弢后来也说:"我觉得从林语堂身上找不出一点中庸主义的东西。他有正义感,比一切文人更强烈的正义感:他……敢于写《中国何以没有民治》《等因抵抗歌》……等文章,难道这是中庸主义吗?当然不是。"④至于林氏身上有无中庸主义的东西姑且不论,他强烈的正义感是毋庸置疑的。如果按该派"闲适""幽默"的自家标准,这些文章是不合格的。理解这一现象离不开特定的文场政治,在林氏等的内心中是有左翼这个假想敌的,他有意站在后者的对立面。从论语派的方面看,不谈政治,走中间路线,在很多情况下只是幌子,他们往往"左""右"开弓,而这无疑又强化了其中间姿态的政治性。

詹姆逊说:"在我们的语境中,我们可以看到这种伦理道德

---

① 周作人:《两个鬼》,《谈虎集》,北京十月文艺出版社 2011 年 1 月,273 页。
② 唐弢:《林语堂论》,《鲁迅研究动态》1988 年 1 期。
③ 《论语社同人戒条》,1932 年 9 月 16 日《论语》1 期。
④ 唐弢:《林语堂论》。

的超越(指尼采的超越善恶——引者)事实上是由于其他文类方式来实现的,因此其他文类形式以其自身的形式抵制传奇范式的核心意识形态。"① 林语堂对左翼文学观念的抵制就是通过文类的方式来实现的。不过,他不是运用"其他的文类形式",而是利用小品文自身未定型的带有某种复杂性的矛盾对立的性质,通过强调和阐释,从而服务于自己的政治意识形态。

林语堂写道:"吾欲说小品文半月刊,先说小品文。言其小,避大也。世有大饭店,备人盛宴,亦有小酒楼,供人随意小酌。"② 在他看来,小品文比之于盛宴,它是小酌;比之于富丽园府,它是山间小筑。他继而又为小品文之"小"辩护,在《论小品文笔调》中云:

> 古人或有嫉廊庙文学而退以"小"自居者,所记类皆笔谈漫录野老谈天之属,避经世文章而言也。乃因经济文章,禁忌甚多,蹈常袭故,谈不出什么大道理来,笔记文学反成为中国文学著作上之一大潮流。今之所谓小品文者,恶朝贵气与古人笔记相同,而小品文之范围,却已放大许多,用途体裁,亦已随之而变,非复拾前人笔记形式,便可自足。盖诚所谓"宇宙之大,苍蝇之微"无一不可入我范围矣。此种小品文,可以说理,可以抒情,可以描绘人物,可以评论时事,凡方寸中一种心境,一点佳意,一股牢骚,一把幽情,皆可听其由笔端流露出来,是之谓现代散文之技巧。故余意在现代文中发扬此种文体,使其侵入通常议论文及报端社论之类,乃笔调上之一种解放,与白话文言之争为文字上之

---

① 《政治无意识》,106页。
② 语堂:《说小品文半月刊》,1934年5月20日《人间世》4期。

一种解放,同有此意也。①

郁达夫以开放的态度看待小品文,积极肯定小品文的价值:"至于清淡的小品文,幽默的小品文,原是以前的小品文的正宗,若专做这类的小品文,而不去另外开拓新的途径,怕结果又要变成硬化,机械化,此路是不通的。但是小品文存在一天,这一种小品文也决不会消灭。清淡,闲适,与幽默,何尝也不可以追随时代而进步呢?"②

"小品文"在晚明成为一个文体概念,其本身包含着对正统古文的反抗,受到阳明心学所引发的思想解放思潮的影响,注重个性自由。迨至五四时期,它与新文学所追求的思想现代性一致,所以受到了新文学作家的重视。它显示了坚固的传统中的异端,左翼作家当然不愿意把它置于自己的对立面,而是用自己的政治理念和文学价值观去阐释和占领。

一开始,鲁迅对林语堂是持团结和争取态度的,但后者沿着自己的道路越走越远,终于引起前者的强烈反感。1933年9月,鲁迅发表《"论语一年"》,以后相继发表《小品文的危机》《"滑稽"例解》《小品文的生机》《"京派"和"海派"》《杂谈小品文》诸文。从这些文章和同一时期致林语堂、陶亢德、曹聚仁等的书信中,可完整地看出鲁迅对闲适小品兴起的政治敏感,特别是看到以周作人为代表的"京派"与以林语堂为代表的"海派"合流,更使他认识到问题的严重性,故不遗余力地进行打击。鲁迅在《二丑艺术》《帮闲法发微》《从帮忙到扯淡》中,指斥林语堂等论语派作家为"二丑"式的帮闲文人,指他们的小品文为

---

① 语堂:《论小品文笔调》,1934年6月20日《人间世》6期。
② 郁达夫:《小品文杂感》,《郁达夫全集》6卷,浙江文艺出版社1992年12月,175页。

"帮闲文学"。他在《小品文的危机》里强调有两种截然不同的小品文:作为"小摆设"的"将粗犷的人心,磨得渐渐的平滑"的小品文,与"能和读者一同杀出一条生存的血路"的"战斗的小品文"①。这里集中体现了鲁迅的散文观,也代表了左翼作家的散文纲领。

1934年4月,《人间世》的创刊和周作人《五十自寿诗》的发表,使左翼作家突出地意识到以林语堂为代表的论语派与周作人等汇聚成一支自由主义的言志派新军,他们有盟主,有阵地(刊物),有理论,有创作,气势逼人。大规模的挞伐来自左翼作家。埜容(廖沫沙)在《申报·自由谈》上发表文章,攻击小品文:"个人的玩物丧志,轻描淡写,这就是小品文,西方文学的有闲的自由的个人主义,和东方文学的筋疲骨软、毫无气力的骚人名士主义,合而为小品文,合而为语堂先生所提倡的小品文,所主编的《人间世》。"②他责难论语派小品文的消极性和落后性。

左翼创办小品文刊物《新语林》《太白》《芒种》等与论语派对阵,《芒种》与《太白》杂志还编辑出版征文集《小品文和漫画》,以强大的作者阵容否定论语派倡导的小品文倾向。茅盾认为,"一个时代的'小品文'也有以自我为中心,个人笔调,性灵,闲适为主的,但这只说明了'小品文'有时被弄成了畸形"。"把'小品文'的这种畸形认为天经地义的人……其始,总自信他之所以如此这般主张者,因为他尊重自己的性灵,——换句话说,就是他的纯粹的'自由意志'。后来,'自由意志'的肥皂泡一经戳破,原来倒是几根无形的环境的线在那里牵弄,主观超然的性灵客观上不过是清客身份"③。胡风也明确地把杂文与"闲

---

① 鲁迅:《小品文的危机》,《鲁迅全集》4卷,591—593页。
② 埜容:《人间何世》,1934年4月14日《申报·自由谈》。
③ 茅盾:《小品文和气运》,《小品文和漫画》,陈望道编,1页。

适小品"对立起来。他说一篇杂文成不了伟大作品,但其笔锋锐利的社会批判功能却不是一般文学创作所能代替的。"这杂文,差不多成了所谓'小品文'底重要内容","不过,小品文还有另外的一个倾向,这集中地表现在明人小品底提倡里面。它对于社会现实是观照('公平'地肯定)而不是批判,作者的态度是闲适而不是警惕,不是在勇敢里加上精细而是把粗野磨成风雅。"①鲁迅、茅盾和胡风都清楚地表明,他们从社会革命的功利性的角度批判闲适小品,提倡战斗的小品文——杂文。

在两年左右的时间里,左翼和论语派为争夺对小品文的阐释权展开了激烈的拉锯战,中间还有京派沈从文、朱光潜和右翼的"民族主义文学"作家的介入,小品文这个战略要地已经被"轰炸"得面目全非,惹人生厌。于是,左翼作家和论语派等言志派作家纷纷离弃"小品文"。

鲁迅有意与流行的小品划清界限,表现出他对性灵小品的失望、嫌憎和否定。他说:"讲小道理,或没有道理,而又不是长篇的,才可谓之小品。至于有骨力的文章,恐不如谓之'短文',短当然不及长,寥寥几句,也说不尽森罗万象,然而它并不'小'。"②紧接着,他把三本杂文集命名为"且介亭杂文",把杂感式的文章称为"杂文"。有人把论语派的小品文观与小品文的历史出身联系起来:"因为小品文过去原是有闲阶级的玩弄品,所以至今还形成一种对于小品文的闲适观。"然后肯定小品文体新近发展出的新样式:"小品文的流行,看起来并不是完全由于闲人增多的缘故。从而小品文本身的发展,也早就突破了个人主义的狭隘范围。所谓'生活的小品文'这东西,无疑是在

---

① 胡风:《略谈"小品文"与"漫画"》,《小品文和漫画》,陈望道编,174—175页。
② 鲁迅:《杂谈小品文》,《鲁迅全集》6卷,431页。

成长,而且要渐渐地代替那'消遣的小品文'的地位。"这新成长的小品文包括"杂感式的小文""实生活的速写"和科学小品等,科学小品尚未引起普遍关注,而"其他的杂感小品之类,就已经被我们的批评家另起了名儿,名之曰杂文,以表示其不是小品正格"①。唐弢说:"自从《人间世》创刊以后,主编者以为小品文当以自我为中心,闲适为格调。于是违反这二个条例的短文章,就仿佛变做弃婴,给摒绝于小品圈外了。这时候就有人另起炉灶,用杂文这一个名目,来网罗所有的短文章,而把小品文三字,完全送给以闲适为格调的东西了。"②有意把左翼所要求的"小品文"与论语派提倡的"小品文"区分开。徐懋庸说:"这两年,小品文是发达了起来。虽然有人吐唾沫,掷石头,称之曰'杂文'以形容其没有价值,然而它还是日益发达,而且日益见得有用处。"③有人用"杂文"这一名称否定小品文,而左翼作家把它用作杂感的名称。在鲁迅的带动下,左翼作家开始集体大转移,"杂文"从小品文中撤离,另立山头。

现代作家不同的政治身份认同导致他们对文类和文体的不同选择。借用以赛亚·伯林的概念,如果说"小品文"是自由主义作家追求个性解放的"消极自由"的文化政治象征,那么"杂文"则可谓左翼作家追求社会解放的"积极自由"的文化政治象征④。

周作人也从小品文高地上撤退,虽然还在为小品文进行辩护。他说:"不得已,只好抄集旧作以应酬语堂,得小文九篇。

---

① 伯韩:《由雅人小品到俗人小品》,《小品文和漫画》,3—7 页。
② 唐弢:《小品文拉杂谈》,《小品文和漫画》,49 页。
③ 徐懋庸:《大处入手》,《小品文和漫画》,93 页。
④ 本书第三章用伯林"积极自由"和"消极自由"的概念阐释左翼作家与言志派作家政治身份的歧异,可参阅。

不称之曰小品文者,因此与佛经不同,本无大品文故。鄙意以为吾辈所写者便即是文……清朝士大夫大抵都讨厌明末言志派的文学,只看《四库书目提要》骂人常说明朝小品恶习,就可知道,这个影响很大,至今耳食之徒还以小品文为玩物丧志,盖他们仍服膺文以载道者也。"①周作人在《〈中国新文学大系·散文一集〉编选感想》中云:"我不一定喜欢所谓小品文,小品文这名字我也很不赞成,我觉得文就是文,没有大品小品之分。"②周作人以后在《国语文的三类》中仍然说:"所谓小品的名称实在很不妥当,以小品骂人者固非,以小品自称者也是不对,这里不能不怪林语堂君在上海办半月刊时标榜小品文之稍欠斟酌也。"③连鼓吹"小品文"的论语派作家也开始回避"小品文"。林语堂在《人间世》的发刊词中明确声称该刊为"小品文半月刊",这几个字从该刊第二期开始就印在了封面上。可是到了1937年,《宇宙风》三十八、三十九、四十期的封面上标示"小品随笔半月刊",同年10月第四十九期封面上标为"散文半月刊",第五十二期后《宇宙风》旬刊的封面上长期印有"散文十日刊"字样。

"小品文"概念在关键的历史时刻遭受激烈的碰撞后满目疮痍,被抹上了负面色彩,特别是闲适笔调的小品文头顶着"小摆设"和"帮闲文学"的谥号而受到长期的冷落。尽管以后"小品文"这一文体概念仍在使用,但限于局部和个人。在更大的范围内,作为一种夹叙夹议、闲话琐语式的小品文(familiar essay)概念则为"随笔"所取代。

---

① 周作人:《苦茶庵小文》,《夜读抄》,北京十月文艺出版社2011年3月,213—214页。
② 周作人:《〈中国新文学大系·散文一集〉编选感想》,1935年3月20日《人间世》24期。
③ 周作人:《国语文的三类》,《立春以前》,北京十月文艺出版社2012年9月,127—128页。

2 性灵

林语堂的文学理论是以个性或者说性灵为中心的表现论的,不过其话语系统在1930年代前半期经历了从标举西方克罗齐、斯宾岗(J. E. Spingarn)的表现主义到本土化的言志论的转换。前后的精神实质并无二致,然而借取的话语资源、针对的对象等均有重大的改变。

1930年1月,上海北新书局出版林语堂译美国文论家斯宾岗、意大利美学家克罗齐、英国作家王尔德等表现派的文论集《新的文评》。斯宾岗是克罗齐的信徒,卷首《新的文评》一篇是他1910年3月在哥伦比亚大学的演讲。林语堂把克罗齐推为"革新的哲学思潮"的代表,把斯宾岗视为新派文论的巨擘。他说:

> 我认为最能代表此种革新的哲学思潮的,应该推意大利美学教授克罗车氏(Benedetto Croce)的学说。他认为世界一切美术,都是表现。而表现能力,为一切美术的标准。这个根本思想,常要把一切属于纪律范围桎梏性害[灵]的东西,毁弃无遗,处处应用起来,都发生莫大影响,与传统思想相冲突。其在文学,可以推翻一切文章作法骗人的老调,其在修辞,可以整个否认其存在,其在诗文,可以危及诗律体裁的束缚,其在伦理,可以推翻一切形式上的假道德,整个否认其"伦理的"意义。因为文章美术的美感,都要凭其各个表现的能力而定。凡能表现作者意义的都是"好"是"善",反是就都是"坏"是"恶"。去表现成功,无所谓"美",去表现失败,无所谓"丑"。①

---

① 林语堂:《旧文法之推翻与新文法之建造》,1930年9月《中学生》8号。

林氏极力张扬个性,推崇个性挣脱所有束缚的无政府状态,简直是说个性之外无他物。他在《新的文评·序言》中说:"Spingarn所代表的是表现主义的批评,就文论文,不加以任何外来的标准纪律,也不拿他与性质宗旨作者目的及发生时地皆不同的他种艺术作品作评衡的比较。这是根本承认各作品有活的个性,只问他对于自身所要表现的目的达否,其余尽与艺术之了解无关。艺术只是在某时某地某作家具某种艺术宗旨的一种心境的表现"①。

如同斯宾岗的假想敌为新人文主义思想家白璧德,林语堂把白璧德的中国弟子梅光迪、吴宓和梁实秋等树立为对立面。这些人特别强调"艺术标准与人生正鹄"。林氏点明听说新月书店将出版梁实秋编吴宓诸人所译白璧德的论文集,有意挑战。还把表现主义与新人文主义的冲突中国语境化,强调两派的冲突在中国古已有之。"在中国,自从归有光以五色圈点《史记》以下,以至方苞,姚鼐,曾国藩,林纾,都愿以文学作家的启蒙塾师自居,替他们指导文章的义法准绳……在另一方面,中国也有视文学为非规矩方圆起承转合所能了事的人,在古代如王充,刘勰,在近代如袁枚,章学诚诸人——我们可以就叫他们做浪漫派或准浪漫派的文评家。"②他在中国传统中寻找"稍近表现派或广义的浪漫主义的学说",还引用言志派作家袁枚《答施兰分书》中的话:"诗者,个人之性情耳,与唐宋无与也,若拘拘专持唐宋以相敌,是己之胸中,有已亡之国,而无自得之性情,于诗之本旨失矣。"③这篇作于1929年10月的序言的观点和思路已经

---

① 参阅林语堂:《新的文评·序言》,《新的文评》,林语堂译,上海北新书局1930年1月,3—4页。
② 林语堂:《新的文评·序言》,《新的文评》,6—8页。
③ 林语堂:《新的文评·序言》,《新的文评》,8页。

十分接近周作人的言志理论,"言志"与"载道"的对立呼之欲出,为他两年后与周作人的联合,并汇流成言志文学思潮打下了基础。

随着左翼文学运动的兴起,左翼作家与自由主义作家的分歧和冲突日益明显,他所攻击的对象也相应改变。林语堂反对左翼的文学功用观:"今人言宣传即文学,文学即宣传,名为摩登,实亦等吃冷猪肉者之变相而已。"①又云:"把人生缩小到政治运动,又把政治运动缩小到某党某派,然后把某党某派之片面的,也许甚为重要的活动包括一切人生,以某党某派之宣传口号包括一切文学,同调于我者捧场,不与我同调者打倒——这是今日谈文学者所常犯的幼稚病……把文学整个黜为政治之附庸,我是无条件反对的,这也是基于文学的见解,无可如何的一桩事。"②这种改变明显受到了两个事件的影响:一是左翼文学思潮的兴起,二是与前者相伴而生的言志文学思潮兴起,具体的标志就是1932年北平人文书店同时推出的周作人《中国新文学的源流》与周氏弟子沈启无编晚明小品集《近代散文抄》。

从《中国新文学的源流》《近代散文抄》中,林语堂欣喜地发现了中国传统言志派作家的文学主张与西方表现派文论的一致性。他在《新旧文学》中写道:

> 近读岂明先生近代文学之源流(北平人文书店出版),把现代散文溯源于明末之公安竟陵派(同书店有沈启无编的近代散文抄,专选此派文字,可供参考),而将郑板桥,李笠翁,金圣叹,金农,袁枚诸人归入一派系,认为现代散文之祖宗,不觉大喜。此数人作品之共通点,在于发挥性灵二

---

① 语堂:《今文八弊》(中),1935年5月20日《人间世》28期。
② 林语堂:《猫与文学·小引》,1936年8月1日《宇宙风》22期。

字,与现代文学之注重个人之观感相同,其文字皆清新可喜,其思想皆超然独特,且类多主张不模仿古人,所说是自己的话,所表是自己的意,至此散文已是"言志的""抒情的",所以以现代散文为继性灵派之遗绪,是恰当不过的话。①

林语堂在《论文》中接通"性灵派"与西方浪漫文学的关系:

> 近日买到沈启无编近代散文抄下卷(北平人文书店出版),连同数月前购得的上卷,一气读完,对于公安竟陵派的文,稍微知其涯略了……这派成就虽有限,却已抓住近代文的命脉,足以启近代文的源流,而称为近代散文的正宗,沈君以是书名为近代散文抄,确系高见。因为我们在这集中,于清新可喜的游记外,发现了最丰富、最精彩的文学理论、最能见到文学创作的中心问题。又证之以西方表现派文评,真如异曲同工,不觉惊喜。大凡此派主性灵,就是西方歌德以下近代文学普通立场,性灵派之排斥学古,正也如西方浪漫文学之反对新古典主义,性灵派以个人性灵为立场,也如一切近代文学之个人主义。②

他接受周作人的观点,把晚明性灵派文学看作近代散文的渊源。又说:"西方表现派如克罗遮 Croce 斯宾干 Spingarn,及中国浪漫派之批评家王充,刘勰,袁子才,章学诚,都能攫住文学创造之要领,可以说是文章作法之解放论者。惟其知桐城义法之不实在,故尤知培养性灵之可贵。"③他尝试以中国传统词汇评述西方近

---

① 语(林语堂):《新旧文学》,1932年11月16日《论语》7期。
② 语堂:《论文》,1933年4月16日《论语》15期。
③ 语(林语堂):《文章无法》,1933年1月1日《论语》8期。

代文学观念:"西洋近代文学,派别虽多,然自浪漫主义推翻古典文学以来,文人创作立言,自有一共通之点与前期大不同者,就是文学趋近于抒情的、个人的:各抒己见,不复以古人为绳墨典型。一念一见之微,都是表示个人衷曲,不复言廓大笼统的天经地义。而喜怒哀乐、怨愤悱恻,也无非个人一时之思感,因此其文词也比较真挚亲切,而文体也随之自由解放,曲尽缠绵,以意役法,不以法役意了。近代文学作品所表的是自己的意,所说的是自己的话,不复为圣人立言,不代天宣教了。"①于是,他开始把"性灵"作为个性的代名词:"数月前读沈启无编的现代散文抄二卷,得其中极多精彩的文学理论,爰著《论文》篇,登论语十五期,略阐性灵派的立论……性灵二字,不仅为近代散文之命脉,抑且足矫目前文人空疏浮泛雷同木陋之弊。吾知此二字将启现代散文之绪,得之则生,不得则死。盖现代散文之技巧,专在冶议论情感于一炉,而成个人的笔调。此议论情感,非自修辞章学来,乃由解脱性灵参悟道理学来。"②既从中西文学史的角度肯定"性灵"或者说"个性"的历史进步价值,强调中西言志派的相通,又指出其对矫正中国文坛弊病的意义。

林语堂的策略和思路受到周作人的启示,从中国传统中寻找言志派作家和文论的谱系。林语堂写道:"吾……在文评,尤主 Sainte-Beure 性灵同脉之说。在小品文遗绪中,也可将此说略略印证出来。倘如吾将苏东坡,袁中郎,徐文长,李笠翁,袁子才,金圣叹诸文中怪杰合观起来,则诸人文章气质之如出一脉,也自不待言了。"③这正是周作人在一系列文章中找出的谱系。

---

① 语堂:《论文》。
② 语堂:《论文下》,1933 年 11 月 1 日《论语》28 期。
③ 林语堂:《还是讲小品文之遗绪》,1935 年 3 月 20 日《人间世》24 期。

周氏为中国现代言志文学理论的创立者,林语堂成了最得力的宣传家。然而,林语堂并非亦步亦趋地追蹑。对论语派言志论的性灵、自由题材、闲适笔调和幽默等几大关键词,林语堂都有自己的新见。尤其是幽默,周作人基本上没有什么论述,尽管其文章里不乏幽默的成分。

在林氏的文论中,"性灵"与"个性""自我"是同义的,这是文学表现的本体。他说:"性灵就是自我。代表此派议论最畅快的,见于袁宗道《论文》上下二篇。"①又说:"在文学上主张发挥个性,向来称之为性灵,性灵即个性也。大抵主张自抒胸臆,发挥己见,有真喜,有真恶,有奇嗜,有奇忌,悉数出之,即使瑕瑜并见,亦所不顾,即使为世俗所笑,亦所不顾,即使触犯先哲,亦所不顾,惟断断不肯出卖灵魂,顺口接屁,依傍他人,抄袭补凑,有话便说无话便停。……言性灵必先打倒格套。"②林语堂还说:"文章者,个人之性灵之表现。性灵之为物,惟我知之,生我之父母不知,同床之吾妻亦不知。然文学之生命实寄托于此。故言性灵之文人必排古,因为学古不但可不必,实亦不可能。言性灵之文人,亦必排斥格套,因已寻到文学之命脉,意之所之,自成佳境,决不会为格套定律所拘束。所以文学解放论者,必与文章纪律论者冲突,中外皆然。后者在中文称之为笔法、句法、段法,在西洋称为文章纪律。这就是现代美国哈佛教授白璧德教授的'人文主义'与其反对者争论之焦点。"③性灵派虽然有局限性,当仍不失进步性:"其流弊,在文字上易流于俚俗(袁中郎),在思想上易流于怪妄(金圣叹),讥讽先哲(李卓吾),而为正人君子所痛心疾首,然思想之进步终赖性灵文人有些气魄,抒

---

① 语堂:《论文》。
② 林语堂:《记性灵》,1936年2月16日《宇宙风》11期。
③ 林语堂:《记性灵》。

发胸襟,为之别开生面也。"①

性灵似乎是狭隘的东西,似乎把自我与大千世界隔离开来。林语堂不以为然:"然世上究有几许文章,那里有这许多话? 是问也,即未知文学之命脉寄托于性灵。人称为才,与天地并列,天地造物,仪态万方。岂独人之性灵思感反千篇一律而不能变化乎? 读生物学者知花瓣花萼之变化无穷,清新都丽,愈演愈奇,岂独人之性灵,处于万象之间,云霞呈幻,花鸟争妍,人情事理,变态万千,独无一句自我心中发出之话可说乎? 风雨之夕,月明之夜,岂能无所感触,有感触便有话有文章。"②

林语堂和周作人都特别强调真诚,视之为基本的写作伦理。林语堂说:"文德乃指文人必有的个性,故其第一义是诚,必不愧有我,不愧人之见我真面目,此种文章始有性灵有骨气。欲诚则必使我瑕瑜尽见,故未有文德,必先有文疵,若掩其不善而著其善,则所表见者已非我,无性灵,岂尚有文章乎? 盖文章即文人整个性灵之表现,非可掩饰粉黛矫揉造作者也。"③又云:"性灵派文学,主'真'字。发抒性灵,斯得其真,得其真,斯如源泉滚滚,不舍昼夜,莫能遏之,国事之大,喜怒之微,皆可著之纸墨,句句真切,句句可诵。"④他指责道,"中国的白璧德信徒每袭白氏座中语,谓古文之所以足为典型,盖能攫住通性,故能万古常新,浪漫文学以个人为指归,趋于巧,趋于偏,支流蔓衍,必至一发不可收拾。殊不知文无新旧之分,惟有真伪之别,凡出于个人之真知灼见,亲感至诚,皆可传不朽。因为人类情感,有所同然,

---

① 林语堂:《记性灵》。
② 语堂:《论文下》。
③ 语(林语堂):《说文德》,1933年4月16日《论语》15期。
④ 语堂:《论文下》。

诚于己者,只能引动他人。"①他相信真诚可以矫正载道派"矫揉伪饰"之病,寻找出中国文学史上自然真挚的浪漫思想:"唐之道风不绝,至宋而有理学出现,苏黄之诋谑理学,亦即浪漫思想。明末后有浪漫思想出现,自袁中郎、屠赤水、王思任以至有清之李笠翁、袁子才皆崇拜自然真挚,反抗矫揉伪饰之儒者,而至今明清尚有一些文章可读者,亦系借此一点生气。"②在中国传统文论中,"志"与"道"不是界线分明的。周作人后来说:"从前我偶讲中国文学的变迁,说这里有言志载道两派,互为消长,后来觉得志与道的区分不易明显划定,遂加以说明云,载自己的道亦是言志,言他人之志即是载道,现在想起来,还不如直截了当的以诚与不诚为别,更为明了。"③显然,周作人与林语堂都指责功利主义作家不真诚,而表达"个性"或曰"性灵"可矫正此病。林语堂说:"见真则俯仰之际,皆好文章,信心而出,皆东篱语也。""文章至此,乃一以性灵为主,不为格套所拘,不为章法所役。"④尽管面临种种指责,林语堂一直固守表现论。林以孤崖一枝花为喻,强调万物率性,"说话为文美术图书及一切表现亦人之本性"⑤。

论语派其他作家纷纷与林语堂相呼应,为论语派所主张的"性灵"辩护。陶亢德《二十来岁读者的读物》针对天津《大公报》副刊有人批评《人间世》的"性灵""游戏"倾向,说其"读者多,那是读者不长进处",他指出革命家也会有闲情逸致,"潇洒情趣并不和革命思想如冰炭之不相容,上马杀贼下马看看小品

---

① 语堂:《论文》。
② 林语堂:《说浪漫》,1934 年 8 月 20 日《人间世》10 期。
③ 周作人:《汉文学的前途》,《药堂杂文》,11 页。
④ 语堂:《论文下》。
⑤ 语堂:《孤崖一枝花》,1935 年 9 月 16 日《宇宙风》1 期。

文刊物也并不是反革命者;反之,若是坐在家里一天到晚的读革命诗文,那倒不免有神经衰弱头脑糊涂的危险"①。林疑今译英人Alexander Smith的《小品文作法论》为性灵论者助威:"小品文作家,因其思想系靠人世的断片,所以不能避免以自我为中心;但是,其自我却不是讨人厌的。""小品文作家的妙处,便是在乎以自我为中心,不断地提起他本身。倘若有一个人是值得认识的话,那么他是值得十分认识的了。"②他特别举了蒙田的例子,"蒙田自认为自我主义者。倘若有人欲因之而责备他,这是不对的,因为自我主义的价值,是完全由自我者的品格而决定。倘若自我者是柔弱的,那么其自我则完全无价值。倘若自我者是强健尖锐,个性显明的,那么其自我则可贵,而将成为一民族的财富"。③ 郁达夫为林氏提倡性灵辩解道:"林语堂生性憨直,浑朴天真,假令在美国,不但在文学上可以成功,就是从事事业,也可以睥睨一世,气吞小罗斯福之流。《翦拂集》时代的真诚勇猛,的是书生本色,至于近来的耽溺风雅,提倡性灵,亦是时事使然,或可视为消极的反抗,有意的孤行。周作人常喜引外国人所说的隐士和叛逆者混处在一道的话,来作解嘲;这话在周作人身上原用得着,在林语堂身上,尤其是用得着。"④

以"性灵"为中心的表现论过于强调作家自我与文学的关系,自然会疏远与社会政治之间的联系,有意与左翼的文学主张对立,动摇其合理性,因此招致左翼作家的口诛笔伐。周作人、

---

① 亢德:《二十来岁读者的读物》,1935年9月16日《宇宙风》1期。
② [英]Alexander Smith:《小品文作法论》(上),林疑今译,1934年4月20日《人间世》2期。
③ [英]Alexander Smith:《小品文作法论》(下),林疑今译,1934年5月20日《人间世》4期。
④ 郁达夫:《〈中国新文学大系·散文二集〉导言》,上海良友图书印刷公司1935年8月。

林语堂寻找小品文的谱系,鲁迅《杂谈小品文》一文亦着重从历史的角度考察"小品文"的谱系,通过考察"现代名人的祖师"和"先前的性灵",力图揭示晚明文人所表现"性灵"存在的种种问题,指责国难当头之际性灵论者缺乏责任担当。他写道:"这经过清朝检选的'性灵',到得现在,却刚刚相宜,有明末的洒脱,无清初的所谓'悖谬',有国时是高人,没国时还不失为逸士。逸士也得有资格,首先即在'超然','士'所以超庸奴,'逸'所以超责任:现在的特重明清小品,其实是大有理由,毫不足怪的。"又说晚明小品所表现的性灵是有多面性的:"现在大家所提倡的,是明清,据说'抒写性灵'是它的特色。那时有一些人,确也只能够抒写性灵的,风气和环境,加上作者的出身和生活,也只能有这样的意思,写这样的文章。虽说抒写性灵,其实后来仍落了窠臼,不过是'赋得性灵',照例写出那么一套来。当然也有人豫感到危难,后来是身历了危难的,所以小品文中,有时也夹着感愤,但在文字狱时,都被销毁,劈板了,于是我们所见,就只剩了'天马行空'似的超然的性灵。"① 而胡风从唯物史观和阶级论的角度批判林语堂:"林氏忘记了文艺复兴中觉醒了的个性,现在已经成了妨碍别的个性发展的存在;林氏以为他底批判者是'必欲天下人之耳目同一副面孔,天下人之思想同一副模样,而后称快'(《说大足》,《人间世》第十三期),而忘记了在食不果腹衣不蔽体的人们中间赞美个性是怎样一个绝大的'幽默',忘记了大多数人底个性之多样的发展只有在争得了一定的前提条件以后。问题是,我们不懂林氏何以会在这个血腥的社会里面找出了来路不明的到处通用的超然的'个性'。"②

---

① 鲁迅:《杂谈小品文》,《鲁迅全集》6卷,431—432页。
② 胡风:《林语堂论——对于他底发展的一个眺望》,1935年1月《文学》4卷1号。

胡风指责林氏的"个性"是脱离现实的、非道义的,而强调大多数人的社会解放,凸显两派之间在政治上的尖锐对立。

言志派与载道派所采取的文化政治斗争策略是,大量使用文化隐喻修辞来指涉现实。这里所谓隐喻,通常是一组二元对立关系,正是在这种关系中,隐含着文化权力斗争。命名本身就表现出一种权力关系,体现出一种支配的意图,把对象置于某种自己所希望的潜在的被告位置,从而加以指控、定谳。言志派作家把左翼作家命名为"载道派",这种命名化本身就包含着鲜明的文化政治策略。通过"载道"的命名,为对手增添负面色彩,用理论来抵御和反击来自左翼的批判。"载道"在五四新文化运动中声名扫地,因为其位于个性的对立面。周作人说:"宣传在别国情形如何我不知道,若在中国则差不多同化于八股文而成为新牌的遵命文学,有如麻醉剂之同化于春药。"①周氏喜欢骂韩愈,他说是因为"读经卫道的朋友差不多就是韩文公的伙计也。"②林语堂指责道:"吾人不幸,一承理学道统之遗毒,再中文学即宣传之遗毒,说者必欲剥夺文学之闲情逸致,使文学成为政治之附庸而后称快。凡有写作,猪肉熏人,方巾作祟,开口主义,闭口立场,令人坐卧不安,举措皆非,右袒不敢谈,寝衣亦不敢谈,姜酱更不敢谈,若有谈食精脍细者,必指为小市民意里奥罗基而怒骂之。……故此文学观吾不以名之,名之曰'不近人情的文学观'。"③他强调"言志"与"载道"不同:"小品文所以言志,与载道派异趣,故吾辈一闻文章'正宗'二字,则避之如牛鬼蛇神。昔韩退之传毛颖,苏子瞻赋黠鼠,大概亦吾辈中人。"④林

---

① 周作人:《遵命文学》,《周作人散文全集》7卷,380页。
② 周作人:《瓜豆集·题记》,3页。
③ 语堂:《且说本刊》,1935年9月16日《宇宙风》1期。
④ 语堂:《说小品文半月刊》,1934年5月20日《人间世》4期。

语堂的文章频繁出现"方巾气""道统""八股"等传统概念,意在指称左翼文学为"新道学""新八股"。左翼作家采取了同样的文化政治斗争策略,鲁迅用"隐士""清谈"等传统概念批评言志派的人和文,唐弢在《论逃世》中讽刺他们是"学晚明腔的隐士"①。

在五四时期,"文以载道"就受到陈独秀、刘半农等人的挞伐,是作为新文化思想现代性和文学现代性的对立面而存在的。从思想现代性的角度来看,"文以载道"是个性的对立面;从文学现代性的角度看,它又是文学独立性的对立面。这个命名突出的政治性表现在其忽略了现代功利主义与传统功利主义的差异。然而,它不失其意义,指出了新旧功利主义之间的联系,这种联系从主流文学以后的流变中可以看得更清晰。它和传统功利主义都把文学视为解决社会、文化问题的方式,都把文学视为工具。这种文学工具论一直潜藏在从梁启超到五四文学的内部。当它与某种政治力量相结合,会表现得更加突出,文学往往被视为宣传。文学中的个性、趣味等受到压抑和排斥。直到今天,对中国当代文化建设来说仍具警示意义。因此可以说,新的"载道"与"言志"的提出是具有文学史意义的概念和命题。

3 自由题材

《〈人间世〉发刊词》明确提出对题材的主张:"内容如上所述,包括一切,宇宙之大,苍蝇之微,皆可取材,故名之为《人间世》。除游记诗歌题跋赠序尺牍日记之外,尤注重清俊议论文及读书随笔,以期开卷有益,掩卷有味,不仅吟风弄月,而留为玩

---

① 唐弢:《论逃世》,1935年8月5日《太白》2卷10期。

物丧志之文学已也。"林语堂说:"两脚踏东西文化,一心评宇宙文章,是吾辈纵谈之范围与态度也。"①"宇宙之大,苍蝇之微"被广泛看作论语派口号式的标签。林氏不是说一定要写范围宽广的题材,而是强调选材的自由,因此,可以把该派所提倡的题材概念称为"自由题材"。显然,在论语派作家的心目中,题材尽管有大小之分,但其文学价值却无高下之别。这与左翼作家的题材观迥异其趣。

"宇宙"与"苍蝇"兼谈,"正经"与"闲适"并重,反映了言志派作家所追求的一元的创作态度。关于一元的创作态度,周作人说得很明白:在公安派以前的文人,"对于著作的态度,可以说是二元的,而他们是一元的,在这一点上与现代写文章的人正是一致……以前的人以为文是'以载道'的东西,但此外另有一种文章却是可以写了来消遣的;现在则又把它统一了,去写或读都可以说本于消遣,但同时也就是传了道了,或是闻了道。"②林语堂等人与周氏相呼应,把这一元的态度体现在了其创办的杂志上。林语堂谈到所追求的一元作文态度:"《论语》个性最强,却不易描写,不易描写即系个性强,喜怒哀乐,不尽与人同也。其正经处比人正经,闲适处比人闲适。"③又谈文章录用的标准:"大概有性灵、有骨气、有见解、有闲适气味者必录之;萎靡、疲弱、寒酸、血亏者必弃之。其景况适如风雨之夕,好友几人,密室闲谈,全无道学气味,而所谈未尝不涉及天地间至理,全无油腔滑调,然亦未尝不嬉笑怒骂,而斤斤以陶情笑谑为戒也。"④郁达夫认为现代散文的一个重要特征就是人性、社会性与大自然性

---

① 语堂:《与陶亢德书》,1933年11月1日《论语》28期。
② 周作人:《杂拌儿跋》,《永日集》,81—82页。
③ 语堂:《与陶亢德书》,1933年11月1日《论语》28期。
④ 语堂:《与陶亢德书》。

的调和,他写道:"从前的散文,写自然就专写自然,写个人便专写个人,一议论到天下国家,就只说古今治乱,国计民生,散文里很少人性,及社会性与自然融合在一处的,最多也不过加上一句痛苦流涕长太息,以示作者的感愤而已;现代的散文就不同了,作者处处不忘自我,也处处不忘自然与社会。就是最纯粹的诗人的抒情散文里,写到了风花雪月,也总要点出人与人的关系,或人与社会的关系来,以抒怀抱;一粒沙里见世界,半瓣花上说人情,就是现代的散文的特征之一。"①同样强调一元的作文的态度。

论语派杂志诚然发表了不少思想内容与趣味性兼备的佳作,并不乏尖锐的杂文,然而《论语》也确实发表了不少琐屑、浅薄之作。如1933年6月第十八期中《赶快废高跟鞋》《马桶风潮》《谈胡子》《一个猫的故事》等篇,就显露出这种倾向。鸣秋《马桶风潮》写一中学有学生占着马桶不拉屎引起的风波,虽或有讽刺之意,但文字鄙俗。梁得所《谈胡子》围绕是否讨异性喜欢,谈男子留胡子的问题,十分无聊。刘传中《一个猫的故事》记述一教授家爱猫丢失,发出寻猫启示。最后一段作者推断该猫必定因"异性诱惑而失踪",并与"人家养子女而失之于异性"相提并论,不伦不类,流于庸俗。

《论语》杂志还推出一些闲适题材的专号。《论语》杂志分别于1935年阳历新年和阴历新年推出"西洋幽默专号"(五十六期)和"中国幽默专号"(五十八期)。1936年7月,《论语》九十一期、九十二期连续推出两期"鬼故事专号"。作者队伍阵容强大,名手聚集,如周作人、施蛰存、曹聚仁、老舍、老向、陈铨、宋春舫、丰子恺、梁实秋、李金发、许钦文等。邵洵美在上一期的

---

① 郁达夫:《〈中国新文学大系·散文二集〉导言》。

《编辑随笔》中表现得颇为自得。《论语》四十六期、四十七期集中刊发了林语堂、老舍、丰子恺、姚颖等人谈避暑的文章。此外还推出了"家的专号"(一百期)、"灯的专号"(一百〇五期)、"癖好专号"(一百二十五期)、"吃的专号"(一百三十二期)、"病的专号"(一百四十一期)、"睡的专号"(一百五十五期)等。这些小品文轻松活泼,再加上大众文化趣味,适合了市民和大学生读者阅读消遣的口味。然而在国难当头、政治斗争空前的1930年代,论语派理论和创作的闲适倾向引发了左翼、右翼和京派作家的非议。

1930年代,左翼文学运动蓬勃开展,成为文坛具有支配性的力量。其高度政治化的文学主张对各派作家都构成了压力。比如他们对题材的要求。1931年11月,"左联"执行委员会的决议明确要求:"作家必须注意中国现实社会生活中广大的题材,尤其是那些最能完成目前新任务的题材。"[1]取材的自由直接关系作家主体性和创作自由。自由主义作家梁实秋意识到了题材问题的要害,坚决反对左翼作家要求文学以阶级斗争为题材,说道:"文学里面最专横无理的事,便是题材的限制。"[2]青年作家沙汀和艾芜各有自己专长的题材领域,一个善写离时代大潮较远的下层人物,一个善写小资产阶级青年,这与他们所抱对于时代有所助力和贡献的意志产生了矛盾。为此,他们写信向鲁迅请教。鲁迅告诉他们应该写自己现在能写的题材。[3]

"宇宙之大,苍蝇之微"是有假想敌的。其潜台词是说题材是广泛的,不应该太关注社会政治。林语堂说:"信手拈来,政治病亦谈,西装亦谈,再启亦谈,甚至牙刷亦谈,颇有走入牛角尖

---

[1] 《中国无产阶级革命文学的新任务》,1931年11月《文学导报》1卷8期。
[2] 梁实秋:《所谓"题材的积极性"》,《偏见集》,正中书局1934年7月,240页。
[3] 鲁迅:《关于小说题材的通信》,《鲁迅全集》4卷,375—378页。

之势,真是微乎其微,去经世文章远矣。"①这"经世文章"一语针对左翼作家,与"载道文章"同义。从自由主义的角度来看,创作自由作为思想言论自由的一部分,是文学创作最低限度的自由。论语派借这个"口号"把自己与新旧载道主义区别开来。他们对题材的主张、幽默闲适的创作与左翼的文学主张相对立,直接影响到后者文学主张的合理性、合法性,自然激起他们的攻击。自从《人间世》发刊词提出"宇宙之大,苍蝇之微"之说,左翼与包括论语派在内的言志派进行了大规模的论争。

左翼作家普遍结合论语派的作品开展批评,矛头直指其小品文话语中的"小"字。埜容(廖沫沙)说在《人间世》创刊号中"只见'苍蝇',不见'宇宙'"②。鲁迅在《小品文的危机》中把论语派的小品文讥为"小摆设","小摆设"的制作自然是不会用大材料的。茅盾批评道:"一不留神,就要弄到遗却'宇宙之大'而惟有'苍蝇之微',仅仅是'吟风弄月',而实际'流为玩物丧志'了。""倘使要把'闲适''自我中心'之类给'小品文'定起唯一的轨范来,那却恐怕要成为前门拒退了'方巾气',后门却进来了'圆巾气'了!"他强调,小品文可以是"高人雅士"手里的小玩意儿,也可以成为"匕首"和"投枪"。"我们以为应该提倡小品文,积极批评小品文,使得小品文发展到光明灿烂的大路。我们应该创造新的小品文,使得小品文摆脱名士气味,成为新时代的工具;我们应该把'五四'时代开始的'随感录''杂感'一类的文章作为新小品文的基础,继续发展下去。"茅盾提倡的其实是杂文,力图使杂文攻占小品文的地盘。他道出左翼与论语派论争的焦点:"一是以为小品文应该大处着眼,小处落笔,篇幅

---

① 林语堂:《〈我的话·上册——行素集〉序》,上海时代书局1948年11月重排版。

② 埜容(廖沫沙):《人间何世?》。

即使短小，却应得'袖里有乾坤'。这是不满意《人间世》谈苍蝇之微的，倘使要给它一个名目，那么称之曰'宇宙派'，亦未始不可。又一是《人间世》方面的论调了，发刊词中所谓'特以自我为中心，以闲适为格调'似乎就是一联标语。"他说，认为《人间世》为专谈"苍蝇"，"这是极大的误会。《人间世》昭昭在人耳目，何尝专谈苍蝇？它最近谈过宇宙之大的东西，不胜枚举，不过谈的立场是'自我为中心，闲适为格调'而已。"这是问题的关键。又说："定要'宇宙之大'似的载'道'，固然是枷，可是'特以自我为中心，闲适为格调'，也是镣锁。"他进而提出："在这秽恶充塞的现代，小品文需要另一种的中心和格调。"①茅盾强调论语派"性灵"和"闲适"遮挡了视野，不能真正放眼"宇宙"，不能满足批判社会的革命要求。聂绀弩分析了"个人笔调"与题材之间的密切关系，从而指论语派疏离现实生活，写道："提倡什么闲适幽默潇洒轻松的'个人笔调'，借小品文来逃避现实，因之使小品文变成无用无力的东西的企图，是应该受到指摘的。他们说'宇宙之大苍蝇之微'，无所不谈，好像他们的视野真是广阔，题材真是丰富了。其实不然。他们是把眼光注视在人类社会的现实生活以外的大或微，却刚刚对不大不微的人头社会的现实生活闭上了眼睛，安得列夫底《往星中》，应该是对于这种人下的针砭。至于'个人笔调'，无非由于他们选择了某种可以写成闲适、幽默、潇洒、轻松的文章的题材，把许多严肃的东西都抛到了九霄云外去了。"②有人声称需要的是与"雍容""冲淡"不一样的小品文，"那是没有纯个人主义的气氛，取材是异常的现实。能在简短的篇幅中，生动地和迅速地反映并批判社

---

① 茅盾：《小品文和气运》，《小品文和漫画》，陈望道编，1页。
② 聂绀弩：《我对于小品文的意见》，《小品文和漫画》，158—159页。

会上的日常事故"①。左翼旨在利用小品文进行社会批判,要求具有高度政治意义的现实题材。

论语派作家则为自己对题材的主张辩护。林语堂云:"题目可大可小……小者须含有意思,合乎'深入浅出''由述及远'之义,由小小题目,谈入人生精义,或写出魂灵深处。近间市上所谓流行小品,谈花弄草,品茶叙酒,是狭义的小品,使读者毫无所得,不取。无论大小,以谈得出味道来为准。"②陈叔华同样强调小品文要以小见大:"它表面似乎小,但内容却很大。篇幅虽然简短,但所包的东西亦很丰富。所写诚然是小事,但这些小事里总有蕴藏着较大方面,——或是人生的真实,或是社会的镜子,或是个人的情趣。"③以小见大是很多小品文成功的关键,然而如果以此为定则,又会束缚小品文自由自在的精神,沾染载道主义的气味。邵洵美意识到了这一点,说道:"每篇小文章,总喜欢要含有大意义。所以《论语》虽然一再说明'幽默'的态度,但是即连林语堂也不少所谓'谲词饰说,抑止昏泰'的文字,无心中自拟于淳于、宋玉之辈,大有爱国不敢后人的样子。""因为处处要'微言大义',于是范围便显得狭窄,而群患'幽默'之不得长久了。"④郁达夫发表杂感声援林语堂。其《苍蝇脚上的毫毛》包括几则讽刺性的短文,取这个题名,"意思是在表明微之又微,以至极微的代替形容词"。说自林语堂宣言了苍蝇宇宙以来,老是有人用这两字来进行攻击,而他"将苍蝇拿来作炮架,而说苍蝇的脚就是传染病毒的东西"。其中叙及,巴黎开有专供顾客泄愤的"出气店"。文章写道:"可是论语竟模仿巴黎

---

① 王淑明:《我们需要怎样的小品文》,《小品文和漫画》,192页。
② 编者(林语堂):《我们的希望》,1935年2月20日《人间世》22期。
③ 陈叔华:《娓语体小品文释例》(上),1935年5月20日《人间世》28期。
④ 邵洵美:《幽默的来踪与去迹》,1936年9月16日《论语》96期。

的企业者而变相地成功了,现在还更有许多攻击论语者,目的大约也不外此。总而言之,长歌当哭,幽默当哭,攻击幽默,闲情也当哭,反正是晦气了出气店里的器皿。"①他的《毫毛三根》包括三则杂感,第一则为"骂的礼赞",记清顺治时两大家族隔水对骂,作者最后议论说:"列阵相对而打仗,原是常事;至于列阵隔水而相骂,却是奇事了;大约最大的原因,总因为当时的印刷术报章什志之类,还没发达到现代那样的缘故。"②他以讽喻的方式旁敲侧击。

"宇宙之大""苍蝇之微"只是表达了一种散文理想,而事实上受限于自家的政治立场和视野,并没有真正落到实处。然而,在中国现代散文史上,论语派却有开拓散文题材之功。这种拓展主要表现在对都市日常生活的书写上。仅从题目上看,就可以发现论语派作品涵盖了现代都市日常生活的许多方面。林语堂和其他论语派作家突破文人趣味的日常生活书写的封闭性,更多地向当下琐碎日常生活敞开。论语派杂志之所以能够大获成功,关键在于得到了市民和大学生读者的欢迎。论语派在出版商业化的过程中,他们与市民阶层分享相似的日常生活经验。

1920年代初,周作人以其理论和创作,把散文中的个人话语从"五四"启蒙主义的宏大叙事中脱离出来,为五四个人主义文学建立新的感性基础。他指出写普通人日常生活的意义:"平民文学应以普通的文体,写普遍的思想与事实,我们不必记英雄豪杰的事业,才子佳人的幸福,只应记载世间普通男女的悲欢成败。因为英雄豪杰才子佳人,是世上不常见的人;普通男女是大多数,我们也便是其中的一人,所以其事更为普通,也更为

---

① 郁达夫:《苍蝇脚上的毫毛》,1934年12月16日《论语》55期。
② 郁达夫:《毫毛三根》,1935年4月16日《论语》63期。

切己。"①对日常生活题材的重视和书写体现了现代性的文学观,而小品文又特别长于表现日常生活。英国学者亚历山大·史密斯(Alexander Smith)说,蒙田的"《小品文集》系由其日常生活产生,适如苔藓生于岩石之上。倘如他发现一种有用的东西,在什么地方找到的,他并不以为意。在他的眼中,没有一件东西是平凡不清洁的;他领受乞丐的爱顾,与领受王子者相同"。这样,选材着眼点不免小,不过,"其小品文,始谈苍蝇一般的小事,结论却是在别一世界"②。1920年代初,周作人开始倾心于日常生活趣味的书写,只是其笔下的日常生活带有浓厚的文人趣味。以表现性灵为中心的自由选材势必拉近小品文与日常生活的关系。林语堂等论语派作家的作品大大增加了畅谈人生的世俗性,不仅表现作为日常生活主体的作家,还以"旁观者"的视角进行日常生活书写。后者如老舍的多篇散文以小说式的笔法,截取社会生活的片段,婉讽世态习俗。

日常生活蕴涵着沉潜其中的知识系统、文化规范和价值内涵,而关注不同的日常生活或其中不同方面则显示出不同的价值取向。日常生活是政治等社会活动的基础,所以社会革命的提倡者必然从日常生活中有组织地寻找出自身的合理性,并且对一般的日常生活实践采取批判的、否定的态度。左翼作家的激进与论语派作家的庸常构成了尖锐的对立。在左翼作家的世界里,很少有庸常生活的位置,即使涉及,也视其为陈腐落后的,是作为激进社会理想世界的对立面而存在的。论语派对日常生活的书写还是带有启蒙主义式的精英意识的,表现出了一定的批判性,然而这种批判限制在一定阈限之内,不大指向日常生活

---

① 周作人:《平民的文学》,《艺术与生活》,6页。
② [英]Alexander Smith:《小品文作法论》(下)。

以外的社会活动领域。这其实在一定程度上突出了日常生活的自足性。日常生活的庸常性和自足性带来对启蒙、革命、救亡等宏大叙事的消解,故与左翼文学迥异。日常生活庸常的表象常常掩藏了日常政治倾向,其倾向可以在与其他政治倾向的张力关系中得到显著的体现。

摆脱了载道主义的重负,个体的日常生活才显出其丰盈、恣肆的一面。而这也构成对"道"或者各种主义的消解。日常生活所包含的丰富性、复杂性、多义性难以用"道"或"主义"来框限、切割、替代。日常生活书写是与个人身份认同联系在一起的,它通过象征的方式证明了个人生活的权利和价值。

论语派对都市日常生活的拓展与林语堂所追求的"西洋杂志文"式的散文理想有关。《人间世》从1934年第十五期开设"西洋杂志文"专栏。林语堂说:"吾的理想是办一个内容及文体如西洋杂志的杂志,略如 Harper's 一类。如果它此刻近于 Atlantic 而不近于 Harper's,太专重文字,那是因为投稿的关系。我必定还要贯彻这个理想,使篇篇是有味而有益的文章,内容是充实,但写法是轻松,文字是优美,但笔调是通俗。故可又换句话,就是杂志文字近人情化。大杂志的文章我认为不近人情化,叫人读不下去,小刊物的文章多是油腔滑调,内容空疏。"①这个办刊理想也是他从办《论语》所得经验的总结,《人间世》《宇宙风》中的部分文章是符合这一标准的。《宇宙风》创刊号《编辑后记》中说:"《科学育儿经验谈》《私运烟土》等篇尤贴切人生类似西洋杂志的文章。"②林氏的办刊理想是《哈泼斯杂志》式的西洋杂志文。由于来稿等方面

---

① 林语堂:《我与人间世》,1935年2月2日《人言周刊》2卷1期。
② 编者:《编辑后记》,1935年9月16日《宇宙风》创刊号。

的原因,《人间世》《宇宙风》中文章不像《哈泼斯杂志》的综合、时尚和通俗,而事实上趋向于纯文学散文。1936年9月,林语堂与黄嘉德、黄嘉音兄弟合作创办《西风》月刊,专门译介"西洋杂志文"。封面上印有"译述西洋杂志精华介绍欧美人生社会"字样。林语堂在发刊词中比较中西杂志文之别:"我每读西洋杂志文章而感其取材之丰富,文体之活泼,与范围之广大,皆足为吾国杂志模范。……吾国文人与书本太接近,与人生太疏远……故中国杂志长于理论而拙于写实,其弊在于空浮,而杂志反映人生之功遂失。"①

论语派作家的日常生活书写疏远了对民族国家的宏大政治关怀,缺少对充满压迫、苦难和反抗的时代生活的关注,现代性的话语有时难免被个人主义化和庸俗化,消减了进取心和活力。这种倾向注定了被批判和边缘化的命运。然而,林语堂以西洋杂志文等西方随笔为榜样,学习西方文学如何反映"人生之甘苦,风俗之变迁,家庭之生活,社会之黑幕"②,也开拓了小品文的领域。这其实也就是厨川白村《出了象牙之塔》中所说的:"所谈的题目,天下国家的大事不待言,还有市井的琐事,书籍的批评,相识者的消息,以及自己的过去的追怀,想到什么就纵谈什么。"③日常生活书写对现代散文创作影响深远,在现代文学第三个十年的张爱玲、梁实秋等小品文作家那里取得了更大的文学成就。

---

① 林语堂:《为什么要刮西风》,1936年9月《西风》创刊号。
② 语堂:《中国杂志的缺点——〈西风〉发刊词》,1936年9月1日《宇宙风》24期。
③ [日]厨川白村:《出了象牙之塔》,鲁迅译,7页。

4 闲适笔调

《〈人间世〉发刊词》提倡"以自我为中心,以闲适为格调",这有如贴在论语派大门上的一副联语。林语堂一再表明"闲适"是指一种"格调"或者说"笔调",而批评者往往把"闲适"单独抽出来与"性灵"一起作为论语派的标签。这看似含有不少有意或无意的误解,实则关乎其所彰显的现实政治态度。

林语堂所提倡的小品文题材多种多样,而闲适笔调是一以贯之的。他说:"大概谈话佳者,都有一种特点,都近小品文风味。如狐怪,苍蝇,英人古怪的脾气,中西方民族之不同,琉璃厂的书肆,风流的小裁缝,胜朝的遗事,香椽的供法,都可入谈话,也都可入小品文。其共同特征在于闲适二字,虽使所谈内容是忧国忧时,语重心长,但也以不离闲适为宗。"[1]他说明:"《人间世》以专登小品文为宗旨,所以关于小品之解释,必影响于来稿之性质,又必限制本刊之个性。在此本刊个性尚在形成期间,似应把小品范围认清。余意此地所谓小品,仅系一种笔调而已。理想中之《人间世》,似乎是一种刊物,专提倡此种娓语式笔调,听人使用此种笔调,去论谈人间世之一切,或抒发见解,切磋学问,或记述思感,描绘人情,无所不可,且必能解放小品笔调之范围,使谈情说理,皆足以当之,方有意义。"[2]林氏编刊设想体现了其闲适与正经相结合的一元的作文观念。他借助西方小品文(familiar essay)与学理文(treatise)的分类,进一步阐述了他对小品文闲适笔调的认识:

---

[1] 林语堂:《论谈话》,1934年4月20日《人间世》2期。
[2] 语堂:《论小品文笔调》。

西洋分文为叙事,描景,说理,辩论四种,亦系以内容而言,亦非叙事与描景各有不同笔法。惟另有一分法,即以笔调为主,如西人在散文中所分小品文(familiar essay)与学理文(treatise)是也。……大体上,小品文闲适,学理文庄严,小品文下笔随意,学理文起伏分明,小品文不妨夹入遐想及常谈琐碎,学理文则为题材所限,不敢越雷池一步。此中分别,在中文可谓之"言志派"与"载道派",亦可谓之"赤也派"与"点也派"。言志文系主观的,个人的,所言系个人思感;载道文系客观的,非个人的,所述系"天经地义"。故西人称小品笔调为"个人笔调"(personal style),又称之为familiar style。后者颇不易译,余前译为"闲适笔调",约略得之,亦可译为"闲谈体","娓语体"。盖此神文字,认读者为"亲热的"(familiar)故交,作文时如良朋话旧,私房娓语。此种笔调,笔墨上极轻松,真情易于吐露,或者谈得畅快忘形,出辞乖戾,达到如西文所谓"衣不纽扣之心境"(unbuttoned moods)。[1]

林氏以英国随笔史上分别以乔叟、培根为代表的两条不同的统系来说明小品文与学理文的不同:"一以乔索为祖,一以贝根为祖。贝根整洁细密,即系统代表说理一派;乔索散逸自然,即系代表闲谈一派;贝根凝重,乔索轻柔;贝根下笔如举千钧,踌躇再四,乔索下笔如行云流水,无拘无碍。"[2]

林语堂结合中国古今散文的流变辨识小品文的文体特征。他肯定周作人在《中国新文学的源流》一书中推崇公安、竟陵,以为现代散文直继公安之遗绪。他举出袁宗道《北游稿小序》

---

[1] 语堂:《论小品文笔调》。
[2] 语堂:《小品文之遗绪》,1935年2月20日《人间世》22期。

末段后,写道:"此文声调,非周作人行文声调而何?有耳者当能闻见,无耳者强辩,亦如井蛙语海夏虫语冰耳。周作人得力于明文,肚里有数码也。"①林语堂的思路来自周作人,足见所受的深度影响,然而指认周氏笔调继承三袁,则是误认。他们的相似只能说是一个宽泛意义上的。周作人的笔调与三袁同属个人笔调,同具语言自然之势,然而周氏更委婉清涩,不同于三袁的流丽。

他又试图表明现代小品文文体是对《语丝》文体的继承:"在白话刊物中举例,则《现代评论》与《语丝》文体之别,亦甚显然易辨。虽然现代派看来比语丝派多正人君子,关心世道,而语丝派多说苍蝇,然能'不说别人的话'已经难得,而其陶炼性情处反深。两派文不同,故行亦不同,明眼人自会辨别也。语丝之文,人多以小品文称之。实系现代小品文,与古人小摆设式之茶经、酒谱之所谓'小品',自复不同。余所谓小品文,即系指此。"②他还把自己的文体变化归结于"语丝"诸子的影响:"初回国时,所作之文,患哈佛病,声调太高,过后受语丝诸子之熏陶,始略明理。……幸而转变了,依然故我,不失赤子之心。"③在其散文集《我的话》之前,林氏文风爽利,有赤子之心。他有意强调与《语丝》的一脉相承,利用"语丝体"积累的声望,撇清自己所倡导的小品文与小摆设式小品文的关系。

林氏指出了周作人、俞平伯、废名的文体与胡适的不同:"周作人不知在哪里说过,适之似公安,平伯废名似竟陵,实在周作人才是公安,竟陵无异词;公安竟陵皆隶于一大派。而适之

---

① 语堂:《小品文之遗绪》。
② 语堂:《论小品文笔调》。
③ 语(林语堂):《哈佛味》,1933 年 6 月 16 日《论语》19 期。

又应归入别一系统中。"①这样说似无问题,二者可分别为"小品文"与"学理文"的代表;然而,他又借周作人所言"载道"与"言志"来说明二者的不同,恐怕重违周氏本意。他说两派的区别,"在于说理与言情。……周作人用'载道'与'言志',实用此意,但已经有人曲解附会,说'言志派'所言仍就是'道',而不知此中关键,全在笔调,并非言内容,在表现的方法,并非在表现之对象"②。我以为,这是对周作人有意的误读。他不会不明白周作人所谓"载道"的含义首先指的是表现的对象——思想内容。后者不会指胡适文章"载道"。林语堂把"载道"这一概念作了形式化的处理,并把胡适的学术论著作为与"闲适笔调"区别的对象,当是有意回避或淡化与左翼作家的矛盾。

"《人间世》提倡小品……最多亦只是提倡一种散文笔调而已。"他反复这样强调。从笔调上看,"说理文如奉旨出巡,声势烜赫,言情文如野老散游,即景行乐,时或不免惹了野草闲花,逢场作戏。说理文是教授在讲台上演讲的体裁,言情文是良朋在密室中闲谈的体裁……适之文似大学教授演讲格调,他本攻哲学,回国后又多作小说考证,因此不觉中自然形成说理笔调。"③"小品文笔调与此派不同,吾最喜此种笔调,因读来如至友对谈,推诚相与,易见衷曲;当其坐谈,亦不过瞎扯而已,及至谈得精彩,锋芒焕发,亦多入神入意之作。或剖析至理,参透妙谛,或评论人世,谈言微中,三句半话,把一人个性形容得惟妙惟肖,或把一时政局形容得恰到好处,大家相视莫逆,意会神游,此种境

---

① 语堂:《小品文之遗绪》。
② 语堂:《小品文之遗绪》。
③ 语堂:《小品文之遗绪》。

界,又非说理文所能达到。"①林氏所言闲话体的特点,与厨川白村在《出了象牙之塔》中关于 essay 的著名说法相近:"我所要搜集的理想散文,乃得语言自然节奏之散文,如在风雨之夕围炉谈天,善拉扯,带情感,亦庄亦谐,深入浅出,如与高僧谈禅,如与名士谈心,似连贯而未尝有痕迹,似散漫而未尝无伏线,欲罢不能,欲删不得,读其文如闻其声,听其语如见其人。"②

在林语堂看来,文学革命以后以说话行文,自然会出现闲话说理笔调,在谈话之中夹入闲情和个人思感。他的《说个人笔调》一文云:"白话文学提倡以来,文体上之大变有二,一则语体欧化,二则使用个人笔调。""语体欧化在科学文极为重要,而个人笔调在文学上尤有重要意义。大约有两种意义,即(1)遣辞清新,不用陈言,与(2)笔锋带感情也。"③其《与又文先生论〈逸经〉》又云:"《人间世》提倡小品文笔调,以谈话腔调入文,而能为此笔调者尚少。"④他特别把周作人推为最擅个人笔调的作者,于日后说:"闲者,闲情逸致之谓,即房中静娴,切切私语,上文所谓音调要低微一点。周作人的散文有此音调,所以说是白话文的正宗。"⑤这种笔调有何优胜之处呢?"盖现代人心思灵巧,不以此种笔调不能充量表其思感,亦不能将传记中之人物个性,充量描写出来。"⑥林语堂写于散文集《我的话》之后的文章更有闲话风,态度更从容不迫,善拉扯,篇幅更大,语言风格由爽利而趋于流丽。

---

① 语堂:《小品文之遗绪》。
② 语堂:《小品文之遗绪》。
③ 林语堂:《说个人笔调》,1934 年 7 月 5 日《新语林》创刊号。
④ 林语堂:《与又文先生论〈逸经〉》,1936 年 3 月 5 日《逸经》1 期。
⑤ 林语堂:《看见碧姬芭杜的头发谈小品文》,《林语堂名著全集》16 卷,东北师范大学出版社 1994 年 11 月,290 页。
⑥ 语堂:《论小品文笔调》。

鹤见佑辅曾指出闲谈对于社会和谐与文化发达的意义："没有闲谈的世间,是难住的世间;不知闲谈之可贵的社会,是局促的社会。而不知道尊重闲谈的妙手的国民,是不在文化发达的路上的国民。"[①]自新文学发生特别是1920年代末革命文学兴起以来,功利主义一直是新文学的主流,散文的笔调偏于正经一路。从新文学发展的角度来看,提倡闲适自有合理性。不过,在左翼文学运动风生水起之际,林氏把周作人的散文奉为"白话文"的正宗明显带有排他性,等于把"闲适"大旗竖在了左翼文学阵营的对面。正如施蛰存后来所言:"林语堂的提倡'闲适笔调',也有他自己的针对性。他的'闲适'文笔里,常常出现'左派、左派',反映出他的提倡明人小品,矛头是对准鲁迅式的杂文的。"[②]以鲁迅为代表的左翼作家要求散文成为"感应的神经","攻守的手足"[③],成为"匕首"和"投枪",而言志派崇尚的"闲适"之风迥异其趣。闲话是一种自然的言谈方式,反映出常人常态,它所产生的结果是理解,而不是行动,与紧张、犀利的杂文殊异。《人间世》第二期《编辑室语》解释道:"凡一种刊物,都应反映一时代人的思感。小品文意虽闲适,却时时含有对时代与人生的批评。"[④]虽然论语派的几个代表作家强调"闲适"只是一种个人笔调,多次表明糅合正经与闲适于一体的一元作文态度,然而从这个作家群的现实倾向、理论主张、杂志风貌、散文创作等方面来看,很显然是偏于闲适一途的,与左翼文学的区别判若水火,因此不可避免地招致左翼作家的讨伐。后者普遍把

---

① ［日］鹤见佑辅:《思想·山水·人物》,鲁迅译,上海北新书局1929年,194页。
② 施蛰存:《说散文》,《施蛰存七十年文选》,502页。
③ 鲁迅:《且介亭杂文·序言》,《鲁迅全集》6卷,3页。
④ 《编辑室语》,1934年4月20日《人间世》2期。

"闲适"当作前论语派散文的整体倾向来看。

闲适笔调的谈话风带来了小品文自由随意的结构,这样的文章往往没有明确的中心,行文萦绕纡徐。如周作人、林语堂的许多文章,只有一个大致的谈话范围,没有中心思想;而杂文就大不一样了,尽管也有躲闪和迂回,但目标明确,关键的时候露出锋芒。林语堂的小品文有时并不追求唯一正确的见解,故意显示出问题的多面性,表现出与杂文不同的商谈性。其《女论语》前半部分赞美女人,说"我最喜欢同女人谈话",说"男子只懂得人生哲学,女子却懂得人生"。假设如果没有女人,子女养育、婚丧嫁娶、社会服务等方面都会出现不堪承受的缺位。后半部分举出三个生动的例子,本是要说明女子直觉"远胜于男人之理论",然而其中至少有两例表现出女人说话不合逻辑。文中写道:"'感觉'是女人的最高法院。一女人将是非诉于她的'感觉'之前时,明理人就当见机而退。"[①]这里面就流露出明显的调侃意味,从而使得前文的赞美带有某种不确定性。

林语堂张扬小品文的闲适笔调,而左翼作家普遍用"闲适"给论语派提倡的小品文定性,称之为"闲适小品"。许杰说:"有些绅士们,说小品文要有'个人笔调',我却说,小品文要有'社会风格'。如果有人问我,什么是'社会风格'呢,我便可以毫不犹豫的指出上面几点。"这"社会风格"反映出左翼作家强烈要求把小品文与现实生活紧密联系起来,从而具有"现代的社会意味"[②],为现实中的政治斗争服务。杂文堪当此任,但它的笔调不会是"闲适"的。林语堂指责道:"现代人总喜欢在名词上推敲,而不知所言为何物,甚不足取。比如你说'个人笔调',便

---

① 林语堂:《女论语》,1933年7月16日《论语》21期。
② 许杰:《小品文的社会的风格》,《小品文和漫画》,陈望道编,122页。

有人说个人是与社会相反;你说'性灵',也便有不懂文学的人说这是与物质环境背道而驰。中国人向来总是这样不求甚解胡里胡涂了事。"①林语堂与周作人一样,意在提倡结合正经与闲适于一身的一元创作方法,许杰等左翼作家则把"个人笔调"与"社会风格"对立起来,反映出他们和论语派之间深刻的话语隔阂。

5 幽默

"幽默"与"闲适"一样,因为彰显了一种对当下社会现实的态度,与左翼所提倡的"讽刺"相对立,成为尖锐的政治性问题,受到强烈的批评。

1930年代,"幽默"仿佛是一个被林语堂私带入境的怪物,受到了众多的抵制和非议。

《论语》第三期刊出《我们的态度》,明确地说,"《论语》半月刊以提倡幽默文字为主要目标"②。又在1935年10月1日《论语》七十三期"三周年纪念特大刊"上,以"最早提倡幽默的两篇文章"为题,重新发表林语堂于1924年最早在中国提倡幽默的两篇文章《征译散文并提倡"幽默"》《幽默杂话》。

论语派的幽默和闲适不仅表现在白话的小品文上,还表现于旧体诗、打油诗、文言小品、卡吞(漫画)等形式。这些在当时属于边缘的艺术形式,都带有幽默和闲适的特点,丰富了小品文的精神内涵,创造了一种有利于小品文生长的文化氛围。尤其是《论语》中发表大量的漫画,更彰显了其幽默倾向。在《论语》

---

① 语堂:《小品文之遗绪》。
② 林语堂:《我们的态度》,1932年10月16日《论语》3期。

二十八期中,黄嘉音作漫画《介绍几个读论语的好姿势》,描绘了六种姿势:纳凉式、惊险式、卧龙观天式、游蛟伏地式、茶楼品茗式、达官贵人式,让人忍俊不禁。这是对杂志倾向的一种夸张式阐释,更易给阅读者留下深刻的印象。

林语堂在《论幽默》一文中,依据英国作家乔治·梅瑞狄斯(George Meredith)的《论喜剧》,提出他的幽默观①。他这样谈幽默的发生:"人之智慧已启,对付各种问题之外,尚有余力,从容出之,遂有幽默——或者一旦聪明起来,对人之智慧本身发生疑惑,处处发现人类的愚笨,矛盾,偏执,自大,幽默也就跟着出现。"又说:"大概世事看得排脱的人,观览万象,总觉得人生太滑稽,不觉失声而笑。幽默不过这么一回事而已。"②在西文中,广义的幽默,常常包括一切使人发笑的文字,然而在狭义上与讽刺、机智(wit)等是不同的③。而林氏提倡的是狭义上的幽默。侍桁在1932年12月9日《申报·自由谈》上发表《谈幽默》一文,说凡是真实理解"幽默"这两个字的人,一看见它们,便会极自然地在嘴角上浮现出一种"会心的微笑"。林语堂很快发表文章《会心的微笑》回应,称侍桁的解释"很确当""易解","会心的微笑"是上乘的幽默所产生的效果④。

在林语堂看来,幽默与性灵、闲适有着天然的联系。他写道:"真有性灵的文学,入人最深之吟咏诗文,都是归返自然,属于幽默派,超脱派,道家派的。""只有在性灵派文人的著作中,不时可发见很幽默的议论文,如定庵之论私,中郎之论痴,子才

---

① 林语堂:《八十自叙》,《林语堂名著全集》10卷,294页。
② 语堂:《论幽默》,1934年1月16日《论语》33期。
③ 语(林语堂):《会心的微笑》,1932年12月16日《论语》7期。
④ 语(林语堂):《会心的微笑》。

之论色等。"①"故提倡幽默,必先提倡解脱性灵,盖欲由性灵之解脱,由道理之参透,而求得幽默也。"②幽默又是闲适的:"小品文即在人生途上小憩谈天,意本闲适,故亦容易谈出人生味道来,小品文盛行,则幽默家便自然出现。"③幽默仿佛成了性灵小品的标配。

老舍对幽默的理解与林语堂基本上一致。他强调幽默"首要的是一种心态"。"幽默的人……由事事中看出可笑之点,而技巧的写出来。他自己看出人间的缺欠,也愿使别人看到。不但仅是看到,他还承认人类的缺欠;于是人人有可笑之处,他自己也非例外;再往大处一想,人寿百年,而企图无限,根本矛盾可笑。于是笑里带着同情,而幽默乃通于深奥。"④郁达夫《Mabie氏幽默论抄》编译美国散文家 Hamilton Wright Mabie 文章中的观点,声援林语堂:"有限与无限的矛盾对称,便是人生的幽默之源,唯达观者,有信念者,远观者,统观全体者,得从人生苦与世界苦里得到安心立命的把握,而暂时有一避难之所。幽默是一牢不可破的信仰的谛视,所以带几分忧愁,是免不了的。世人之视幽默为轻率,为不懂人生的严肃者,实在是大错而特错的见解。"⑤林语堂和老舍取的是"幽默"的狭义上的意义,与讽刺不同,从作者的角度看,其态度是同情、静观的;从读者的角度来看,他是会心微笑的。郁达夫《Mabie氏幽默论抄》亦同此意。

论语派作家有意把幽默与讽刺、滑稽、游戏文字、机智区别

---

① 语(林语堂):《会心的微笑》。
② 语堂:《论文下》。
③ 语堂:《再与陶亢德书》,1934年4月1日《论语》38期。
④ 老舍:《谈幽默》,1936年8月16日《宇宙风》23期。
⑤ 郁达夫:《Mabie氏幽默论抄》,1935年1月1日《论语》56期"西洋文学专号"。

开。林语堂特别把幽默与讽刺对立起来,扬此而抑彼。他这样谈到幽默与讽刺的区别:"幽默与讽刺极近,却不定以讽刺为目的。讽刺每趋于酸腐,去其酸辣,而达到冲淡心境,便成幽默。欲求幽默,必先有深远之心境,而带一点我佛慈悲之念头,然后文章火气不太盛,读者得淡然之味。幽默只是一位冷静超远的旁观者,常于笑中带泪,泪中带笑。"①他强调幽默与讽刺反映出载道与言志的不同,而且剑有所指:"文学之使命无他,只叫人真切的认识人生而已……此种载道观念……其在现代,足使人抹杀幽默小品之价值,或贬幽默在讽刺之下。幽默而强其讽刺,必流于寒酸,而失温柔敦厚之旨,这也是幽默文学在中国发展之一种障碍。……今人言宣传即文学,文学即宣传,名为摩登,实亦等吃冷猪肉者之变相而已。"②林语堂在《宇宙风》创刊号首页上发表短评《无花蔷薇》,把纯讽刺性作品比作"无花有刺的蔷薇",并说"无花有刺之花,在生物学上实属谬种,且必元气不足也。在一人作品,如鲁迅作品讽刺的好的文章,虽然'无花'也很可看。但办杂志不同。"③1926年3月,鲁迅发表杂感《无花的蔷薇》《无花的蔷薇之二》,改用叔本华的话作标题,说自己的讽刺杂感不好看,带有自我调侃的意思。林语堂又用作自己文章的题目,贬抑左翼杂文。他似乎把鲁迅作品作为特例开了后门,但在整体上否定的语境下,表达的是讽刺之意;而且,他还不忘提示,即便是鲁迅的讽刺性作品,亦非都是"好的文章"。在整体上林氏提倡幽默,一开始就预设了与讽刺的对立,把矛头指向所谓"载道""宣传"的文学——左翼文学。幽默是有同情心的,所以是适度的。林语堂说:"论语发刊以提倡幽默为目

---

① 语堂:《论幽默》。
② 语堂:《今文八弊》(中),1935年5月20日《人间世》28期。
③ 语堂:《无花蔷薇》,1935年9月16日《宇宙风》1期。

标,而杂以谐谑,但吾辈非长此道,资格相差尚远。除介绍中外幽默文字以外,又求能以'谑而不虐'四字自相规劝罢了。"①幽默又异于滑稽,他说:"幽默之所以异于滑稽荒唐者:一,在于同情所谑之对象。……二,幽默非滑稽放诞,故作奇语以炫人。"②幽默又与古人的游戏文字不同,林氏说:"本刊提倡幽默与昔人游戏文字所不同者,在于游戏文字必装出丑角面孔、专说谎话,幽默却专说实话,要寓庄于谐,打破庄谐之界限。所以幽默并不是不讲正经话,乃不肯讲陈腐话而已。"③老舍说幽默与讽刺不同:"讽刺必须幽默,但它比幽默厉害。它必须用极锐利的口吻说出来,给人一种极强烈的冷嘲;它不使我们痛快的笑,而是使我们淡淡的笑,笑完因反省而面红过耳。讽刺家故意的使我们不同情于他所描写的人或事。在它的领域里,反语的应用似乎较多于幽默,因为反语也是冷静的。""幽默与讽刺二者常常在一块儿露面,不易分割开;可是,幽默者与讽刺家的心态,大体上是有很清楚的区别的。幽默者有个热心肠儿,讽刺家则时常由婉刺而进为笑骂与嘲弄。"④郁达夫《Mabie 氏幽默论抄》也重幽默而贬急智(wit,或作机智),强调幽默是出自人性的深处,是全人格、全身心的表现,有柔情、同情、怜情、哀情;最深的幽默"决不含破坏,讥刺,伤人之意";幽默"必然地是自在,健全,甘美,显示隐秘的"⑤。

与一般人的印象不同,林氏本人的文章中少有"幽默敦厚恬淡清远"的佳作,可以说提倡有心,创作乏力。林语堂晚年自

---

① 语堂:《答青崖论幽默译名》,1932 年 9 月 16 日《论语》1 期。
② 语堂:《答青崖论幽默译名》。
③ 林语堂:《答平凡书》,《我的话·下册——披荆集》,上海时代书局 1938 年 11 月重排版,21 页。
④ 老舍:《谈幽默》。
⑤ 郁达夫:《Mabie 氏幽默论抄》。

我总结道:"我创办的《论语》这个中国第一个提倡幽默的半月刊,很容易便成了大学生最欢迎的刊物。……我发明了'幽默'这个词儿,因此之故,别人都对我以'幽默大师'相称。而这个称呼也就一直沿用下来。但并不是因为我是第一流的幽默家,而是,在我们这个假道学充斥而幽默则极为缺乏的国度里,我是第一个招呼大家注意幽默的重要的人罢了。"①

林语堂在《论语》第三期《编辑后记》中谈到来稿的毛病时说:"格调俏皮的多,幽默的少。二者之界限不易分,但俏皮到了冲淡含蓄而同情境地,便成幽默。"②林语堂在《姚颖女士说大暑养生》中,回顾当年编《论语》的经验,感慨地说:"办幽默刊物真不容易,一不小心便流为油滑。也有人以为幽默只是滑稽,像东方朔、淳于髡之流,读了应该叫你捧腹或狂笑。要朝这个目的做去,有时不免胡闹,或甚至以肉麻当有趣。"③"一不小心便流为油滑""以肉麻当有趣"都是当年左翼中人批评论语派的话,事过多年后林氏仍然袭用,可见对他的影响之深。

林氏《方巾气研究》是一篇与以鲁迅为代表的左翼作家论争的文字,其中把"道学气"置于幽默的对立面。"在我创办论语之时,我就认定方巾气道学气是幽默之魔敌……在批评方面,近来新旧卫道派一致,方巾气越来越重。凡非哼哼唧唧文学,或杭唷杭唷文学,皆在鄙视之列。今人有人虽写白话,实则在潜意识上中道学之毒甚深,动辄任何小事,必以'救国''亡国'挂在头上,于是国货牙刷也是救国,弄得人家一举一动打一个嚏也不得安闲。"还说:"现在明明是提倡小品文,又无端被人加以夺取'文学正宗'罪名。……这才是真正国货的笼统思想。此种批

---

① 林语堂:《八十自叙》,《林语堂名著全集》10卷,295页。
② 林语堂:《编辑后记》,1932年10月16日《论语》3期。
③ 林语堂:《姚颖女士说大暑养生》,《林语堂名著全集》16卷,292页。

评,谓之方巾气的批评。"①"方巾气"显然指左翼文学"载道"的功利主义倾向。

林氏于左翼文学对立的意义上肯定自己提倡幽默小品的意义,强调幽默小品对于"杭唷杭唷派"文学的补偏救弊作用。他写道:"倘使我提倡幽默提倡小品,而竟出意外,提倡有效,又竟出意外,在中国哼哼唧唧派及杭唷杭唷派之文学外,又加一幽默派,小品派,而间接增加中国文学内容体裁或格调上之丰富,甚至增加中国人心灵生活上之丰富,使接近西方文化,虽然自身不免诧异,如洋博士被人认为西洋文学专家一样,也可听天由命去吧。"②他又说:"若谓提倡幽默有什么意义,倒不是叫文人个个学写几篇幽默文,而是叫文人在普通行文中化板重为轻松,变铺张为亲切,使中国散文从此较近情,较诚实而已。"③他还说提倡幽默具有纠正道学气的作用,"在反对方巾气文中,我偏要说一句方巾气的话。倘是我能减少一点国中的方巾气,而叫国人取一种比较自然活泼的人生观,也就在介绍西洋文化工作中,尽一点点国民义务。"郁达夫也高度肯定现代散文中的幽默的价值:"近来才浓厚起来的那种散文上的幽默味……是现代散文的特征之一,而且又是极重要的一点。"④

林语堂提出倡导幽默对中国人心灵生活、道德的积极作用,论语派其他作家还强调幽默对于社会、人生的意义。潘光旦《主义与幽默》一文谈到幽默与主义、道学的矛盾,语含讥讽。文章写道:"大凡相信一种主义的人,在他的一言一动里,总不

---

① 林语堂:《方巾气研究》,《我的话·下册——披荆集》,上海时代书局1938年11月重排版,25—26页。
② 林语堂:《方巾气研究》,《我的话·下册——披荆集》,28页。
③ 语堂:《临别赠言》,1936年9月16日《宇宙风》25期。
④ 郁达夫:《〈中国新文学大系·散文二集〉导言》。

容易表现甚么幽默,但是他的言动的结果,往往可以产生一种情境,在别人看去,是富有幽默的意味的。中国人喜欢和道学先生开玩笑,外国影片里往往把大学教授当过年的王小二一般看待,原因就在乎此。"①徐讦的《幽默论》主张幽默的权利,不准幽默就会妨害思想自由:"如果是社会上用种种传统的习惯不让人民有幽默,这个社会上的人就会变成懒惰,苟且,麻木的。中国的幽默被礼教与皇道所伤害,所以后来思想界只有一个'真命天子'了。"②郁达夫分析了幽默风行的现实原因:"有人说,近来的散文中幽默分子的加多,是因为政治的高压的结果:中华民族要想在苦中作一点乐,但各处都无法可想,所以只能在幽默上找一条出路,现在的幽默会这样兴盛的原因,此其一;还有其次的原因,是不许你正说,所以只能反说了,人掩住了你的口,不容你叹息一声的时候,末了自然只好泄下气以舒肠,作长歌而当哭。这一种观察,的确是不错;不过这两层也须是幽默兴盛的近因,至于远因,恐怕还在历来中国国民生活的枯燥,与夫中国散文的受了英国 Essay 的影响。"③大华烈士云:"吾人所欲作一小贡献于'苦闷的人生'者,乃在行起人们的'幽默感'(sense of humor)——使似在极愁苦的生活中,仍可见一丝的趣味而发一笑。"④钱仁康说:"幽默不但能用'寓庄于谐'的方法来对付专制势力,使锐利的语意含蓄得不露锋芒;即在日常生活中,也能利用同样的法则,使进退两难,或者'不好意思'的情景,用半真半假的手段表现出来。"⑤

---

① 潘光旦:《主义与幽默》,1933 年 3 月 16 日《论语》13 期。
② 徐讦:《幽默论》,1934 年 7 月 1 日《论语》44 期。
③ 郁达夫:《〈中国新文学大系·散文二集〉导言》。
④ 大华烈士:《东南风》,1933 年 10 月 16 日《论语》27 期。
⑤ 钱仁康:《论幽默的效果》(下),1934 年 8 月 1 日《论语》46 期。

《论语》杂志分别在1935年阳历新年和阴历新年分别推出"西洋幽默专号"和"中国幽默专号"。在1935年2月《论语》五十八期"中国幽默专号"上,林语堂为了提倡幽默的合理性,为小品文寻找中国谱系,为幽默寻找中国祖宗。他说老子是"中国幽默始祖",杨朱、庄周、列御寇诸人是老子"精神上的后人"。他说《论语》"无一句话不幽默",孔子的幽默态度"尤合温柔敦厚之旨"。文章引用"阳货欲见孔子"段,对孔子"诺,我将仕矣"解读道:"孔子不耐烦,与其'与不可与言'之人言而作无谓之强辩,不如发出周作人之'唔!我要做官了',以省麻烦,是所谓假痴假呆也。吾每读此段,必想起岂明老人,因彼甚有此假痴假呆之幽默,常发出绍兴人之'唔!'声也。"①颇有拉大旗作虎皮之嫌。

论语派的幽默小品被谥为"亡国之音",对此,林语堂云:"亡国之音之说,仍含有道学气味。"②他还辩解道:"幽默果能亡我大中华,是真所谓'吴之亡也有西施,无西施亦亡'。夫岂但西施而已,周幽之亡也有褒姒,无褒姒亦亡,商纣之亡也有妲己,无妲己亦亡。稍有眼光读史者,便能理会,不必我哓哓也。再以近事为证。东北之亡,在民国廿年九月十八日,论语发行在廿一年九月十六日,然则至少东北之亡不亡于论语也明甚。"③海戈《记"三"》一文开头有一节讽刺文字,说他本拟以"中国,论语,我"作一个《论语》三周年大事年表,如:"中华民国二十一年九月十六日,后二日,锦州陷焉。论语创刊号出版一时幽默之风,甚嚣尘上……"④把1932年9月16日《论语》创刊,与后二

---

① 语堂:《思孔子》,1935年2月1日《论语》58期"中国幽默专号"。
② 林语堂:《二十二年之幽默》,1934年1月《十日谈》新年特辑。
③ 林语堂:《跋西洋幽默专号》,1935年1月1日《论语》56期。
④ 海戈:《记"三"》,1935年10月1日《论语》73期。

日锦州沦陷并置,讽刺指《论语》幽默之风为"亡国之音"的责难。

《论语二周年悬赏征文启事》说:"论语至今办了两载,虽然屡遭方巾之鄙夷,道学之怒目,然而因为立意比方巾诚实,记事比道学负责,所以仍受国内读者的欢迎。在此两年中的努力,我们推定至少有一小的结果,就是叫一般人认识,幽默不是油腔滑调,不是轻薄尖酸,而是宽大敦厚的同情,是参透道理洞彻人情的见地,如麦雷蒂斯所说,是'一种含蓄思想的笑'。"①所以,"两周年纪念特大号"以"现代教育"为题的征文"即以提倡含蓄思想的笑为主旨"。这一主旨表明,《论语》通过自我调整,开始确定了自己的思想基调。这一基调在本月创刊的《人间世》上得到更完整的体现。林氏说,"西洋幽默专号"里,"有以清淡笔调谈出人生切身问题的文章,如《中彩票》,《冬日的早晨》,《画诀》,把人的心灵幻变细腻的写出来(个人最喜是此类幽默)。"②这其实表达了他对幽默文学的审美理想。这个理想在《论语》中有体现,只是体现得远不够充分。《鬼故事号征文启事》强调"谈鬼以解忧",又借鬼说事,隐喻现实③;第一百期"家的专号"的《编辑随笔》说,面对那些"满纸心酸"的应征文章,自己"宁愿含泪苦笑"④。对自家方针的申明与坚守,为在面临国破家亡危局中的姿态辩护。会心的微笑仅为理想,到头来只能端出"含泪苦笑"。

《论语》创刊之初,并不是以与左翼文学对立的姿态出现

---

① 《论语二周年悬赏征文启事》,1934年9月16日《论语》49期(两周年纪念特大号)。
② 语堂:《跋西洋幽默专号》。
③ 郁达夫、邵洵美:《鬼故事号征文启事》,1936年6月1日《论语》89期。
④ 邵洵美:《编辑随笔》,1936年11月16日《论语》100期("百期纪念特刊")。

的,确立的是走中间路线的方针。《论语》既刊发大量没有多少实际意义的幽默之作,又在"半月要闻""雨花""群言堂""补白"和地方通讯等栏目中发表尖锐的讽刺文字。

鲁迅起初对《论语》抱着理解、引导和规劝态度。在1933年3月发表的《从讽刺到幽默》中,与林语堂从抽象意义上谈论幽默的发生不同,他肯定在专制高压下幽默出现的合理性:"人们谁高兴做'文字狱'中的主角呢,但倘不死绝,肚子里总还有半口闷气,要借着笑的幌子,哈哈的吐他出来。"再指出幽默不合时宜:"中国人也不是长于'幽默'的人民,而现在又实在是难以幽默的时候。于是虽幽默也就免不了改变样子了,非倾向于对社会的讽刺,即堕入传统的'说笑话'和'讨便宜'。"①在1933年6月复林语堂的信中,他说自己没有写打油诗的心情,"重重迫压,令人已不能喘气,除呻吟叫号而外,能有他乎?"他又提醒幽默闲适的不容易:"不准人开一开口,则《论语》虽专谈虫二,恐亦难,盖虫二亦有谈得讨厌与否之别也。"②鲁迅等左翼作家的斗争策略是强调幽默、闲适表现出的在现实面前迫不得已和软弱,暗示出其前途的黯淡。

随着时间的推移,幽默和小品的提倡渐渐形成声势,鲁迅开始了讽刺、质疑和打击。他说:"幽默和小品的开初,人们何尝有贰话。然而轰的一声,天下无不幽默和小品,幽默那有这许多,于是幽默就是滑稽,滑稽就是说笑话,说笑话就是讽刺,讽刺就是漫骂。油腔滑调,幽默也;'天朗气清',小品也。"③还说:"倘若油滑,轻薄,猥亵,都蒙'幽默'之号,则恰如'新戏'之入'×世界',必已成为'文明戏'也不疑。""中国之自以为滑稽文

---

① 鲁迅:《从讽刺到幽默》,《鲁迅全集》5卷,46—47页。
② 鲁迅:《33062 致林语堂》,《鲁迅全集》12卷,407—408页。
③ 鲁迅:《一思而行》,《鲁迅全集》5卷,499页。

章者,也还是油滑,轻薄,猥亵之谈,和真的滑稽有别。"①他在致《论语》编者陶亢德的信中不客气地批评道:"《论语》顷收到一本……倘蒙谅其直言,则我以为内容实非幽默,文多平平,甚者且堕入油滑。""然中国之所谓幽默,往往尚不脱《笑林广记》式,真是无可奈何。小品文前途虑亦未必坦荡,然亦只能姑试之耳。"②到了《"论语一年"》,鲁迅公开说自己不喜欢《论语》,反对《论语》所提倡的"幽默",断言"幽默"在中国是不会有的。他直接地表示:"老实说罢,他(引者:指林语堂)所提倡的东西,我是常常反对的。先前,是对于'费厄泼赖',现在呢,就是'幽默'。我不爱'幽默',并且以为这是只有爱开圆桌会议的国民才闹得出来的玩意儿,在中国,却连意译也办不到。"他甚至担心有的幽默"将屠户的凶残,使大家化为一笑,收场大吉"③。此文就有些"砸锅"的意思了,不过,《论语》也还是照登。

胡风指出林语堂幽默观的问题:"第一是,如果离开了'社会的关心',无论是傻笑冷笑以至什么会心的微笑,都会转移人们的注意中心,变成某种生理的或心理的愉快,'为笑笑而笑笑',要被'礼拜六派'认作后生可畏的'弟弟'。第二是,就是真正的幽默罢,但那地盘也是非常小的。子弹呼呼叫的地方的人们无暇幽默,赤地千里流离失所的人们无暇幽默,彳亍在街头巷尾的失业的人们也无暇幽默。他们无暇来谈谈心灵健全不健全的问题。世态如此凄惶,不肯多给我一点幽默的余裕,未始不是林氏的'不幸'罢。"④他批评林语堂的提倡幽默脱离现实,缺乏社会道义感。

---

① 鲁迅:《"滑稽"例解》,《鲁迅全集》5卷,360页。
② 鲁迅:《340401致陶亢德》,《鲁迅全集》13卷,58、59页。
③ 鲁迅:《"论语一年"——借此又谈萧伯纳》,《鲁迅全集》4卷,582页。
④ 胡风:《林语堂论——对于他底发展的一个眺望》,1935年1月《文学》4卷1号。

关于幽默产生的社会原因,论语派与左派各有不同的阐释策略。幽默离不开社会现实基础。林语堂在《我们的态度》中云:"人生是这样的舞台,中国社会政治,教育,时俗尤其是一场的把戏,不过扮演的人,正正经经,不觉其滑稽而已。只须旁观者对自己肯忠实,就会见出其矛盾,说来肯坦白,自会成其幽默。所以幽默文字必须是写实主义的。"①林氏虽然谈到了幽默的社会现实原因,但只是泛泛而论,不像鲁迅对社会现实进行强烈的指责。而邵洵美在《论语》编后记中婉讽蒋介石在国民党三中全会后"开放言论",把幽默的发生与政治背景联系了起来:"要知道写文章的人的笔是活的,尤其是受过'春秋笔法'的中国文人的笔。你不准我说天,我会在'地'字上用功夫,你不准我多说,我会在'少说'上想办法;不准我说□□,我会在××上达到目的。结果是掩蔽了一些真相,却产生了不少谣言。作者读者之间既不得'言传',便群相意会。于是不通的文章变为杰作;写错的新闻目为事实。幽默事件便充溢宇宙;幽默文章便风行天下。"②这说明了政治性的幽默产生的社会基础。这话不是随便一说,在《论语》中发表了大量此类社会新闻。如"约旦精华""古香斋""半月要闻"中转摘的幽默文或五花八门、令人啼笑皆非的社会新闻等。以后《宇宙风》的"姑妄听之"栏也是如此等③。林语堂在自传里谈及其笔下讽刺与幽默产生的社会原因:"我们所得的出版自由太多了,言论自由也太多了,而每当一个人可以开心见诚讲真话之时,说话和著作便不能成为艺术了。这言论自由究有甚好处?那严格的取缔,逼令我另辟蹊

---

① 林语堂:《我们的态度》。
② 邵洵美:《编辑随笔》,1937年3月1日《论语》107期。
③ 参阅林语堂:《我们的态度》。

径以发表思想。我势不能不发展文笔技巧和权衡事情的轻重,此即读者们所称为'讽刺文学'。我写此项文章的艺术乃在发挥关于时局的理论,刚刚足够暗示我的思想和别人的意见,但同时却饶有含蓄,使不至于身受牢狱之灾。这样写文章无异是马戏场中所见的在绳子上跳舞,需眼明手快,身心平衡合度。在这个奇妙的空气当中,我已经成为一个所谓幽默或讽刺的写作者了。也许如某人曾说,人生太悲惨了,因此不能不故事滑稽,否则将要闷死。"①这段话与邵洵美的话都说明了讽刺甚合时宜,幽默往往与讽刺是结合在一起的,当时难以产生"会心的微笑"那样月白风清式的幽默。曹聚仁也说过:"'九一八'以后的中国,乃是文化界最苦闷的时期,约翰·穆勒说:'专制使人们变成冷嘲。'那一时期,也是产生杂文时期,讽刺的笔调,流行得很广。《论语》的半月大事记,也是匕首式的冷嘲,使当局看了,哭笑不得。但《论语》所以销行,还在于'雅俗共赏',(有时俗赏而雅不赏的)。"②

正是因为社会历史语境的原因,林语堂的文学主张与其创作实际上有诸多突出的矛盾,比如他提倡闲适的小品文,可又创作了大量有锋芒的杂文;他提倡"会心的微笑"的幽默,可是文章中却出现大量的讽刺。他的幽默与英国带牛油气的幽默并不一样,在相当大的程度上是政治性的。理论提倡是有其策略性、论战性,追求西式的片面的深刻。论争就像吵架,双方总要把话说得极端一些,分贝高一些。不过,论语派的政治性与左翼所要求的政治性远非同路。

由于持自由主义的政治立场,论语派的讽刺文字与左翼迥

---

① 《林语堂自传》,《林语堂名著全集》10 卷,30 页。
② 曹聚仁:《我与我的世界:曹聚仁回忆录 浮过了生命海》,生活·读书·新知三联书店 2011 年 4 月,430 页。

乎不同。幽默与讽刺可谓孪生兄弟,并没有截然的界限;同样是讽刺,也因人而异。被林语堂称为《论语》杂志重要台柱之一的姚颖①,在《论语》杂志的"京话"一栏中发表大量小品文,多是讽刺、幽默性的时政评论。《宇宙风》二十三期卷首刊登《京话》和《黄土泥》广告,其中说《京话》是"中国第一本以政治社会为背景以幽默语气为笔调的小品文集"。姚颖文章虽然偶尔"亦不废谑",但大多数情况是谑而不虐的,所以"当时南京要人也欣赏她谈言微中的风格"②。"京话"这个栏目的名称显示了对国民政府合法性的认同,文章尽管时时表现出讽刺性的锋芒,作者还是从国家体制的内部来批评的。这一点与左翼作家杂文中的讽刺泾渭分明。姚颖说:"我写时虽然未经再三考虑,但大体有个范围,即是以政治社会为背景,以幽默语气为笔调,以'皆大欢喜'为原则,即不得已而讽刺,亦以'伤皮不伤肉'为最大限度,虽有若干绝妙材料,以环境及种种关系,不得已而至割爱,但投稿两三年,除数次厄于检查先生外,尚觉功德圆满!"③

值得一提的是,左翼作家等的批评对论语派调整自己的方向起到了积极的作用。1934年,林语堂另办《人间世》,担心外间有误会,便写信并在《论语》上发表。其中说:"弟自《论语》出世,发见许多清新文章,人人暂学得说心坎里的话,不复蹈常习故,模仿呻唔。特以《论语》专登幽默文字,在范围内固然亦自可观,而幽默范围以外,终觉有许多大好文章向隅,不便收纳,或者以格调不合,不来投稿。"④这就是说他意识到过分提倡幽默

---

① 林语堂:《姚颖女士说大暑养生》,《林语堂名著全集》16卷,东北师范大学出版社1994年11月,292页。
② 林语堂:《姚颖女士说大暑养生》,《林语堂名著全集》16卷,293页。
③ 姚颖:《自序》,《京话》。
④ 语堂:《再与陶亢德书》,1934年4月1日《论语》38期。

小品文的局限性,并加以改进。周劭在《论语三年》中回顾道:"创刊号以迄五十期,大概所刊的文章以幽默为多,暴露的少,五十期以后,关于暴露的文章多起来,这种改变在篇名上很可以看到,例如有一期的论语几乎为四川专号。这一种改变,不佞非常同意,从幽默到暴露之路即是论语从虚浅到贴切人生之路,我并不反对幽默,不过对于为幽默而幽默的也不能表示同情,因为为幽默而幽默每易陷入尖酸油滑,不及老老实实说话而自见幽默来得有意思。论语最幽默的材料,往往不是专篇,而是半月要闻,古香斋,这一点上可以知道,幽默是要从实地上得来,空口说白话这种幽默是未足为训。"作者还举了揭露教育假面的"现代教育专号"的例子。正是批评的压力下,《论语》杂志社改变了思想态度。尽管颇受时人诟病,论语派几种主要刊物总的来说越办越好。

1930年代,国势阽危,内忧外患频仍,人们是很难轻松地笑起来的,加上中国本来就缺少幽默的传统,幽默有些水土不服。幽默与讽刺不同,大致来说,幽默的情感是淡泊的,讽刺是热烈的;幽默是不置可否的,讽刺是态度鲜明的;幽默是观照的,讽刺是行动的。对幽默与讽刺的不同主张,反映出两种截然不同的政治态度。幽默与讽刺并非水火不容的,但在政治斗争空前激烈的历史语境中,论语派和左翼都把二者对立了起来。论语派提倡幽默而排斥讽刺,肯定幽默的小品文,而否定讽刺的杂文,因此遭到左翼的挞伐。然而,这并不能说就没有幽默生存的空间。哪怕是在枕戈待旦的前沿阵地,也可以有幽默的话来调和一下紧张的空气。要丰富和发展现代中国文学,幽默一味也是不可或缺的,并非等到太平盛世才可以有幽默。鲁迅明确地说过他并非反对幽默,而是反对过分张扬它。正是由于论语派的倡导,幽默更多地为人们所知,作为散文中的一味而存在,并且向小说、戏剧等文类辐射,特别是为1940年代幽默艺术在梁实秋、钱锺书、王了一(王力)等笔下走向成熟打下了基础,拓展了中国文学的艺术空间。

1930年代,一些自由主义作家与左翼作家在小品文领域里展开了一场战役式的文化政治斗争,从其规模、持续的时间和影响的深远来看,都远超左翼作家与梁实秋等新月派成员、"自由人"与"第三种人""民族主义文学"作家的论争。左翼与言志派分别以鲁迅与周作人、林语堂为代表,两派论争凸显了新文学"载道"与"言志"两种新文学传统的对峙,具有深刻的文学史意义。

在左翼文学运动蓬勃开展之际,周作人、林语堂等自由主义作家担忧个体思想和言论自由的空间受到挤压,借"小品文"对左翼的文学主张提出挑战,贬低讽刺性的杂文,表达自己的文化政治诉求。在1930年代高度政治化的历史语境中,闲适笔调的小品文与杂文一样成为一种具有象征性的文化政治符号。自由主义者的话语直接影响到左翼文学主张的合理性与合法性,于是左翼作家大兴攻击之师,否定"闲适小品",捍卫讽刺性的杂文的地位。自由主义者无力为国家面临的严峻现实困局指明出路,其文学上的诉求也与社会现实暌离。在鲁迅所形容的"风沙扑面,狼虎成群"①之时,来提倡与社会问题无甚关联的"小品文"大不合时宜。因此,左翼针对论语派的斗争具有道义上的正当性。然而,对论争双方的历史评价不应该是简单的非此即彼。论语派的小品文受到中产阶级市民和大学生的欢迎,这一现象其实反映了常被遮蔽的现代社会文化的丰富性与复杂性,构成了对政治化文学单一价值取向的反拨。评价一个文学思潮,需要把它置于一个大的历史语境中,在不同文学思潮和派别

---

① 鲁迅:《南腔北调集·小品文的危机》,《鲁迅全集》4卷,591页。

并存、对立、互补的动态平衡中,来评价其历史价值。如果没有林语堂、周作人等言志派作家,1930年代的文学生态是单调的。对手之间互相竞争,也促进了双方的完善。闲适文学的政治价值还要从它与主流功利主义文学平衡的关系中去理解,从功利主义文学的缺失中理解。论语派小品文曾在很长时间里的文学史叙述中被戴上了"帮闲文学"的帽子,受到了毫不留情的否定,有其历史的必然性;而当由左翼文学而来的主流文学发展到一定的高度后,是可以容纳一些对手那里的有益成分,从而不断地丰富和壮大自己的。

五　沈启无与言志文学选本

因为关注周作人，自然知道有一个沈启无。他与俞平伯、废名和江绍原曾被称为周作人的四大弟子。1933年版的《周作人书信》收入周氏致他的书信二十五封，数量之多仅次于致俞平伯的三十五封。他还有一个大名鼎鼎的晚明小品选本《近代散文抄》。令人印象特别深的是发生于1944年的"破门事件"，沈氏被周作人宣布逐出师门，从中可以充分地领略有人所称周作人温和性格中具有的"钢铁的风姿"①。他背负着双重的罪名：附逆和背叛师恩。然而，我们听到的声音基本上都来自周作人，沈启无则差不多是一个无言者。他那被笼罩在阴影中的面目和后来的命运许多年前就引起了我的兴趣。可是找不到关于他的完整材料，已有的记述往往语焉不详，甚至多有舛误。

我辗转与沈启无的长女沈兰取得了联系。2004年12月16日上午，去北京房山区良乡镇访问了她。与东方出版社联系好，准备重印《近代散文抄》，他们家属委托我代为处理出版事宜。2005年2月7日，去和平西街沈启无之子沈平子家取授权书。2月7日再见沈兰，由于得到了信任，这次她为我提供了一些重要材料。其中，最重要的是一本五十开牛皮纸封面的工作日记，

---

① 温源宁：《周作人先生》，《周作人印象》，刘如溪编，学林出版社1997年1月，41页。

内容是沈启无自己誊抄的写于1968年4月至6月的个人检查;另有《近代散文抄》上册和《人间词及人间词话》编校者的手校本,关于鲁迅《古小说钩沉》的读书笔记,一份沈氏自拟的著作简目,一幅蒋兆和给他画的肖像的照片和其他数张照片等。沈启无有一子二女。沈平子是老二,退休前任中国科学院计量研究所研究员。老三沈端于1965年去山西插队,以后一直没有回京,在侯马市园林局退休。三年前,沈启无的夫人傅梅就在山西侯马去世。

根据上述的材料,加上对沈氏子女、同事的访谈,再查阅相关的文献材料,沈启无的经历和面目渐渐在我心目中清晰起来。

1 苦雨斋弟子

沈启无,1902年2月20日生于江苏淮阴的一个地主家庭。原名沈鍚,字伯龙。上大学时改名沈扬,字启无。祖籍浙江吴兴,后在淮阴落户。

小时在私塾念书,十三岁进县立高等小学,十七岁考进江苏省立第八中学。1919年在中学快毕业的下半年,因反对叶秀峰(时任国民党江苏省党部秘书长)的父亲去做校长,被教育厅开除。

1923年考入南京金陵大学,读了两年预科。因不满教会校风,在周作人的劝导下,于1925年转学北京燕京大学,读的是中国文学系。① 那时他非常崇拜周作人。读四年级的时候,他开始与燕京大学研究所的研究员萧炳实(1900—1970,又名萧项平)交往。沈启无和他第二任妻子傅梅便是经萧项平介绍认识

---

① 沈启无、侃生:《读书"崇实"谈》(访谈录),1935年5月14日《大学新闻周报》(特刊之三)3卷11期。

的。傅梅比沈启无小十一岁,父母早亡,中学毕业后,跟做生意的哥嫂在上海生活。萧项平把她从上海带到北平,并把她介绍给沈启无认识。那时大约在1920年代末。后来,沈启无的子女也因为这一层关系,一直称萧项平舅舅。沈启无在到北京上大学之前有过一次父母包办的婚姻。女方叫陈光华,无子女,被遗弃后,她一直没有再嫁。

沈启无在其自述中说,萧炳实介绍他参加中共的外围组织。这时他才知道萧是地下党员,领导燕大的地下党外围小组的活动。但他不是党员,没有参加过党的组织生活,萧项平也没有介绍他入党。他在燕大参加地下外围组织活动只有一年。毕业离开燕大,就和小组脱离了关系。但和萧项平私人之间一直保持着联系,不断通信。

而我注意到有一本叫作《战斗的历程(1925—1949.2燕京大学地下党概况)》的书,其中说沈启无:"1926年在燕大加入中国共产党,曾任党支部书记。毕业后与组织失掉联系。"并指出其支部书记的任期从1927年6月中旬到10月[1]。这与沈启无的自述显然不同。

我与北京大学校史馆党史校史研究室取得了联系。2005年6月17日上午,我过去,接待我的是一个姓范的女士和《战斗的历程》一书的主编之一黄文一,得到了几份与沈启无有关的档案材料的复印件。这些材料都是他们于1990年代初为编写《战斗的历程》一书,通过组织关系收集的。有几份抄件可以证明沈启无加入过共产党。一是《萧项平(萧炳实)档案抄件(自传部分)》,其中说:"1926年秋我到北京燕大国学研究院求学。

---

[1] 北京大学党史校史研究室:《战斗的历程(1925—1949.2燕京大学地下党概况)》,王效挺、黄文一主编,北京大学出版社1993年2月,1页、18页、28页。

是年冬加入中国共产党。……当时党员有下落的：（一）沈启无，现在北京师范学院中国语文系。……这三个人现在都不是党员。"二是吴继文交代材料《关于加入地下共产党、跨党、脱党问题材料》（1971年10月17日写）："1927年6月中旬放假后，支部调我当代理组织干事，沈启无是书记，吴广钧是宣传干事。"三是中共北京师范学院委员会《关于沈启无右派问题的复查报告》（1979年1月16日）："沈在历史上曾同我党有过联系。1926年前后在燕大参加我地下党（后自行脱离）。1930年曾在经济上资助过刘仁同志。"我曾经向首都师范大学（前身即北京师范学院）档案馆提出查阅沈启无档案的请求，但被拒绝。

那么，沈启无为什么没有说出实情呢？我请教了黄文一，她是一名党史研究者，曾于1948年加入共产党，在北大从事过地下工作。她分析说："从这些材料来看，沈启无入过党是确定无疑的。他主要是为了逃避审查，解放后特别是在'文革'时期脱党是很严重的事情，弄不好会被打成'叛徒'。"那他难道不怕别人说出事实吗？我问。她答道："那时党的组织关系是很简单的。党组织和外围组织的界限模糊，党员和党员之间的联系都是单线联系，很难有人能提供确切的证明，——就是有人证明，他也可以不承认。当时入党也没有文字材料。"

1928年燕大毕业后，沈启无到天津南开中学教国文，与党组织脱离关系。一年后又调回燕大中文系，在中文系专修科教书，并在北京女师大国文系兼任讲师。1930年至1932年，任天津河北省立女子师范学院国文系教授，兼任系主任。此间特开小品文班授课。1932年后在燕京大学、北京大学和北平大学女子文理学院任教职。①

---

① 沈启无、侃生：《读书"崇实"谈》（访谈录）。

1930年代,沈启无与周作人过从甚密。他与俞平伯、废名和江绍原并称为周作人的四大弟子。

1932年北平人文书店出版沈氏当时在大学讲的明清文选本《近代散文抄》。本书与同期出版的周作人《中国新文学的源流》一起,引发了一场晚明小品热,并推动形成了言志文学思潮。①

《近代散文抄》的出版为沈启无赢得了文名。上海杂志公司推出的"中国文学珍本丛书"中袁宗道《白苏斋类集》、张岱《陶庵梦忆》都是由他题签的。林语堂重刊《袁中郎全集》时曾经请他作过序,只是他答应了并没有交卷。② 在《骆驼草》《人间世》《文饭小品》《水星》和《世界日报·明珠》等报刊上,开始频繁地出现他的读书小品和诗歌。③

1932年至1936年,任北平大学女子文理学院文史系教授,同时兼任北京大学、燕京大学国文系讲师。北平人文书店于1933年12月印行他编校的《人间词及人间词话》一册。

2 破门事件

1937年7月,北平沦陷。

最初女子文理学院还每月发两三成薪水,后来文史系主任李季谷私下携款溜走,抛下诸多教师不管。他在贝满女中代课,维持生活。当时周作人坚决不走,并劝沈也不要离开北平,说走了没好处。

1938年,伪北京女子师范学院成立,沈启无任国文系教授,

---

① 参阅本书第二章。
② 沈启无:《珂雪斋外集游居柿录》,1935年7月5日《人间世》31期。
③ 参阅本书第二章。

讲"中国文学史"和大一国文。

1939年元旦,沈启无去周作人家拜年。有刺客打了周作人一枪,周未受伤,他也挨了一枪,在同仁医院住了四十多天,弹头始终没有取出。

这一年的秋天,伪北京大学文学院成立,周作人任院长,他做国文系主任。此后,伪北平市政府曾组织过一个日本观光团,指定文学院去一人,周作人、钱稻孙(时任伪北京大学秘书长兼日文系主任)派他参加。从1939年到1943年,他在国文系讲授的课程有"古今诗选""大学国文""中国近百年文艺思潮""小说史""六朝文"。后讲义《大学国文》由新民印书馆1942年出版,选文包括风土民俗、笔记小说、记游、日记、书信尺牍、序跋题记、传记墓志、纪念、读书札记、楚辞小赋等十组四十三篇文章,其中没有一篇"古文"一派的文章,正反映出周作人一派论文的一贯标准。

沈启无是北平沦陷区文坛的活跃分子。1942年9月,伪华北作家协会成立,他任该协会评议员。后又担任"中国文化团体联合会"筹委。1943年6月,"中国文化建设协会"在北平成立,沈启无任主任理事。1944年9月,"华北作家协会"改选,任执行委员。

1942年11月3日,应日本文学报国会邀请,周作人派他随同钱稻孙、尤炳圻、张我军等,赴日参加在东京举行的"大东亚文学者代表大会"。钱稻孙任团长。开完会后,到奈良、京都各地去参观游览,参观一些博物馆、文物馆之类。回北平后,应新民印书馆编辑长佐藤源三之约,主编不定期杂志《文学集刊》。

大约在1943年的2月、3月间,沈启无参加南京伪教育部召开的"全国教育会议"(同时召开"全国宣传工作会议")。同去参加的有伪华北教育督办苏体仁(周作人这时已下台)、黎子鹤、李泰棻。伪教育部长李圣五找他问及周作人下台的情况,让他转达汪精卫手书,汪邀周到南京会谈。他回北京后即去了周作人宅。

4月初,沈陪同周作人到南京。他在检查材料《沦陷时期》中说,周作人会见汪精卫,他没有前往。而查《周作人年谱》,1943年4月6日项下记:"(周作人)与沈启无、杨鸿烈往访了汪精卫及伪宣传部部长林柏生、伪外交部长褚民谊等。"8日项下记:"下午往伪中央大学讲演,晚同沈启无同往汪精卫宅,赴汪招宴。"①《周作人年谱》是有周作人日记作为依据的,看来沈启无在这里并没有讲出实情。他又陪同周氏往苏州看章太炎故居,在苏州逗留了一天,游览虎丘、剑池及灵岩等地。上海柳雨生、陶亢德赶来苏州请周去上海,他坚决不去。周作人回北平不久,即收到伪华北综合调查研究所副理事长的聘书。

1943年8月,应日本文学报国会约请,参加25日在东京召开的第二次"大东亚文学者代表大会"。文学院除他以外,还有张我军,其余是"华北作家协会"柳龙光和几个青年作家,代表团长由他和柳龙光担任。沈氏在《沦陷时期》中说:"在小组会上,东京帝大教授吉川幸次郎对北京(应为北平——引者)出版的杂志刊物,提出批评。当时我说过什么话,记不清楚了。在另一个小组会上,由张我军、柳龙光参加,当时日本作家片冈铁兵发言攻击了周作人。片冈和我不认识,也不同在一组,他的发言,我毫无所知。后来周作人却借口说这是我的唆使。"

1943年10月下旬,作为"华北作家协会"评议员,与该会干事长柳龙光赴南京与有关方面洽谈南北方合组统一的文学团体事宜。

大约在这前后,日本人武田熙成立一个新文化协会,名义上拉他任主任委员,实际负责的是由武田熙指定的范宗泽。该会

---

① 张菊香、张铁荣:《周作人年谱》,天津人民出版社2000年4月,656页。

组织一个八人的华北文化观光团,沈启无为团长,于1943年11月26日赴南京参观。沈在伪中央广播电台作题为《参战体制下文化人的任务》的演讲。27日到了上海,因家中有人生病,沈启无即转回北京,没有去原定的目的地之一杭州。

1943年9月,以艺文社名义创办的不定期刊物《文学集刊》第一辑出版,沈启无任该刊主编,他在这期上发表了诗歌《白鹭与风》与《闲步庵简抄》。1944年4月,《文学集刊》出第二辑,其中有沈氏的散文旧作《却说一个乡间市集》。两辑的卷首登载的都是废名的新诗讲稿。《闲步庵简抄》多谈到新诗和散文的建设问题,颇见踌躇满志之态。

1944年1月,参加南京伪宣传部召开的"中国文学作家协会"筹备会议,这时认识了胡兰成。

片冈铁兵在第二次"大东亚文学者代表大会"上的发言《确立中国文学之要点》刊载于1943年9月日本杂志《文学报国》第三期上,周作人得知此事后,不禁产生疑问:这个日本人是如何知道他文章的内容的?他想起1944年2月在关永吉编的《文笔》周刊第一期上署名"童陀"的一篇题为《杂志新编》的讽刺杂文。文章有这样的话:"办杂志抓一两个老作家,便吃着不尽了。""把应给青年作家的稿费给老作家送去,岂不大妙。"周作人弄清楚这"童陀"就是沈启无的笔名,似乎恍然大悟,于是认定那个向日本方面检举他的人就是沈启无。他推断其来源是片冈得之于林房雄,而林房雄是得之于沈启无的。[①] 于是,1944年3月15日,周作人作《破门声明》,向有关方面发出,并在报上登载,并写了《关于老作家》《文坛之分化》《一封信》等几篇文章

---

① 周作人:《文坛之分化》,原载1944年4月13日《中华日报》,收入《周作人集外文》,602—604页。

进行攻击。尽管始终缺乏确凿的证据,周作人的推断是有道理的,日本文学报国会小说部参事林房雄的一篇文章可以作为佐证。1943年11月《中国公论》第十卷第二期发表辛嘉译林房雄的文章《新中国文学的动向——与沈启无君的谈话》,译者在附记中介绍,此文原载于8月24日、25日、26日的《每日新闻》。时值第二次"大东亚文学者代表大会"召开之际。林房雄所记是他与沈启无的一场谈话。作者对沈启无加以描写和赞美,大谈与沈的"信赖和友情"。并且说道:"北京(应为北平——引者)成立了艺文社(周作人氏主持),发行《艺文杂志》和《文学集刊》,《艺文杂志》为文化综合杂志,它不能成为新中国文学运动的主体。沈君的信念是有良心和热情的文学者结为同志,向青年知识阶级中深深培植根基而前进时,第二次中国文学革命方有可能。"不难看出,在周、沈之间,他是有褒贬的。他还对《艺文杂志》已出二期,《文学集刊》迟迟未能出版抱不平,有意识把二者对立起来。正是在他的直接干预下,《文学集刊》才得以面世。他们还谈了南北文学者统一的问题。沈启无的谈话中颇多对日方的谄媚之词。在这样的情况下,沈启无是很有检举周作人的可能的。

3月19日,"华北作家协会"就周、沈"破门"与组织"中国统一文学团体"开干事会。沈启无写了《另一封信》,送到北平、上海各报,但都没有被采纳,最后在4月21日的《民国日报》(南京)上得以发表。文章说,周作人的《一封信》里面"关涉到我的地方,惜与事实并不相符,片冈为何如人,与我也是风马牛。"文章全文引录他托日本文学报国会事务局长久米正雄与评论随笔部干事长河上彻太郎转交片冈铁兵的挂号信,还附了周《一封信》的简报。他要片冈铁兵给周作人写信,澄清事实,也顺便给他一封回信。他表示:"我发现事实不符,绝非有意歪曲,周先生自己既未参加大会,唯凭传闻,有些事情自然难以辨别清楚,一时又为流言所入,生出误会,也是免不了的。但事实终归是事实,不是流言可以转变的,也不是笔刀可以抹杀的,所谓事实胜于雄辩也。同理,经验也必须根据多方面的事实才靠得住,自以为是的主观经验,有时是非常危险的,可不慎欤。"周作人又在5月2日《中华日报》上发表《一封信的后文》,认定:"沈某攻击鄙人最确实的证据为其所写文章,假如无人能证明该文作者童陀并非沈某,则虽有林房雄片冈铁兵等人为之后援,代为声辩,此案总无可翻也。"沈另在《中国文学》第五号上发表针对周作人的诗《你也须要安静》,全诗如下:"你的话已经说完了吗/你的枯燥的嘴唇上/还浮着秋风的严冷/我没有什么言语/如果沉默是最大的宁息/我愿独抱一天岑寂//你说我改变了,是的/我不能做你的梦,正如/你不能懂得别人的伤痛一样/是的,我是改变了/我不能因为你一个人的重负/我就封闭我自己所应走的道路/假如你还能接受我一点赠与/我希望你深深爱惜这个忠恕//明天小鸟们会在你头上唱歌/今夜一切无声/顷刻即是清晨/我请从此分手/人间须要抚慰/你也须要安静"。

周作人没有经过伪北京大学评议会,就勒令文学院对沈氏立即停职停薪,旧同事谁也不敢和他接近。由于周作人的封锁,他断绝了所有生路,《文学集刊》也只得停刊。从5月到10月,他靠变卖书物维持生活。胡兰成约他去南京编《苦竹》杂志,他在这刊物上发表过散文《南来随笔》和新诗《十月》。

可以肯定,第二次"大东亚文学者代表大会"召开前后,沈启无与周作人之间已经发生了矛盾。周作人在《文坛之分化》一文中说,沈因为编《艺文杂志》与《文学集刊》两个刊物,与别人发生争执。这两个刊物都是以艺文社的名义由新民印书馆出版的,周作人挂名为社长。沈启无向周作人求援,但又未获支持,因此记恨在心。① 沈启无在他的诗《你也须要安静》中也宣称自己已经改变,要走自己的路。沈启无在自述材料中说只有南京的胡兰成等少数人支持他,实际情况也并不完全。不知是有心还是无意,他忽略了以《中国文学》杂志为阵地的伪华北作家协会柳龙光等人对他的声援。"破门事件"发生后,《中国文学》1944年第四号头版登出柳龙光《国民文学》一文,旁敲侧击地把周作人看作落伍的"反动分子"。"我们怎样才能发挥'国民文学'的真价呢? 我要用周作人氏在他的《新中国文艺复兴之途径》一文里所说的:'作这个工作的人须得一心为国家民族尽力,克复一切为个人为派别的私意。'因为这意见是使我们非常感动过的。"这里用的是以子之矛攻子之盾的手法。第五号头版发表陈鲁风的《铲除"国民文学"前进途上的障碍》,不点名地指责周氏"以其卑鄙的反动行动来损毁青年们的向新建设前进上的热情",视之为"国民文学"前进途上的障碍,重申片冈铁兵的"扫荡'反动作家'"的话。柳龙光在第八号的《编辑后记》中肯定陈鲁风的文章与该刊发表的另一作者的文章,"是冲洗那陈腐顽固的斋堂文学,呻吟文学以及鸳鸯蝴蝶派的两条巨流"。由此可以看到,把周作人视为"反动老作家"的话并不仅仅出现在沈启无以"童陀"的笔名发表的文章里,在"破门事件"的背后有着沦陷区附逆文人的派别之争;并且还有着周、沈二人与日本文学报国会的关系因素介入。周氏与文学报国会是有过节的。上文所提林房雄对周作人和沈启无的不同态度,就有个人关系的因素在其中。1943年春天林房雄作为文学报国会的文化使节来北平,周作人看不起这个曾经是左翼作家的转向者,对他有意冷淡。而沈启无则竭诚接待,在北平中山公园召开文

---

① 周作人:《文坛之分化》,《周作人集外文》,601—602页。

学茶话会,由林房雄与河上彻太郎讲文学创作论,林房雄在演讲中开始攻击"中国的老作家"。① 周氏也并没有亲自参加由文学报国会策划的两届"大东亚文学者大会",而文学报国会方面当然希望有周作人这样重量级的人物参加。1961年,周作人在致香港朋友的信中说:"其人(沈启无——引者按)为燕京大学出身,其后因为与日本'文学报国会'勾结,以我不肯与该会合作,攻击我为反动,乃十足之'中山狼'。"②

关于沈启无向片冈铁兵检举周作人事,沈平子说,他母亲告诉他,是片冈铁兵主动找沈启无的,"破门"之后,片冈铁兵还觉得对不住他。不知确否。

1944年新民印书馆编辑部出版沈氏和废名的新诗集《水边》。版权页上标明的时间是4月20日,正值"破门事件"闹得正厉害的时候。诗集收录他和废名的诗各十六首,还有沈氏的《怀废名》(代序)一首。抗战爆发以后,废名避居故乡黄梅,编者是根据废名送他的诗稿排印的。他曾经介绍说,有一段时间,两人住家相距很近,过从甚密。两个人在一起谈诗,废名写诗总是送给他看,他手头存有废名的不少诗稿及新诗讲义的原稿。③这是作为诗人的废名出版的唯一一部诗集。1945年沈氏又通过大楚报社为废名出版过一本诗文合集《招隐集》。1943年3月周作人作文《怀废名》,沈启无又出这样两本纪念性的诗文集,我想他们一定都感到很寂寞吧,对沈氏来说则自然又多一层心曲了。

1945年年初,他随胡兰成到汉口接办《大楚报》。胡兰成做社长,他任副社长,胡从南京找去一个姓潘的当秘书,后又找关

---

① 周作人:《文坛之分化》,《周作人集外文》,602页。
② 鲍耀明编:《周作人与鲍耀明通信集》,河南大学出版社2004年4月,69页。
③ 沈启无:《闲步庵书简》,1943年5月《风雨谈》2期。

永吉任编辑部长,还有一个日本人福冈做联络员。关永吉在《大楚报》上恢复了《文笔》副刊(双周刊),名义上由他主编,实际上还是关氏在负责,他只是在每期上发表一些诗歌。他在《文笔》上写的新诗,连同以前的旧作,包括他针对周作人的《你也须要安静》,共二十七首,由《大楚报》社印成一册《思念集》。

乱世中两个成年男人在一起共事,自然可以看出彼此为人处世中远距离难以观察到的层面。胡兰成的《今生今世》"汉皋解佩"一章中,有对沈启无侧面的记述。在他的笔下,沈启无是一个贪婪、妒忌、不顾他人的小人。"沈启无风度凝庄,可是眼睛常从眼镜边框瞟人。"[①]文字简约,然而嫌恶之情,溢于言表。不过,他们之间有经济上的纠葛,胡兰成又对沈氏在他情人面前说他的坏话耿耿于怀,他的记述是难以全拿来当信史看的,况且胡本身就是一个无行的文人。在他们的关系中,沈启无又充当了一个无言者。

3 寂寞无闻

1945年抗战胜利前夕的6月份,沈启无回到北平。8月15日日本宣布投降时,他就在北平。

这年的冬天,他的燕大同学李荫棠和余协中找他,约去东北教书,说要在沈阳办中正大学。第二年春,中正大学尚未筹备就绪,他先到锦州编杜聿明新六军《新生报》文艺副刊。1946年9月,去沈阳的中正大学国文系任教授,全家也因此迁至沈阳。1948年解放军攻占沈阳前,全家回北平,沈启无没有工作。于是又携家眷到上海。到上海后,一时也无适当工作,又临时去傅

---

① 胡兰成:《今生今世》,中国社会科学出版社2003年9月,177页。

梅的家乡宁波,住傅梅一个去了上海的朋友家。一段时间里,沈启无客居赋闲,读书度日。

1948年到1949年年底,任教于宁波的教会学校浙东中学。宁波解放后,参加军管会教师训练班,向有关部门交代自己解放前的经历。训练班结束后,军管会委派他做浙东中学代理校长。

1949年冬,萧项平从北京写信告知他会见了刘仁,刘仁问起他的情况,说可以回北京工作。于是,1950年春举家又回到北京。刘仁时任中共北京市委常务委员、组织部部长、纪律检查委员会书记、北京市各界人民代表会议协商委员会副主席、北京市总工会第一副主席等职,此后不久任北京市委副书记、北京市政协主席。一个是中共的高干,一个是有历史问题的读书人,他们怎么会发生关联呢?

这里有一段往事。刘仁曾于1930年受命到天津从事地下工作,任天津一区区委委员、天津纺织行业行动委员会书记,9月被捕。1931年,在河北女师任教的沈启无接萧项平从厦门大学来信,说有同志被捕入狱,需要经济帮助,让他尽力设法。随后有一个学生常去他那里取款。1932年,沈氏回北平教书,失去联系。解放后,从萧项平的信中才知道受过他经济援助的人中有刘仁。

据廖沫沙1985年回忆刘仁的《难忘的记忆》一文介绍,1949年6月,廖从香港调到北平,7月奉调到北平市委工作。因为工作的关系,他和刘仁比较接近。1950年市政府成立工农业余教育委员会,由廖实际负责。1955年,廖沫沙担任市委教育部长时,市委决定组建北京师范学院,刘仁非常关心和重视这项工作。文章写道:"在北京师范学院建立不久,刘仁同志建议我把一位中学教师调到师院去。他告诉我这位老师不但有学问,解放前还帮助过我们地下党员的同志,为被捕的同志送过钱和衣物。他还很带感情地对我说：在我坐监的时候，他帮助过我，我不能忘记他。"①这里所说的教师当指沈启无无疑，显然，得到他帮助的地下党员还不止刘仁一人。

我给刘仁的夫人甘英打电话，她说刘仁在被捕期间，肯定得到过沈启无的援助，具体是什么帮助，她不知道，好像是经济方面的。甘英说，她没有见过沈启无，"文革"结束后，去探望过傅梅，帮她落实政策。

刘仁派人介绍沈氏到由廖沫沙领导的业余教育委员会，后被派到石景山钢铁厂职工业余学校做教务主任。1951年调到工农教育处编职工语文课本和研究语文教学问题。1952年年底到北京函授师范学校编函授语文教材。1955年函授教材编完，他们需要自己另找工作。这时北京师范学院正在筹办，他写信给廖沫沙请他介绍。1955年7月，他到北京师范学院中文系任副教授。

1956年经本系的傅鲁介绍，沈加入九三学社。1957年反右期间，参加九三学社小团体，批评整风运动。1958年2月被划为右派。处理结论是情节轻微，有悔改表现，按六类处理，免于处分。1959年国庆前，右派帽子被摘掉。1979年年初错划问题得到改正，2月3日的《人民日报》发表新华社电讯《北京上海抓紧做好错划右派改正工作》，其中就提到了沈启无的名字。

1960年、1961年，他两次患心脏病。1962年出院，在休养期间，病中读《鲁迅全集》，见第八卷《中国小说史略》未加注解，校勘不当之处很多，遗漏未经订正的有好几十处，于是就手边旧本和笔记，陆续加以整理。1962年11月，系里让他搬进校内

---

① 廖沫沙：《难忘的记忆》，《缅怀刘仁同志》，北京出版社1986年5月2版，199页。

住，准备1963年开课。后来改变计划，让他培养两个青年教师，参加古典组集体备课，校订青年教师进修书目。在1964年古典组举行观摩教学期间，他在工作中又患心脏病，住阜外医院。出院后休养，没有担任具体工作。

据1960年代初与沈启无在一个教研室工作的漆绪邦和李锦华回忆，沈氏谦虚谨慎，温文尔雅，颇有学者风度。他主要讲宋元明清文学，只是讳谈晚明小品。他的课深入浅出，感情充沛，教学效果好。讲到《长生殿》中唐明皇和杨贵妃生离死别、缠绵悱恻的爱情故事，把几个女生都感动哭了。他也因此挨了批，说是思想感情不健康。

"文革"爆发，他被"革命师生"揪出劳动、批斗。因心力衰竭，经北医三院证明，不能参加劳动。系"文革"让他在休息中自己学习检查，写了多份汇报材料上交。甘英还告诉我，刘仁在"文革"期间被审查，沈启无经他介绍过工作，也受到了牵连。沈平子说，他父亲对改造是心悦诚服的，早请示、晚汇报，态度虔诚，尽管没有人逼他这样做。这种态度从他留下的一些遗物中也或多或少可以得到印证。在沈平子家，我看到装订在一起的《"老三篇"天天读》，荣宝斋制的信纸上写有《为人民服务》中的两段文字。还有一册文物出版社1958年版的线装本《毛主席诗词二十一首》，上面有沈简单的批注，字迹工整。沈平子又拿给我看装配了镜框的"久有凌云志"小幅行草。他的字清秀、恬淡，一眼即可认出是学习周作人的字体。沈氏除了他的虔诚，或许还会有自我保护的考虑吧。

1969年沈启无心脏病发作，并复发肺炎。因为有先天性心脏病，胸部出现肺炎的啰音没有查出来，贻误了病情。1969年10月30日在复兴医院去世，终年六十七岁。去世的时候只有大女儿在身边。他生前立下几条遗嘱：一、把所有的藏书捐献给国家;二、孩子们一定要注意身体健康;三、家里人要互相帮助,互相爱护,与亲戚、朋友和睦相处,与人为善。

他很少和孩子们交流,也从不提那些陈年往事。沈平子说,他父亲对周作人还是有感情的,"文革"中,听说周作人很潦倒,住在黑屋子里,无人照顾,感慨系之,还写过一首诗。1960年代初,生活在同一座城市里的周作人也表示过对这个昔日弟子的关心①。虽然恩怨已泯,却是咫尺永隔。

沈兰表示子女身边已经没有父亲的藏书了。1948年南下时,把在北平的二十八箱藏书运到上海,寄存在朋友家中,只拣一部分珍贵和心爱的图书留在身边。1950年回北京时,把寄存在上海的书送给了上海文物图书馆(后改名上海图书馆)。沈启无去世后,傅梅还把他校注《中国小说史略》稿本二册和《琅嬛文集》二册(上海杂志公司)、《陶庵梦忆》一册(朴社)及校订本二册送北京鲁迅博物馆。他去世前一再叮嘱,要把他多年研究的《张宗子诗文集》找回来送北京图书馆。傅梅托人把书找回来了,1971年11月由北京师院中文系的张一德送交北京图书馆。其余的书籍、字、画等,被毁或抄走。

在沈兰那里,只留下了两本他父亲编的书《近代散文抄》上册和《人间词及人间词话》。那册《近代散文抄》中有编者的校注,还夹了一些字条,有的是用毛笔写的行书小字,秀雅闲淡,酷似周作人的字体。

在妻子傅梅的眼里,沈启无是一个做学问的人,涉世经验不丰,甚至有些幼稚。在子女的记忆里,沈启无中等个头,瘦瘦的,戴眼镜,有精神。能吃肉,一顿能吃一小碗猪肉。抽烟比较厉

---

① 张铁铮:《知堂晚年轶事一束》,《闲话周作人》,浙江文艺出版社1996年7月,295页。

害,不怎么喝酒,喜欢绿茶。沈兰记忆最深的是父亲看书、写字的背影。他喜欢京戏,出去也多是到旧书店,逛琉璃厂。他并不是严父的形象,脾气平和,总是笑眯眯的。

4 言志文学选本

《大学国文》是他在伪北大文学院讲课所用的教材,1942年11月由新民印书馆出版。要理解沈启无新编的选本《大学国文》,是一定要联系十年前的晚明小品选本《近代散文抄》的。关于后者,我在第二章第一节中已有评介,此处不赘。《大学国文》的编选标准与《近代散文抄》一脉相承,体现的依然是言志的文学观。言志派的声音到1936年便沉寂下去,《大学国文》只能算作余响了。

《大学国文》分上下册,选文包括风土民俗、笔记小说、记游、日记、书信尺牍、序跋题记、传记墓志、纪念、读书札记、楚辞小赋等十组,共收录作者八十五人,总目列作品二百六十四篇(还漏记个别篇目),分组目录列细目三百一十八篇。总目中有对版本的简略介绍。书中包含六朝作者十八人,晚明作者十一人。现代仅编入周作人、冯文炳(废名)、俞平伯三人的文章,其中周氏文章有十五篇,在全书中数量仅次于张岱的二十篇。《大学国文》一般不选语体文,这在当时是惯例,不像如今的《大学语文》把更多的篇幅让给了现代语体文。

关于编选旨趣,沈启无在序言中交代:

> 二十八年北大文学院(伪北京大学文学院——引者)成立,我选了这十组国文讲义当作教本,其中有一部分是以前曾经教过的,虽然这回在教材上略略有所增损,大体上并没有多少变动。第一组之风土民俗文字,第二组之笔记小

说,第九组之读书札记,第十组之六朝小赋,完全是后来新加添的材料,若说此书有特色,我想便在这几组文章里表现最鲜明,也最容易看得出了。这和普通的国文选本颇有一个不同之点,却也并非故意来立异。我平常很重视实质的,因此也非常地看重经验,觉得我们在一个现代文明空气之下,对于中国过去旧文学,应该具有一个再认识的态度,这个再认识,可以说仍是承受五四时代前后的文人的责任与义务,这当然又是一种痛苦的义务了。

编者告诉我们,这个国文选本与众不同。他秉承"五四"重估一切价值的态度,另辟蹊径,在选文标准上强调"实质"。"质"可以有不同的解释,这里有些语焉不详。

和他此前的一系列文章相对照,我们就不难明白他所说的"质"是言志派的,包含真挚的情感、切实的人生经验,排斥冠冕堂皇、虚张声势的"古文"式的腔调。可以说,言志、重质是《大学国文》选文一以贯之的观念和价值标准。《大学国文》把《近代散文抄》的思路发扬光大,梳理出了以六朝文章和晚明小品为重点的绵延于整个中国文学史的言志派文脉。六朝文章是苦雨斋主周作人和他弟子们心中文章的极境。1930年代,当晚明小品热蔚然成风时,他们则不满晚明文章过于流丽,转而推崇六朝文人的文采风流。与绝大多数的古文选本和大学国文选篇迥异,沈氏《大学国文》未选一篇八大家派"载道"的古文。唐宋八大家中,只选了柳宗元的两篇游记和苏轼的尺牍、题跋,而这些文字却是言志的。《大学国文》"记游"一组总共二十三篇,数量居各组之冠,体现的即是言志的标准。早在《近代散文抄》中,他就把书中最多的篇幅让给了游记。他在此书后记中明确表示了对晚明小品中游记的推崇:"他们率性任真的态度,颇有点近于六朝","对于文章的写法乃是自由不拘格套,于是方言土语通俗故事都能够利用到文章里面来,因此在他们笔下的游记乃有各式各样的姿态。"显然,游记作者摆脱世网,走向山水烟霞,更能"独抒性灵,不拘格套"。"五四"以后,文章名家辈出,而沈氏仅选言志派同门的周作人、冯文炳、俞平伯的散文,其用意在于"点题"和接通,续上古今言志派的谱系。由上可知,《大学国文》是一个探索性的、流派性的,有着丰富文化意味的选本。

也许把《大学国文》与同时期国民政府教育部颁发的《大学国文选目》作一对比,更容易辨识其特点。1942年10月,国民政府教育部颁布了一个《大学国文选目》。这一选目的授课对象为大一新生,大致相当于今日的《大学语文》。该书由魏建功、朱自清、黎锦熙等六个资深专家负责编选,编订工作历时两年之久,对当时约二十所大学的国文选文材料做过调研,又是官方发布,其中所反映的对大学国文的认识应该具有相当的代表性。据朱光潜的统计,《大学国文选目》的选篇在时间和文类上的分布情况大致如下:"如以时代为标准,选目包括的文章计周秦两汉共三十篇(占全部二分之一),魏晋南北朝共十三篇,唐宋明共十七篇(内有诗五篇)。如以类别为标准,计经十二篇,子七篇,史十六篇,此外集部杂著计论二篇,序四篇(已列史者不计),词赋(连铭在内)五篇,奏疏(连对策在内)三篇,书牍二篇,杂记三篇,墓表一篇,总共六十篇。"[1]《大学国文》选篇中则没有经,没有先秦诸子,篇目大多属于集部杂著,更多地显示了纯文学观和言志的文学观。

与《大学国文选目》针对的学生不同,《大学国文》是面向文学院低年级学生的。大学预科取消后,大学国文成为公共必修

---

[1] 朱光潜:《就部颁〈大学国文选目〉论大学国文教材》,《朱光潜全集》9卷,安徽教育出版社1996年11月1版2次印刷,123页。

课,不限于文学院学生。沈编以文体分类,每一组均为文体类例,呈现源流,显示了一定程度上的学术性,为学生以后进一步的学习和研究打下基础。从一般的大学国文教本的角度看,本书的探索性、流派性的缺点明显,也许最好的方式是把言志与载道二派的作品并列,引导学生在对比中辨别,从而作出自己的判断。不过,文学院的学生们在大学里有机会读到其他的选本,接触到其他学术流派的观点。那个年代的学生在中学时代也少不了阅读大量的主流作品——比如八大家派的古文。如果这个选本能够与主流派的选本互为补充,可以完善学生的知识结构,丰富他们对中国文学传统的认识。透过一个非主流的眼光,可以让人们看到主流大学语文选本的遗珠之憾。沈编《大学国文》包含了长期研究和教学的心得,提供了可贵的选篇资源。

斯人已往。沈启无虽不是什么重要的人物,但在现代文学史和学术史上留下了自己的印迹,其是非功过自应得到公正的评价。经过一番粗浅的考察,我们可以做出一些初步的判断。他有过一段不光彩的经历,这是非是显然的。他是一个新诗人,诗作多托物言志,寂寞忧患,诗风属于废名一路的,朦胧轻柔,追求妙悟,又不同于废名的奇僻幽深,较为平实浅易,但似乎缺乏杰作。他是一个散文作者,所作大都是读书小品,见识与格调都是追随周作人的,在1930年代与周作人、俞平伯、废名等构成了当时言志文学思潮中的一个散文流派。与废名不同的是,他过于依傍周作人的门户,始终缺乏自己的风格。他是一个研究古代文学的学者,反映在他读书小品里的学术思想也未脱周作人的范围,然而所编《近代散文抄》在1930年代的文学思潮中扮演了重要的角色,与周作人的理论一起引发了一场声势浩大的晚明小品热,这虽有文坛思想斗争的背景,但又有着不可忽视的学术史的意义,使得一直受到贬低甚至抹杀的明清之际小品受到关注,并纳入到中国优秀的散文传统中。

附录： 沈启无著作目录

诗文

其无:《谈谈小品文》,1930年6月《朝华》(河北省立女子师范学院)1卷6期

其无:《二月里的雨丝》(诗),1930年6月《朝华》(河北省立女子师范学院)1卷6期

其无:《孩子》,1930年6月2日《骆驼草》4期

启无:《却说一个乡间市集》,1930年6月16日,《骆驼草》6期

启无:《关于蝙蝠》,1930年8月4日《骆驼草》13期,另载《文学集刊》2辑(沈启无主编),北平艺文社1944年4月

沈启无:《读帝京景物略》,1932年2月,《燕京大学图书馆报》24期

沈启无:《近代散文抄后记》,1932年7月《文学年报》1期

启无:《寒夜笔记》,1933年《女子文理学院院刊》

沈启无:《闲步庵随笔·媚幽阁文娱》,1934年4月20日《人间世》2期

沈启无:《闲步偶记》,1934年10月5日《人间世》13期

沈启无:《帝京景物略》,1934年10月20日《人间世》6期,另载1936年1月《书报展望》1卷3期

沈启无:《朝露》(诗),1934年11月5日《人间世》15期

沈启无:《秋夜》(诗),1934年11月5日《人间世》15期

沈启无:《牌楼》(诗),1935年1月《水星》1卷4期

沈启无:《刻印小记》,1935年2月5日《人间世》21期

沈启无:《露水船·影》(诗),1935年2月《文饭小品》创刊号

沈启无:《记王谑庵》,1935年3月《文饭小品》2期

启无:《赠远》(诗),1935年5月《文饭小品》4期

沈启无、侃生:《读书"崇实"谈》(访谈录),1935年5月14日《大学新闻周报》(特刊之三)3卷11期

沈启无:《闲步庵随笔》,1935年6月《文饭小品》5期

沈启无:《珂雪斋外集游居柿录》,1935年7月5日《人间世》31期

启无译:《蔼理斯锦句抄》,1936年6月16日《新苗》4册

沈启无:《得胜头回与楔子》,1936年9月1日《新苗》(国立北平大学女子文理学院出版委员会编辑)7册,另载1943年8月16日《古今》29期,改题为《读稗小记》

启无:《谈古文》,1936年10月9日《世界日报·明珠》

启无:《我与古文》,1936年12月8日《世界日报·明珠》

启无:《再谈古文》,1936年12月19日《世界日报·明珠》

启无:《谈中国记游文章》,1937年3月16日《新苗》15册

沈启无:《咏儿童二章》(诗),1938年11月《朔风》创刊号

沈启无:《怀辛笛》(诗),1938年12月《朔风》2期

沈启无:《无意庵谈文·山水小记》,1939年3月《朔风》5期

其无:《感怀》(诗),1939年5月《德业季刊》成立纪念号

启无:《下乡》,1939年《小实报·文学》

启无:《瓦舍和勾栏》,1939年《小实报·文学》

沈启无:《日本的宗教》,1940年

沈启无、朱耘庵合编:《龟卜通考》,1942年10月、11月、12月,1943年1月、2月《国立华北编译馆馆刊》1卷1—3期,2卷1—2期

沈启无:《中国文学的特质》,1942年9月《中国留日同学会季刊》1号

沈启无:《〈大学国文〉序》,1943年1月《中国留日同学会季刊》2号

沈启无:《关于新诗》,1943年4月《风雨谈》1期,另载1943年6月《北大文学》创刊号(署名"沈启无"),1943年6月《江苏教育》6卷2期(署名"沈启无")

沈启无:《象形文字研究》,1943年4月《大众》4月号

沈启无:《早安》(诗),1943年4月《风雨谈》1期

沈启无:《闲步庵书简》,1943年5月《风雨谈》2期

沈启无:《寄别》,1943年6月《风雨谈》3期

沈启无先生讲:《对于中国文学的再认识:四月十二日沈启无先生演讲》,1943年5月3日《中大周刊》97期

张月娥等记录:《中国新文学的背景和特色——四月十三日沈启无先生演讲》,1943年5月17日《中大周刊》99期

沈启无:《卜辞中之繇辞及其他》,1943年6月《真知学报》3卷2期

沈启无:《文化与思想》,1943年6月《新亚》6卷6号

沈启无:《天马诗集·附记》(原无标题),1943年7月《风雨谈》4期

沈启无:《谈山水小记》,1943年8月《风雨谈》5期

启无:《布谷》(诗),1943年8月《艺文杂志》1卷2期

沈启无:《友情的亲近》(中华民国出席大东亚决战文学者大会华北代表及本会派遣赴满日文学视察团一行行前感谈),1943年8月《华北作家月报》8期

开元:《白鹭与风》(诗),《文学集刊》1辑(沈启无主编),新民印书馆1943年9月

沈启无:《闲步庵书简抄》,《文学集刊》1辑,新民印书馆1943年9月

沈启无:《强化出版界——高昂文学家灵魂之组织》,1943年9月《文学报国》(日本)3号

沈启无:《中国文学在北方的发展和今后的方向》,1943年9月《文学报国》(日本)3号

沈启无:《六朝文章》,1943年10月《风雨谈》6期

沈启无:《关于大会的印象》《强化出版机关建议》,编入《第二届"大东亚文学者大会"中国(华北)代表言论鳞爪集》,1944年1月《中国文学》创刊号

童陀(沈启无):《杂志新编》,1944年2月《文笔》1期

开元:《却说一个乡间市集》,《文学集刊》2辑(沈启无主编),北平艺文社1944年4月

编者(沈启无):《〈文学集刊〉第2辑·后记》,1944年4月《文学集刊》第2辑

沈启无:《另一封信》,1944年4月21日《民国日报》(南京)

沈启无、杨丙辰:《一般宗教论》,1944年5月《新民声》1卷10期

启无:《你也须要安静》(诗),1944年5月《中国文学》1卷5期

沈启无:《关于诗的通信》,1944年5月《国民杂志》4卷5期

开元:《纪行诗——断片》(诗),1944年7月《中国文学》1卷7号,另载《淮海月刊》1944年7月号

沈启无:《再认识,再出发》,1944年7月《国民杂志》4卷7期

开元:《十月——给夏穆天》(诗),《淮海月刊》1944年10月号;另载1944年11月《苦竹》2期

沈启无:《南来随笔》,1944年11月《苦竹》2期

开元:《新诗十几首》,1945年《大楚报·文笔》

谭公:《读书杂记》,1946年《新生报》文艺副刊

潜庵:《风俗琐记》,1946年《新生报》文艺副刊

雨公:《新文化运动与新文学》,1947年《东北日报·文史》

雨公:《新文学的社会背景讲话》,1947年《东北周报》

编著

沈启无编:《近代散文抄》(上、下),北平人文书店1932年9月、12月

沈启无编校:《人间词及人间词话》,"文艺小丛书之一",北平人文书店1933年12月

沈启无编:《大学国文》(上、下),北平新民印书馆1942年11月

废名、开元:《水边》(诗集),北平新民印书馆1944年4月

开元:《思念集》(诗集),汉口大楚报社1945年4月

沈伯龙:《词学评说》,沈阳中正大学丛书1946年

沈伯龙:《古小说讲稿》,沈阳中正大学丛书1946年

沈启无编:职工语文课本,工农教育出版社1952年

沈启无编:函授师范语文教材,北京函校1953—55

编者附记:此目录是在沈启无自写和傅梅所写的两份著作简目基础上制定的。两份材料大体相同,其中沈启无列诗文34篇,编著5种,傅梅列诗文32种,编著9种,每一种只记年份和报刊名,没有注明卷期,且误记颇多。此目录中所列的作品大都经过查对原始文献。遗漏处亦在所难免。

六　言志派小品文的日常生活书写

1　小品文与日常生活

散文是一种最接近日常生活的文类,也是一种最接近日常生活表达的文学话语形式。在现代散文的主要文体中,小品文与日常生活的关系又比杂文、记叙抒情散文、纪实散文等更息息相关。"小品文"在现代有不同的用法,我指的是取法于英法随笔,夹叙夹议式、带有闲话风的散文文体(familiar essay 或 informal essay)。

小品文与日常生活关系亲密,这是由它的体性所决定的。艾布拉姆斯和哈珀姆的《文学术语词典》这样解释小品文的文体:"杂文又有正规与非正规之分,这一区别具有一定实用价值。相对而言,正规杂文或文章比较客观:作者以权威或至少是博学之士的身份书写,条理清楚、层次深入地阐述观点。……在非正规杂文中,笔者采用亲近于读者的口吻,内容常常涉及生活琐事而非公共事务或专业论题,行文活泼自如、观点直截了当,有时也饶有风趣。"[①]这里所言"杂文"(essay)通常译为"小品

[①] [美]M.H.艾布拉姆斯、杰弗里·高尔特·哈珀姆:《文学术语词典》(第10版),吴松江、路雁等编译,北京大学出版社 2014 年 11 月,228—229 页。

文"或随笔,"非正规杂文"(informal essay)指的就是家常体散文或絮语散文。

1925年12月,鲁迅翻译、出版了日本文艺理论家厨川白村的文艺论集《出了象牙之塔》,书中有一段被频繁引用的话——

> 如果是冬天,便坐在暖炉旁边的安乐椅上,倘在夏天,则披浴衣,啜苦茗,随随便便,和好友任心闲话,将这些话照样地移在纸上的东西,就是essay。兴之所至,也说些以不至于头痛为度的道理罢。也有冷嘲,也有警句罢。既有humor(滑稽),也有pathos(感愤)。所谈的题目,天下国家的大事不待言,还有市井的琐事,书籍的批评,相识者的消息,以及自己的过去的追怀,想到什么就纵谈什么,而托于即兴之笔者,是这一类的文章。①

"闲话"是日常生活中常见的言谈方式,这个生动的比方选择了"闲话"这一日常生活现象,可略见小品文的题材、笔调与日常生活关系密切的一斑。

中国传统散文长期为政治教化的非日常生活话语所支配,日常的欲望、情感、趣味是难登大雅之堂的,与超常或反常的宏大话语构成尖锐的二元对立。宏大话语压抑或遮蔽了日常生活的经验表达。所以,在散文的各种文体中,抒写日常生活感兴的小品文的出现要比政教题材的散文晚得多。到了晚明的文学解放思潮中,小品文才大规模地产生。"小品"从此成为文类的概念,文人们以此显示与正统古文的分道扬镳。然而,随着一个王纲解纽时代的结束,晚明名士派的散文小品很快受到了毫不留情的打压,小品文成了"一条湮没在沙土下的河水"②。现代小

---

① [日]厨川白村:《出了象牙之塔》,鲁迅译,7页。
② 周作人:《杂拌儿跋》,《永日集》,河北教育出版社2002年,76—77页。

品文是五四思想革命和文学革命的产物,崛起于1920年代,并在1930年代蔚然成为现代散文的大宗。周作人曾高度肯定小品文的现代性意义:"小品文是文学发达的极致,它的兴盛必须在王纲解纽的时代。……小品文则在个人的文学之尖端,是言志的散文,它集合叙事说理抒情的分子,都浸在自己的性情里,用了适宜的手法调理起来,所以是近代文学的一个潮头,它站在前头,假如碰了壁时自然也首先碰壁。"①1921年,周作人发表了提倡小品文创作的《美文》,并且身体力行。这一年他写下了《山中杂信》(一至六)、《西山小品》等现代散文史上的名篇。接着,又有《苦雨》《故乡的野菜》《乌篷船》《北京的茶食》《喝茶》等问世,这些作品都是现代散文中书写日常生活的杰作。不过,他笔下的日常生活很少取自当下现实,多来自于书本或个人回忆,着重表现自我的情志,没有多少世俗琐碎的烟火味,散发出晚明小品式的名士气。由于和现实生活保持着不即不离的关系,也无意宣传造势,周作人和他的几个追随者的读者圈是有限的,其创作难以对在现实中产生更广泛、更深入的影响。

到了1930年代,以林语堂为代表的论语派大大开拓了小品文的题材领域,使得小品文进一步向日常生活敞开,并引起了广泛的关注和争议。"小品文"成为具有高度政治性的问题。林语堂在《人间世》的发刊词中高调倡导"以自我为中心,以闲适为格调"的小品文,提出"宇宙之大,苍蝇之微,皆可取材"②。林氏以西洋杂志文等小品文为榜样,学习西洋小品文书写"人生之甘苦,风俗之变迁,家庭之生活,社会之黑幕"③等,把抒写自我与反映广泛的社会生活结合起来,使得小品文展现出自身

---

① 周作人:《冰雪小品序》,《看云集》,117—119页。
② 《发刊词》,1934年4月5日《人间世》1期。
③ 林语堂:《中国杂志的缺点(西风发刊词)》,1936年9月1日《宇宙风》24期。

的优势和活力。正是在林语堂等人的倡导下,论语派作家把小品文的笔触伸向日常生活的方方面面,特别是都市日常生活。

论语派掀起了声势浩大的小品文热,但创作成就终究有限。在题材上,周作人、林语堂的本意并不是不关心自身以外的世道人心,而是坚持从个性出发,既可写苍蝇之微,又可见宇宙之大,追求"言志"与"载道"相统一的一元的创作态度。不过,这一派的末流是有只见苍蝇、不见宇宙之弊的。在艺术表现上,往往流于浅率,难以给读者留下余香和回味。就拿论语派代表人物林语堂来说,他自是现代著名的散文家,落笔如兔起鹘落,热情畅达,有一种郁勃之势,只是缺乏深致,难以找出可以列入现代散文经典的名篇佳作。该派其他作家的平庸之作甚多,往往流于生活表面,甚至浅薄庸俗。论语派的小品文不仅被鲁迅讥为"小摆设",也受到京派批评家朱光潜、沈从文等的尖锐批评。

如何发现具有审美价值的日常生活,并超越日常生活,做到言近旨远、因小见大,使之蕴含审美意味,达到水连天碧的谐和境界,这是一直摆在小品文家面前的基本任务。写庸常的生活,而拙于审美超越,如同只会在地上行走而不能飞翔的鸟儿。

中国现代的小品文创作取得了突出的成就,出现了周作人、梁遇春、林语堂、丰子恺、张爱玲、梁实秋、钱锺书等一批优秀的小品文家,他们都在日常生活书写方面进行了成功的探索。小品文题材广泛,形式和手法多种多样,很难全面、清晰地总结出其超越日常生活的方式。不过,丰子恺、张爱玲、梁实秋等的小品文创作提供了优秀的范例。这三家的散文与日常生活的联系最为紧密,他们对题材的选取、处理和创造各有千秋,风格各异,富有启示性。关于张爱玲散文与日常生活的关系,后文将有专章论及。

2 观察点

丰子恺是可以纳入论语派中讨论的。他不仅在论语派的主要刊物上发表大量小品文,而且登载了数目可观的日常生活题材的漫画。其文学观念与林语堂等相通,文章风格也有相近之处;然而,他的小品文创作与论语派其他成员相比又是那样地不同。他始终是以一个艺术家的眼光来观察和表现人生的,其日常生活书写浸透着佛理的悲悯和博爱。

小品文家观察人生的一个要诀是要有特别的观察点。梁遇春在《查理斯·兰姆评传》中指出:"兰姆一生逢着好多不顺意的事,可是他能用飘逸的想头,轻快的字句把很沉重的苦痛拨开了。什么事情他都取一种特别观察点,所以可给普通人许多愁闷怨恨的事情,他随随便便地不当做一回事地过去了。"关于观察点,梁在哥尔德斯密斯《黑衣人》译注里有这样的说明:"做小品文字的人最要紧的是观察点(the point of view),无论什么事情,只要从个新观察点看去,一定可以发现许多新的意思,除去不少从前的偏见,找到无数看了足以发噱的地方。所以做小品文字的人装老,装单身汉,装做外国人,装穷,装傻,无非是想多懂些事情的各方面。近代小品文作家 Arthur Christopher Benson……说 the point of view,实在是精研小品文学的神髓。"[①]这里所谓的观察点是从表现的角度来说的,其实它还是一种思想的方法,显示出作者的世界观。很多小品文作者不成功,往往是因为不擅于择取特别的观察点。

丰子恺站在佛家哲学的高度,从一个艺术家的观察点,来谛

---

① 梁遇春:《梁遇春散文全编》,吴福辉编,浙江文艺出版社 1992 年 9 月,363 页。

视浮生万象。他轻巧地摆脱日常生活的惯例和秩序,拆解日常思维结构,从而发现其中的自由、活力和趣味。谷崎润一郎高度评价丰子恺《缘缘堂随笔》:"他所取的题材,原并不是什么有实用或深奥的东西,任何琐屑轻微的事物,一到他的笔端,就有一种风韵,殊不可思议。"①

丰子恺以温润的悲悯情怀观察日常生活,吟味人生。他的文与他的画甚至他的生活密切关联。他在《谈自己的画》中说:"把日常生活中的感兴用'漫画'描写出来——换言之,把日常所见的可惊可喜可叹可哂之相,就用写字的毛笔草草地图写出来——听人拿去印刷了给大家看,这事在我约有了十年的历史,仿佛是我的一种习惯了。"虽然是一个高雅的谈艺术的题目,作者却自称谈不了自己的画,只能"谈谈自己的生活和心情的一面,拿来代替谈自己的画"。他重点记叙了在上海弄堂房子里安闲的家庭小天地。每天傍晚妻子带两个年幼的孩子到弄堂门口等他回家,"当这时候,我觉得自己立刻化身为二人。某一人做了他们的父亲或丈夫,体验着小别重逢时的家庭团圞之乐;另一个人呢,远远地站了出来,从旁观察这一幕悲欢离合的话剧,看到一种可喜又可悲的世间相"。又云:"我的画与我的生活相关联,要谈画必须谈生活,谈生活就是谈画。"过去他写"天真烂漫广大自由的儿童世界",孩子步入成人世界,他的心失去了依据,便转向了"充满了顺从,屈服,消沉悲哀,和作伪,险恶,卑怯"的现实社会。看到这种状态,他又同昔日一样,"自己立刻化身为二人,其一人做了这社会里的一分子,体验着现实生活的辛味,另一人远远地站出来,从旁观察这些状态看到了可惊可喜

---

① 谷崎润一郎:《读〈缘缘堂随笔〉》,《丰子恺随笔精编》,浙江文艺出版社1996年3月,287页。

可悲可哂的种种世间相"。不离人世,又从佛家哲学的观察点谛视和超越庸常生活,这使他的散文浸透了一种隽永的哲理意味。正如赵景深所评论的:"子恺的小品里既是包含着人间隔膜和儿童天真的对照,又常有佛教的观念,似乎他的小品文尽都是抽象的,枯燥的哲理了。然而不然,我想这许就是他的小品文的长处。他哪怕是极端的说理,讲'多样'和'统一'(《自然》和《艺术三昧》)这一类的美学原理,也带着抒情的意味,使人读来不觉其头痛。"[1]

《野外理发处》从一个画家的观察点,以船窗为"画框",卧观一副野外的剃头担子。从这个视角望去,画中剃头司务与主顾的关系变了,颠倒了日常生活中二者之间的主从关系,剃头司务成了画中的主人。文中写道:"绘画地观看,适得其反:剃头司务为画中主人,而被剃者为附从。因为在姿势上,剃头司务提起精神做工,好像雕刻家正在制作,又好像屠户正在杀猪,而被剃者不管是谁,都垂头丧气地坐着,忍气吞声地让他弄,好像病人正在求医,罪人正在受刑。""我在船窗中眺望岸上剃头的景象,在感觉上但见一个人的活动,而不觉得其为两个人的勾当。我为这被剃者怀抱同情:那剃头司务不管耳目口鼻,处处给他抹上水,涂上肥皂,弄得他淋漓满头。拨他的下巴,他只得仰起头来;拉他的耳朵,他只得旋转头去。"接着又转换角度叙写移在他的速写簿上的景象:"这被剃头者全身蒙着白布,肢体不分,好似一个雪菩萨。幸而白布下端的左边露出凳子的脚,调剂了这一大空白的寂寥。又全靠这凳脚与右边的剃头担子相对照,稳固了全图面的基础。凳脚原来只露一只,为了它在图中具有上述的两大效用,我擅把两脚都画出了。我又在凳脚的旁边,白

---

[1] 赵景深:《丰子恺和他的小品文》,1935年6月30日《人间世》30期。

布的下端,擅自添上一朵墨,当作被剃头者的黑裤的露出部分。我以为有了这一朵墨,白布愈加显见其白;剃头司务的鞋子的黑在画的下端不致孤独;而为全图的主眼的一大块黑色——剃头司务的背心——亦得分布其同类色于画的下端左角,可以增进全图画面的统调。"本来是平淡无奇的生活现象,但从画家的观察点看去,对象之间的关系就改变了,产生了新的意味。

《看灯——船室随笔之一》记述作者晚上在一个市镇上看"新生活运动提灯大会"。文章却没有描写灯会上的表演,而是叙写自己眼前多姿多彩的观众以及自己的窘态,特别是茅厕上的小便者。"我的眼睛只管望见罗汉像一般的人头,也有些儿看厌了。视线所及,只有斜对面毛厕上络绎不绝的小便者,变化丰富,姿势各殊,暂时代替花灯供我欣赏。这会我独得了珍奇的阅历;有生以来,从未对着这样拥挤的毛厕作这样长久的观察。吾今始知小便者的态度姿势变化之多。"文末附一张题为《卖油炒瓜子的》漫画:一个光头男子的背影,左手提着瓜子篮,右手把裤管卷起到腿根处,滋向污迹斑斑的便池。这是生活中常见的不雅现象,人们通常是鄙夷不屑的,然而从一个艺术家的角度来打量,便有了趣味。其中有讽刺之意,然而态度是温和宽厚、悲天悯人的。

与周作人写《苍蝇》《入厕读书》《论泄气》一样,丰子恺取材不避凡俗,又能化俗为雅。司空见惯的日常景象在他的笔下被不断翻出新意,新鲜有味,让人会心一笑。

3 人性的发掘

梁实秋以四集《雅舍小品》为代表的小品文属于"学者的散文"一路。他博学多闻,世事洞明,文字精警不俗,亦庄亦谐,意味深长。他着眼于普普通通的饮食起居、人情世态,在上面精雕细刻,透出智慧和情趣的闪光,表现普遍的人性,并反映出不同于流俗的生活艺术。继周作人之后,梁实秋把现代小品文艺术推向了一个新的高峰。

梁实秋的日常生活书写是有他的文学"人性论"作支撑的。早在1928年"阶级性"与"人性"的论争中,梁实秋就宣称:"伟大的文学乃是基于固定的普遍的人性,从人心深处流出来的情思才是好的文学,文学难得的是忠实,——忠于人性……人性是测量文学的唯一的标准。"[1]后来他到台湾仍然坚持认为,"文学是人性的描写","人性的探讨与写照,便是文学的领域,其间的资料好像是很简单,不过是一些喜、怒、哀、乐、悲、欢、离、合,但其实是无穷尽的宝藏,有人只能浅尝,有人可以深入,而且这领域由文学来处理是最为适当"[2]。他的四集"雅舍小品"就是对他文学思想的最好诠释。

梁氏的笔下看不见时代的风云,无涉国政大事,他总是从身边的日常生活琐事去谈论和发掘人性,表现出智者的优雅情趣。这个取材上的特点从其小品文的题目上就可以看出来,它们林林总总,涉及日常生活的方方面面。

在《女人》和《男人》中,梁实秋直接谈论人性。二文分别从男女的性格缺点入手。他用略带夸张的幽默笔调写女人常见的种种缺点:女人喜欢说谎,女人善变,女人善哭,女人饶舌,女人胆小,又写女人聪明,在写女人缺点的同时还不忘提示优点,如说女人是水做的,女人有忍耐力等。他生动地写出女人的特点,使人不得不佩服其观察的细致和体会的深入。一个男作家批评

---

[1] 梁实秋:《文学与革命》,1928年6月《新月》1卷4号。
[2] 梁实秋:《文学讲话》,《梁实秋批评文集》,221—222页。

女性的种种缺点,似乎不免男性中心主义的倾向。然而,他在《男人》中又写了男人无伤大雅的劣根性:男人脏,男人馋,男人自私,男人好议论别人家的隐私,尤其是好对人家的妻子品头论足。作者写男人的脏:"多少男人洗脸都是专洗本部,边疆一概不理,洗脸完毕,手背可以不湿,有的男人是在结婚后才开始刷牙。"作者评述这些人性的弱点,往往在否定中又有肯定,讽刺中不乏宽厚,谑而不虐,真正体现了林语堂提倡幽默时所追求的"会心的微笑"的境界。《中年》写了人到中年后的种种窘态,如写脸上初现皱纹:"年青人没有不好照镜子的,在店铺的大玻璃窗前照一下都是好的,总觉得大致上还有几分姿色。这顾影自怜的习惯逐渐消失,以至于有一天偶然揽镜,突然发现额上刻了横纹,那线条是显明而有力,像是吴道子的'莼菜描',心想那是抬头纹,可是低头也还是那样。再一细看头顶上的头发有搬家到腮旁颔下的趋势,而最令人触目惊心的是,鬓角上发现几根白发,这一惊非同小可,平夙一毛不拔的人到这时候也不免要狠心的把它拔去,拔毛连茹,头发根上还许带着一颗鲜亮的肉珠。但是没有用,岁月不饶人!"幽默风趣,逼肖地写出了人到中年后惴惴然的心态。

《讲价》写的是最世俗的讨价还价,从日常生活现象中考见人性。作者根据对世情的体会,归纳出"讲价的艺术":"第一,要不动声色","第二,要无情的批评","第三,要狠心还价","第四,要有反顾的勇气"。几点概括十分精到,解说俨然老于世故,然而此文为什么是一篇格调不俗的小品文,而不是实用性的讨价指南呢?文章开头讲了《后汉书》逸民列传中"韩康入山"的故事,并非要说买卖东西无须讲价是古已有之的美德,却是证明自古以来买卖就得要价还价。实用性的指南之类总是注重文字表达的效率,开门见山,直奔主题的。在总结出"讲价的艺术"之后的第三部分里,作者没有直接对"讲价的艺术"进行评议,而是引用了《淮南子》《山海经》和《镜花缘》中关于君子国的记述,指出与其讲价而为对方争利,不如讲价而为自己争利,比较地合人类本能。他又举出一个具体的事例,指出讨价还价所反映出人性残忍的一面。实用文章是就事论事的,不会牵扯出什么批判性的哲学问题。这一部分引用君子国的事情,从"讲价"的实用性角度看似乎是横生枝节,而从散文艺术的角度看,却是意蕴结穴之所在。文章尽管说得"老到世故",然而不像实用性文体那样态度严肃紧张,而是流露出了从容的婉讽笔调,流贯着宽厚、温和的幽默趣味,态度超然物外。作者甚至还对自己进行了调侃,他这样表明自己的态度:"这一套讲价的秘诀,知易行难,所以我始终未能运用。我怕费功夫,我怕伤和气,如果我粗脖子红脸,我身体受伤,如果他粗脖子红脸,我精神上难过,我聊以解嘲的方法是记起郑板桥爱写的那四个大字:'难得糊涂'。"他把自爱和自贬结合起来,强化自己在虚拟情境中的可怜,夸张自己处境的狼狈,以自贬体现自己态度的超然,形成很浓厚的自我调侃的幽默趣味。

4 小品文的气质

现代小品文从传统和现代主流文学的"载道"的模式中脱离开来,对日常生活敞开,表现日常生活之道和作家自我,充分体现了一种思想和文学的现代性,在一定程度上弥补了功利主义文学所导致的偏枯,促进了文学全面和谐的发展。值得注意的是,随着时间的推移,现代绝大多数的杂文渐渐淡出了普通读者的视野,而周作人、林语堂、丰子恺、张爱玲、梁实秋、钱锺书等的小品文依旧活在人们的心中。

然而,正是由于小品文与日常生活之间有着天然的亲密关系,也容易产生平庸琐碎、主观随意、附庸风雅等弊端,有时难免被讥为"小摆设"等。《四库书目提要》骂人常说"明朝小品恶习""山人习气"。今人有云:"肤浅,率意,宇宙和苍蝇等量齐观,的确是随笔的胎记,倘若一叶障目,则失了随笔的全貌。写滑了手,率尔操觚,或者忸怩作态,或者假装闲适,或者冒充博雅,或者以不平常心说平常心,或者热衷于小悲欢小摆设,甚至以为放进篮子里的就是菜,那就或浅或深地染上了让·斯塔罗宾斯基所说的'随笔习气'。"①其实,不独小品文,不同的散文文体都带有自己的"胎记",如记叙抒情散文易陷入滥情主义,杂文易沾染师爷气,一旦跟随者众,夸多争胜,则难免沦为滥调。不同的文体之间有竞争或冲突,也有配合,它们共同构建一个时代的文学生态。另外,不应忽视小品文家创作的复杂性,比如周作人和林语堂同时也是重要的杂文家,小品文和杂文在他们那里是有不同的分工的。

厨川白村强调:"在 essay,比什么都紧要的要件,就是作者将自己的个人底人格的色彩,浓厚地表现出来。"②梁遇春同样说:"小品文的妙处也全在于我们能够从一个具有美妙的性格的作者眼睛里去看一看人生。"③如果小品文作者的人格不那么"美妙",社会人生经验不足,腹笥寒酸,艺术功力不逮,都可能产生了某种不良习气。比如1990年代的"小女人"散文,流于写一些小情趣、小感受,难成大气候。如今,小品文常被诟病的弊端依然广泛存在。怎样既立足于日常生活,又超越日常生活,

---

① 郭宏安:《从阅读到批评——"日内瓦学派"的批评方法论初探》,290页。
② [日]厨川白村:《出了象牙之塔》,7页。
③ 梁遇春:《〈小品文选〉序》,《梁遇春散文全编》,吴福辉编,浙江文艺出版社1992年10月,435页。

不断提升小品文的思想和艺术水平,仍是摆在当下散文创作面前的一项基本任务。在这方面,丰子恺、张爱玲、梁实秋的小品文创作堪称典范。丰子恺有着佛家式的悲悯情怀,从一个艺术家的角度谛视人生;张爱玲以丰盈的感觉和缤纷的语象表现日常生活的诗意,写出人世的繁华,又以虚无来衬托,洞察人生的奥秘;梁实秋从最平凡不过的生活现象入手,凭借丰富的经验和渊博的学识,考见人情人性。冯至评价梁遇春说:"他从英国的散文学习到如何观察人生,从中国的诗、尤其是从宋人的诗词学习如何吟味人生,从俄罗斯的小说学习如何挖掘人生。"①丰、张、梁三家都在"观察人生""吟味人生"和"挖掘人生"方面进行了成功的探索,积累了丰富的艺术经验,值得借鉴学习。不过,不同作家的个性各异如面,没有现成的通衢可行,一味地追蹑前人是没有前途的。

从文学与社会现实的关系来看,中国现代的小品文家往往没有把自己融入时代大潮,或者被时代潮流掀到了边缘,他们往往对社会现实抱有疏远或逃避的态度,以审美的态度观照人生,把写作小品文看作生活艺术的一部分。不论是丰子恺、张爱玲、梁实秋,还是周作人,他们都缺少对现实人生的积极、普遍的关怀。阿格妮丝·赫勒说:"'审美生活'是有意义生活的倒数。'审美生活'也是处理日常生活的一种方式,因此它成为'为我们的存在':'生活的艺术家'——过审美生活的人——在个人水平上展示他的才能。那么,这种生活方式同有意义的生活方式间不存在差异吗?区别在于,过'审美生活'的人只有一个意图,把他的日常存在转变为'为他的存在';如果一种冲突在这点上威胁妨碍他,他就简单地采取回避的行动。他的性格中缺

---

① 冯至:《谈梁遇春》,《新文学史料》1984年1期。

少的是'对他人有用'的气质；他不具备感受他人需要的才能。"①大体说来，现代小品文家较普遍地缺少"对他人有用"的气质的。有人指责小品文的"闲适"，其实"闲适"指的是小品文的笔调，它是完全可以表现富有社会意义的思想内容的。小品文家在表现自我的同时，也应该超越个人生活和趣味的圈子，保持更广大的对世道人心的关怀，从而积极参与到日常生活的变革和社会进步的过程中去。

---

① ［匈］阿格妮丝·赫勒：《日常生活》，衣俊卿译，重庆出版社1990年7月，291页。

七 废名的小品文

废名作品文体奇特,与主流文学不同调,与大众欣赏口味不相合,这些阻碍了人们对他的阅读和评价。近年来,继小说之后,他的诗歌开始受到人们的关注,然而散文仍未得到全面的研究和应有的评价。其散文被忽视除了上述的原因,至少还有以下两点:其一,其散文作品长时期没有完整地结集出版,未能示人以整体的面貌;其二,受周作人编《中国新文学大系·散文集》的影响,那些散文化的小说遮掩了他真正意义上的散文作品的光彩。周氏在他编选的集子里,选入了长篇小说《桥》中的六则:《洲》《万寿宫》《芭茅》《"送路灯"》《碑》《茶铺》,编者解释说:"废名所作本来是小说,但是我看这可以当小品散文读,不,不但是可以,或者这样更觉得有意味亦未可知。"[①]他的选法多少有些不得已,因为所选的时间范围是新文学的第一个十年,而废名散文的成就主要在1930年代。周氏这一举措影响可谓深远,如百花文艺出版社1990年版的《废名散文选集》从《桥》《桃园》《枣》等小说或小说集中选了八篇,《中国新文学大系·散文一集》(1927—1937)收入《桃园》中的一篇,然而废名相当多真正意义上的散文佳作却落在编选者的视野之外。直到东方

---

① 周作人:《〈中国新文学大系·散文一集〉导言》,《中国新文学大系·散文一集》。

出版社 2000 年 2 月出版止庵编《废名文集》,我们才差不多得见废名散文的全豹。①

1 文体嬗变

对于废名散文的独立意义,乃师周作人曾作过积极的评价。他在《怀废名》一文中总结:"废名的文艺的活动大抵可以分几个段落来说。甲是《努力周报》时代,其成绩可以《竹林的故事》为代表。乙是《语丝》时代,以《桥》为代表。丙是《骆驼草》时代,以《莫须有先生》为代表。以上都是小说。丁是《人间世》时代,以《读〈论语〉》这一类文章为主。戊是"明珠"时代,所作都是短文……里边颇有些好文章好意思。"②这里首次把废名发表于《人间世》和《世界日报·明珠》上的散文都各划为一个时期,彰显了其散文的独立意义。周作人是把废名的小说和散文放在一起考察的,而且说话的时间是在 1943 年,还不可能顾及废名在 1940 年代的散文,所以尚非整体的。

总的来说,废名的散文创作可以分为 1920 年代、1930 年代和 1940 年代三个时期。他 1949 年后的散文只有零星的几篇,没有成气候。文如其人这句话也许并不适合所有的作家,但对废名来说是非常贴切的。不同时期散文文体的变化典型地反映出他人生观、心境以及处理与现实关系的艺术方式的变化。

《废名文集》所收的第一篇是作于 1923 年 9 月的《〈现代日

---

① 《废名文集》出版后,姜德明又补辑了《〈冬眠曲及其他〉序》《小孩子对于抽象的观念》和《致朱英诞书简》(12 封),见姜德明《废名佚文小辑》,《新文学史料》2001 年 1 期。另外,百花文艺版的《废名散文选集》收有《〈废名小说选〉序》和几篇作者生前未刊文稿,而《废名文集》收的是作者 1949 年前的作品。

② 周作人:《怀废名》,《药堂杂文》,135 页。

本小说集〉》,这是谈周作人翻译作品的读后感。① 同类性质的文字还有《〈呐喊〉》《从牙齿念到胡须》,谈的是对鲁迅其人其文的观感。《说梦》是数则文艺随感,作者谈自己的创作,又谈别人的创作,谈对别人作品的鉴赏,也谈别人对自己作品的鉴赏。其中显现了作者的文学观。废名1930年代谈文说艺的小品文可以看作此文话题的继续和扩大。本期写得最多的是杂感,从中可以看到从女师大风潮、"三一八"惨案、"四一二"事件一系列时代的大事件在作者心里引起的一些波澜。有好几篇是站在周作人等人的一边,和陈西滢理论的。与鲁迅、周作人和林语堂等人的文章相比,缺乏一种泼辣和厚重,只是些较平常、较浮泛的意见。有时用语婉曲,有时不乏激烈。《狗记者》写于"三一八"惨案发生后,针对记者在报上发表文字,摆出"法律""公道"的嘴脸,他直接表达自己的愤怒。《死者马良材》是在读了周作人《偶感之四》后所作。后者针对的是国民党所谓的"清党",吴稚晖挖苦死难者而发的。马良材是一个被杀害的青年,一个"苦于现代的烦闷""生气勃勃"并参加社会活动的青年。显然在1920年代,废名用力最勤的还是小说创作,写散文只是一时的兴会,也未形成自己的风格。

　　《语丝》停刊后,在周作人的大力支持下,1930年5月,废名与冯至等人创办文学周刊《骆驼草》。这个周刊以发表小品文为主,延续了《语丝》小品文的路子,只是减少了对时代的关怀。经常的作者有周作人、俞平伯、废名、沈启无、梁遇春等人。因为编辑《骆驼草》,废名写作散文的量便多了起来,也渐渐形成了自己的文体特色。《骆驼草》上发表了他的散文十六篇,带有从

---

① 本章所引废名文章未注明出处的,均见止庵编《废名文集》,东方出版社2000年2月。

前一个时期到后一个时期过渡的特点。少数几篇为杂感，《中国自由运动大同盟宣言》《闲话》①讽刺鲁迅转向革命文学，表明他的政治观点和文学立场变得明确，更多地站在周作人的一边。大多数属于家常体的小品文。他的文章正在形成一种独特的话语方式，在态度、语气和用词上与周作人接近。只是不少篇目有充篇幅之嫌，尚未做到意思与文章俱佳。到了1934年在《人间世》上发表的《读〈论语〉》《知堂先生》《关于派别》等较长的小品文，他的散文文体走向成熟。其文体脱胎于周作人的文章，是周氏抄书体散文②的一种变体，然而生长在自己的个性里，又有自己的文学资源来滋养，故也摇曳着自己的风姿。周作人的抄书体文章多抄录古今中外书籍，尽量回避直接的议论和抒情，十分讲究含蓄和暗示。抄书的成分在废名文章里也占有重要的位置，但他表达自己的体悟和意见更为直接，文情更为显露。

　　《人间世》上的文章或许还较多地带有周作人影响的痕迹，废名散文成就更多地体现在《世界日报·明珠》上的读书小品。据周作人介绍，1936年冬天，他们深感开展新的启蒙运动之必要，想办一个小刊物，恰巧《世界日报》副刊《明珠》要改编，便接受下来，由林庚具体编辑，他和俞平伯、废名等帮助撰稿。不久报社方面觉得不大经济，于1937年元旦又断行改组，致使《明珠》只办了三个月，共出了九十二号。③ 在这三个月的《明珠》上，周作人发表散文十六篇，俞平伯十八篇，沈启无三篇，废名的

---

① 1930年5月26日《骆驼草》3期。废名在《闲话》这同一名目下发表了四篇文章。
② 参阅拙作：《人在旅途——周作人的思想和文体》，人民文学出版社1999年7月，101—148页。
③ 周作人：《怀废名》，《药堂杂文》，135页。

文章最多,有二十一篇。时值周作人、林语堂等人借助晚明小品,反对"载道",倡导言志派文学,所以这一派的小品文在《明珠》上得到一次集聚。

废名在《明珠》上的二十一篇文章,可以称为读书笔记体,文情俱胜,代表着其散文的最高成就。文中多谈孔子、陶渊明、李商隐、金圣叹、庾信等。这些文章因为副刊体例所限,短小精粹,写法上除个别篇目外,都是从小处着眼,而开掘得深;追求单纯质朴,又不乏起伏变化。这些文章与周作人的读书笔记体小品一脉相承,也是学周而得周之一体。废名之作在境界和趣味上不及周作人的广博,然而有时体悟则更为专深。他发表了一些精彩的意见,发人所未发,如在《三竿两竿》起首所写:"中国文章,以六朝人文章为最不可及。"《中国文章》中说:"中国文章里简直没有厌世派的文章,这是很可惜的事。""我尝想,中国后来如果不是受了一点佛教影响,文艺里的空气恐怕更陈腐,文章里恐怕更要损失好些好看的字面。"这些地方曾得到周作人的表扬。[①] 周作人在《明珠》上发表的文章也是同一体式,从文章和见解两方面来看,废名之作整体上超越了老师。周氏的文章在很短的篇幅里抄书过多,文思略显枯窘,令人耳目一新的话也不多。

抗战爆发,废名南行后,他的思想态度发生了大的变化,其文体也转向质朴明朗。在1946年11月发表的《五祖寺》(作于1939年)一文的附记中,废名介绍1939年秋季他在黄梅县小学教国语,那时交通阻隔,没有教科书,同时社会上还是《古文观止》势力大。于是他想写些文章给孩子们看,总题目叫作《父亲做小孩的时候》。结果却因为只做了一学期的小学国文教师,

---

[①] 周作人:《怀废名》,《药堂杂文》,136页。

上课又太忙,只写了一篇《五祖寺》。他表示还想把这个题目的文章继续做下去,其"理想的是要小孩子喜欢读,容易读,内容则一定不差,有当作家训的意思"。1940年代后期的《树与柴火》《教训》《打锣的故事》《放猖》等文显然是沿着这个思路做的,从中可闻一个教育者的仁者之声。只是仍不能适合儿童们的口味和理解,情趣不足。而《黄梅初级中学同学录序三篇》《小时读书》则直接谈自己对教育的观点。《罗袜生尘》《随笔》从命意到文体完全可以视为《世界日报·明珠》上读书笔记体的延续。而《谈用典故》《再谈典故》《我怎样读〈论语〉》《读朱注》是沿着他在《人间世》上文章的路子走来,但写作态度转趋明朗,对引文往往加以言简意赅的解释。这两类文章的文体在这两个时期里变化不大,是废名文章成熟的文体形式。另外,他在《世间解》杂志上还发表了四篇哲学小品。在上述文章中,作者自视甚高,是怀着觉世抱负的。这一点是其文体嬗变的最主要原因。

我们还可以从其文中找见文体变化的许多消息。《散文》是一篇奇特的文章,文本的主体记述他族间的一个婶母,是把收在小说集《竹林的故事》里《浣衣母》《河上柳》中真实的素材还原为散文。标题叫《散文》,说明题旨不在于记人,也不在于标明所属的文类,而是要强调一种写作态度,一种面对现实的哲学。此文劈头便说:"我现在只喜欢事实,不喜欢想象。如果要我写文章,我只能写散文,决不会再写小说。"在《谈用典故》中,他赞美曾鄙夷过的宋儒文章不用典故而文字却能很达意。在《我怎样读〈论语〉》中,他又赞美孔子"说话只是同我们走路一样自然要走路"。这种风格不仅见于其散文,他作于该期的长篇小说《莫须有先生坐飞机以后》简直可以看作自传体的系列散文。文体上最主要的特色就是用小品文的笔法来写小说,整个小说像是由一篇篇小品文连缀起来的,重议论,轻虚构、想象,态度平实,循循善诱,有一种诚实、通达的空气。小说中也有作者夫子自道式的议论:"莫须有先生现在所喜欢的文学要具有教育的意义,即是喜欢散文,不喜欢小说。……最要紧的是写得自然,不在乎结构,此莫须有先生之所以喜欢散文。"①

2 涩如青果

废名的文章是有名地晦涩难懂。周作人曾在《枣和桥的序》中,从现代文学文体发展的角度予以肯定:

> 民国的新文学差不多即是公安派复兴,惟其所吸收的外来影响不止佛教而为现代文明,故其变化较丰富,然其文学之以流丽取胜初无二致,至"其过在轻纤",盖亦同样地不能免焉。现代的文学悉本于"诗言志"的主张,所谓"信腕信口皆成律度"的标准原是一样,但庸熟之极不能不趋于变,简洁生辣的文章之兴起,正是当然的事,我们再看诗坛上那种"豆腐干"式的诗体如何盛行,可以知道大势所趋了。诗的事情我不知道,散文的这个趋势我以为是很对的,同是新文学而公安之后继以竟陵,犹言志派新文学之后总有载道派的反动,此正是运命的必然,无所逃于天壤之间。②

周作人还称徐志摩、冰心的散文流丽清脆,"仿佛是鸭儿梨的样

---

① 废名:《莫须有先生坐飞机以后》,《莫须有先生传》,广西师范大学出版社2003年1月,198页。
② 周作人:《枣和桥的序》,《看云集》,122页。

子",俞平伯、废名的文字"涩如青果"①。相比较而言,废名文章的涩味要来得更重。

"涩"是从阅读效果上来说的,换用王国维在《人间词话》中用过的概念来说即为"隔"。对此,废名有言:"近人有以'隔'与'不隔'定诗之佳与不佳,此言论诗大约很有道理,若在散文恐不如此,散文之极致大约便是'隔'"。他又解说道:"我说诗人都是表现自己的,诗的表现是不隔……若散文则不然,具散文的心情的人,不是从表现自己得快乐,他像一个教育家,循循善诱人,他说这句话并非他自己的意思非这句话不可,虽然这句话也就是他的意思。又如我前面所说的,具散文的心情的人,自己知道许多话说不出,也非不说出不可,其心情每见之于行事,行事与语言文字之表现不同,行事必及于人也。"②这话如果用来作为散文的通则来理解,并不适合,但视之为包括他自己在内的周作人一派的散文文体建设的追求,则显然可以加深我们对于对象的理解。

废名文章的涩味首先来自其构思和基本的表达方式。先从《关于派别》一文来看。此文谈论的对象是周作人,可大部分篇幅并没有直接写他,而是"王顾左右而言他",大谈陶渊明诗和《论语》,又让人感到这些地方又是谈周氏的。如谈陶诗引用陈师道"陶渊明之诗切于事情,但不文耳"的话,指出陶诗之长在于"心境之佳",这其实要说明的就是两者一样都不是兴酣笔落的辞章派。这样的文章往往需要反复读好几遍,才能寻绎出其表意的脉络。这也就是作者所言散文的"隔"吧?文章对周作人为人与为文的评骘有过人之处,非他不能道,然而又不是直陈

---

① 周作人:《志摩纪念》,《看云集》,72页。
② 废名:《关于派别》,1935年4月20日《人间世》第26期。

式的。林语堂在文末所加的跋中也称"此文自有一番境界,恐非常人所易明白"①。这种"王顾左右而言他"的写法其实也是来自周作人的。周作人曾在《〈长之文学论文集〉跋》中戏言:"我写序跋是以不切题为宗旨的。"②废名在《关于派别》中肯定这篇文章,"大意是说他的那些不切题的话就不当论文而当论人罢,这里除一个诚实的空气之外,有许多和悦,而被论者(其实并没有被论)的性格又仿佛与我们很是亲近"。

在表意的时候,废名注重暗示和含蓄,而不是把话说得一览无余。如《读〈论语〉》,文章包括三则读《论语》的札记,第一则有云:"愚前见吾乡熊十力先生在一篇文章里对于'人而不为周南召南其犹正墙面而立'很发感慨,说他小时不懂,现在懂得,这个感慨我觉得很有意义。后来我同熊先生见面时也谈到这一点,我戏言,孔夫子这句话是向他儿子讲的,这不能不说是一位贤明的父亲。"作者后来在1946年发表的文章《响应"打开一条生路"》中再次称赞孔子的这句话。语出《论语·阳货》,是孔子对其子孔鲤说的话,大意是说:一个人假如不研习《周南》《召南》,那就如同正对着墙壁站着一样(不能前进一步)。为什么这样说?废名又为什么夸孔子是"一位贤明的父亲"呢?康有为注曰:"为,犹学也。《周南》《召南》,诗首篇名,所言皆男女之事最多。盖人道相处,道至切近莫如男女也。修身齐家,起化夫妇,终化天下。"③这样的地方在废名文章中比比皆是,有的地方甚至难以推测。他很少为读者的理解做些铺垫。

废名散文的涩味又与他受禅道的影响关系密切,这是他与

---

① 见废名《关于派别》文后林语堂的小跋。
② 周作人:《〈长之文学论文集〉跋》,《苦茶随笔》,78页。
③ 康有为:《康南海先生遗著汇刊》,451页。

周作人迥然不同的方面。周作人曾清楚地叙述过废名知识结构形成的路径:"废名在北大读莎士比亚,读哈代,转过来读本国的杜甫李商隐,《诗经》,《论语》,《老子》《庄子》,渐及佛经,在这一时期我觉得他的思想最是圆满,只可惜不曾更多所述著,这以后似乎更转入神秘不可解的一路去了。"[1]朱光潜在谈废名的诗的时候也说:"废名先生富敏感而好苦思,有禅家与道人的风味。"[2]废名与禅宗有着特殊的机缘。他的故乡黄梅是禅宗圣地,有著名的四祖寺、五祖寺。五祖、六祖均为黄梅人,六祖又在那里受法于五祖。《莫须有先生坐飞机以后》这样写五祖寺:"那是宗教,是艺术,是历史,影响于此乡的莫须有先生甚巨。"[3]这其实是废名先生夫子自道。他研习佛经,参禅打坐,渐渐转入了玄学的一路。禅宗和道家都是静默的哲学,强调静观、体悟,不落言诠。

禅道的影响大致可从心境、思路和语言等方面来说。如果说在《骆驼草》《人间世》上的文章还有文学论争的色彩,那么到了《明珠》上的读书笔记式小品,则心境湛然,不为境移,不为物扰,多世外味,隐现着六朝文章中那种常见的隐逸情怀,在1930年代现实斗争频仍的时期显得十分另类。禅宗更大的影响还是表现在其思维和表达方式上。废名谈到过自己的艺术特色:"就表现的手法说,我分明地受了中国诗词的影响,我写小说同唐人写绝句一样,绝句二十个字,或二十八个字,成功一首诗,我的一篇小说,篇幅当然长得多,实是用写绝句的方法写的,不肯

---

[1] 周作人:《怀废名》。
[2] 朱光潜:《编辑后记(二)》,《朱光潜全集》8卷,安徽教育出版社1993年2月,547页。
[3] 废名:《莫须有先生坐飞机以后》,《莫须有先生传》,315页。

浪费语言。"①绝句的特点就是简洁和跳跃。我想说,绝句对废名的影响只是造成他文体简洁和跳跃的原因的一部分,有些地方则要从禅宗那里寻找了。当然,这不同的影响往往又是可以结合在一起的。禅宗强调打破语言常规,直指本心,追求顿悟。废名文章的思路跳跃,上下文之间缺乏紧密的衔接,从而对读者的阅读造成阻碍。意念跳宕带来的艺术效果是留白,给读者以想象的空间。他的小说代表作如《桥》,用意象显现意念的跳宕,有时由于跳宕太大,有的地方往往不知作何解。相比而言,其散文的思路要连贯多了,但跳跃依然是其突出的特色。他文章的各部分之间,或一部分各个层次之间,常常减去过渡性的文字,上下文之间没有密实的衔接,但有着似断实连的表意脉络。这样突出了意义的本身,也不免生出几分简洁生辣。《三竿两竿》是要由庾信赋中的用词说明六朝文的"生香真色人难学也",文章没有分段,前面一半的篇幅谈他对六朝文的追慕,谈六朝文的命脉,后一半则谈庾信。前一半的结尾处谈的是现代的梁遇春,紧接着的后一半开头即说:"庾信文章,我是常常翻开看的",显得有些突兀。再看他文章中的叙述,《五祖寺》起首云:"现在我住的地方离五祖寺不过五里路,在我来到这里的第二天我已经约了两位朋友到五祖寺游玩过了。大人们做事真容易,高兴到哪里去就到哪里去! 我说这话是同情于一个小孩子,便是我自己做小孩子的时候。"第二句是从小孩子的角度来说的,与第一句相比,无论从意义上还是从时间上都跳宕很大,而又没有用通常的引导语建立句子前后的联系。

废名的语言也带有禅的色彩。禅宗语言用机锋,求奇警,言在此而意在彼。废名的文章几乎找不见那种超常的、怪异的、灵

---

① 废名:《〈废名小说选〉序》,《废名小说选》,人民文学出版社1957年11月。

光一闪式的机锋语,连禅家的话头也少有,但有不少属于禅家一路的"准常语"。张中行指出:"常语和机锋之间,有不直说而可解的,我们可以称之为'准常语',也属于平实一路。"① 像上文所引说"具散文的心情的人"的话,"他说这句话并非他自己的意思非这句话不可,虽然这句话也就是他的意思",包含着对语言本身的怀疑,溢露出禅家的理趣。《树与柴火》:"如果问我:'小孩子顶喜欢做什么事情?'据我观察之所得,我便答道:'小孩子顶喜欢拣柴。'"用类似机锋的话,突出一种童心童趣。在《五祖寺》中,大人们带他到五祖寺进香,而把他寄放在山脚下茶铺里,文章写道:"到现在那件过门不入的事情,似乎还是没有话可说,即是说没有质问大人们为什么不带我上山去的意思,过门不入也是一个圆满,其圆满真仿佛是一个人间的圆满,就在这里为止也一点没有缺欠。""现在我总觉得到五祖寺进香是一个奇迹,仿佛昼与夜似的完全,一天门以上乃是我的夜之神秘了。"介于常语和机锋之间,渗透着一种幽玄的禅意。看到这样的句子,读者很难一眼滑过,而是要逗留琢磨一番,结果也许仍在似懂非懂之间。他在《〈泪与笑〉序》中这样写梁遇春:"秋心这位朋友,正好比一个春光,绿暗红嫣,什么都在那里拼命,我们见面的时候,他总是燕语呢喃,翩翩风度,而却又一口气要把世上的话说尽的样子,我就不免于想到辛稼轩的一句词,'倩谁唤流莺声住',我说不出所以然来暗地叹息。"禅家的机锋往往答非所问,只是用熟语或成句作表示所悟之境的隐语。这里的语言表达方式是禅家的,他对梁氏的文章既有欣赏,又有批评,用成句则避免了简单的褒贬,意在不言中,故而含蓄多致,令人回味。

---

① 张中行:《禅外说禅》,中华书局 2006 年 4 月,190 页。

废名散文的总体风格大致可以简洁朴讷、委婉曲折来概括，这种风格特征直接、鲜明地体现在他的语言上。他是现代在语言追求上最苦心孤诣的作家，对语言的要求甚高，曾批评梁遇春太过文思泉涌，"太不在字句上用工夫"①。这种对语言的用心与六朝文人的雕琢有相通之处。

虽然注重语言，但他和周作人一样都不是讲究辞藻的辞章派，而是有一种朴素的作风。他同样喜欢陶渊明和庾信，但接近的是前者文章的平淡，意诚而词达，而不是后者的绮丽。废名在《〈泪与笑〉序》中有言："我说秋心的散文是我们新文学当中的六朝文，这是一个自然的生长，我们所欣羡不来学不来的，在他写给朋友的书简里，或者更见他的特色，玲珑多态，繁华足媚，其芜杂亦相当，其深厚也正是六朝文章所特有，秋心年龄尚青，所以容易有喜巧之处，幼稚亦自所不免。"他对梁遇春和在《知堂先生》《关于派别》中对周作人的抑扬褒贬，清楚无误地表示出其在文体和语言上努力的方向。他走的是周作人一派本色的路子。他在《谈用典故》一文中明确地说："我大约同陶渊明杜甫是属于白描一派。"他追慕六朝文章，由庾信文章的用词，不由得感叹："真的，真的六朝文是乱写的，所谓生香真色人难学也。"②在他的文章中闻见不到"生香真色"，但有着普洱茶一般的温润纯厚。

废名语言的简洁朴讷至少还有以下几个方面的因素：一是文言色彩。进入1930年代以后，废名的文章的文言成分开始多了起来。这一时期，他的文学资源由西方转向传统，特别是六朝和六朝以前的文章。同时，周作人对他的影响也需充分地估计。

---

① 废名：《悼秋心（梁遇春君）》，《废名文集》，114页。
② 废名：《三竿两竿》，《废名文集》，175页。

这时候,周氏的文章中抄古书的成分多了起来,文风古朴自然。下面看废名文章中的几个例句。《陈亢》:"陈亢这个人很老实。伯鱼亦殊可爱,不愧为孔子之子,孔子亦不愧为其父。"《〈古槐梦遇〉小引》:"且夫逃墨不必归于杨,逃杨亦未必就归于儒,吾辈似乎未曾立志去求归宿,然而正惟吾辈则有归宿亦未可知也。"《蝇》:"看起来文学里没有可回避的字句,只看你会写不会写,看你的人品是高还是下。若敢于将女子与苍蝇同日而语之,天下物事盖无有不可以入诗矣。"作者多用文言虚词,特别是"亦""之""也""矣"之类的语气词和助词,有时也穿插一些文言实词。加上一些文言的成分,那感觉就像经过自然发酵够年头的普洱生茶,退减了新茶的粗青气,陈香悠长,却又新鲜自然。二是自然平淡,不用繁复的句式,没有夸张的表达。1930年代言志派的小品文有一个传统的敌人,这就是古文。在废名和周作人、沈启无的笔下,经常直接或间接地抨击古文。废名就多次在文章中反对古文式的做题目,而是强调一种自然的风度。他的文章也迥异于骈体文——他在《悼秋心》中把徐志摩和梁遇春的文章称为"白话文学的骈体文",骈体文不免辞藻华丽,句式繁复,表达夸张,这也不合于他的个性和趣味。他不喜欢强烈的表示:"鄙人今日于懒惰之中把拙作拿来检查一下,欣欣然色喜,显然的'!'这个东西一天一天的减少了。"[①]不喜欢用感叹号,不喜欢强烈的表示,这是他与周作人、沈启无一致的倾向。

废名喜欢曲折委婉的表达。试看一段话:"有一个好意思,愿公之于天下同好。古人盖不可及矣。来者我实在没有那个意思,因为我同他无情。这个意思我也就很喜欢,觉得真正是有得之言。然而劈口说我有一个好意思,尚没有想到来了这么几句。

[①] 废名:《随笔》,《废名文集》,95页。

那个意思其实只是一句话:我们总要文章做得好。列位听了恐怕不免有点失望,这么一句普通的话。然而在我实是半生辛苦才能写这一句有意思的话。"①一小段话里包含了两重转折,中间又加入了与主句关系不大的插入语。在《莫须有先生坐飞机以后》,作者借主人公之口说,《诗经·豳风》中的句子,"诵起来好像是公安派,清新自然,其实是竟陵派的句法。(公安竟陵云者,中国的文体确是有容易与别扭之分,故戏言之。即《论语》亦属于竟陵一派。)"②曲折委婉还与其文章中的引文有关,引文多,作者又很少解释,使得行文不能像一条清顺的小溪一样直流而下,到这里不免要曲折潆洄一番。

废名散文的风格和成就是需要放在周作人一派散文的体系中来看的。阿英曾说:"周作人的小品文,在中国新文学运动中,是成了一个很有权威的流派。""这一流派的小品文,周作人而外,首先应该被忆起的,那是俞平伯。"③俞氏文章与周作人文章在思想和创作观念上颇为一致,然而在质地上多属于抒情散文,不同于周作人、废名(1930年代)和沈启无的小品文(familiar essay)。正如李健吾在比较废名与周作人、俞平伯的关系时所言:"纯就文学的制作来看,友谊不能决定它的类属。"④止庵在《〈废名文集〉序》中指出:"讲到现代散文,绍兴周氏兄弟是为两大宗师,别人都可归在他们的谱系里,而知堂一派中废名最不容忽视。"这个判断是准确的。他们的散文与以林语堂为代表的

---

① 废名:《随笔》,《废名文集》,103页。
② 废名:《莫须有先生坐飞机以后》,《莫须有先生传》,196页。
③ 阿英:《俞平伯小品序》,《现代十六家小品》,天津市古籍出版社1990年8月,37页。
④ 李健吾:《〈画梦录〉》,《咀华集·咀华二集》,复旦大学出版社2005年5月,84页。

论语派散文显示了1930年代言志派文学的创作实绩,在中国现代散文史上占有重要的一席。

1930年代的前半期,是中国小品文发展过程中关键的民族化时期。一大批小品文作家——如周作人、林语堂、梁遇春、丰子恺等,都有意识地进行了民族化的尝试。从这时开始,传统散文的质素开始更多地融入现代散文,受英、法随笔影响的现代小品文更多地吸收了晚明小品和六朝文章等传统文学的有益成分,带来了小品文的繁荣。就废名而言,他从传统的六朝文、晚唐诗、禅道儒那里汲取文学资源,做出了自己的贡献。不论过去、现在还是未来,废名的文章都不会受到像朱自清、冰心等的散文那样广泛的认可;他的散文世界也不及周作人那样广博,在境界和趣味上要逊色;然而,他创造的小品文的体式在现代散文史上是可备一格的,应该予以充分的肯定。

八　梁遇春的小品文

梁遇春(1906—1932)是一个英年早逝的翻译家和小品文作家。作为作家,他著有两本散文集:《春醪集》,北新书局1930年3月;《泪与笑》,开明书店1934年6月。《春醪集》中大多数作品发表于《语丝》,《泪与笑》中大多数作品发表于《语丝》和《骆驼草》。《骆驼草》是在周作人主持下,由废名和冯至编辑的主要发表小品文的周刊。梁遇春在这两个周刊发表作品的时间大致从1926年12月到1930年10月。他与废名是关系亲密的同学和朋友,自然与周作人也少不了来往。他高度强调小品文与作者个性之间的关联,与周氏十分相近,同时他的小品文创作也充分体现了其散文观。1932年7月,周作人在致施蛰存的信里给予梁遇春很高的评价:"秋心(梁遇春)病故,亦文坛一损失,废名与之最稔,因此大为颓丧,现又上山休养去,一时或写不出文章也。"[①]梁遇春不是以周作人为中心的苦雨斋派成员,然而说他属于言志派的作家是没有问题的。

1　偏嗜小品文

梁遇春,字驭聪,有笔名秋心。他1906年生于闽侯(今福州

[①]　周作人:《与施蛰存书》,《周作人散文全集》6卷,44页。

市西南）一个知识分子家庭。1918年秋考入福建省立第一中学（今福州一中）。1922年夏毕业考入北京大学英文系预科,1924年进入英文系本科。1928年毕业,随北大英文系教授温源宁到上海暨南大学任助教。1930年温源宁返回北大,他也跟着回来,在图书馆工作,并兼任助教。1932年6月,因得猩红热而病故。去世的时候有一个三岁的女儿。梁遇春只在人世间度过了二十六个春秋,却靠两册薄薄的散文集获得了文体家的声誉,被郁达夫称为"中国的伊里亚"①。"伊里亚"是英国兰姆的笔名,他著有《伊里亚随笔》。

关于梁遇春的传记材料非常少。从他自己的文章里可以了解一些他的读书生活和在文学上所受的影响。梁遇春在北大学习期间,深受英国文学的熏陶。他爱读小说,对康拉德的小说特别感兴趣;对于诗歌,他喜欢丁尼生、克里斯蒂娜·罗塞蒂、济慈的诗集;他也曾被萧伯纳的戏剧作品吸引过,喜欢萧深刻流利、一清见底的文词。在广泛涉猎英国文学的同时,梁遇春也把目光投向了美国作家爱伦·坡、霍桑,法国随笔的鼻祖蒙田,以及俄国作家陀思妥耶夫斯基、屠格涅夫、高尔基等人身上。不过,在大学时代,他最喜欢的是Essay。常在他的枕头边放的是蒙田、兰姆、哥尔德斯密的全集,斯梯尔、艾迪生、哈兹里特、亨特、布朗、德·昆西、斯密斯、萨克雷、斯蒂文森、洛威尔（美国诗人、评论家）、吉辛、贝洛克、刘易斯、林德等的小品集。② 这里除了蒙田和洛威尔,其余的作家的随笔差不多可以组成一部英国随笔简史。由此可见他和英国随笔的关系。梁遇春在所译《小品文续选》的序言中说:"他（兰姆——引者）是译者十年来朝夕聚

---

① 郁达夫:《导言》,《中国新文学大系·散文二集》,上海良友图书印刷公司1935年8月。
② 梁遇春:《〈英国小品文选〉译者序》,《梁遇春散文全编》,吴福辉编。

首的唯一小品文家。"①

  梁遇春创作和翻译小品文是从 1926 年到 1932 年,作品发表在《语丝》《骆驼草》《新月》等十几种报刊上。据冯至《谈梁遇春》一文介绍,梁遇春从 1926 年冬开始发表散文,到 1932 年夏去世不满六年的时间里,写了三十六篇闪耀着智慧、风格独具的散文。他拼命地阅读古今中外的书籍,翻译外国文学作品二十余种②。他总共只有《春醪集》和《泪与笑》两个散文集。《春醪集》是 1930 年 3 月上海北新书局出版的,内收散文十三篇。取名"春醪",据作者说,典出《洛阳伽蓝记》中游侠的话:"不畏张弓拔刀,但畏白堕春醪。"第二个集子《泪与笑》是在作者去世以后出版的。这个集子收有散文二十二篇,多为《春醪集》之后的作品。由开明书店初版于 1934 年 6 月,它的印行多少有些纪念的性质了。他的译作有《英国诗歌选》《英国小品文选》《小品文选》《小品文续选》等。

  梁遇春相信自我表现的文学观:"文学是个性的结晶,个性越显明,越能够坦白地表现出来,那作品就更有价值。"③他在《"还我头来"及其他》中表明自己的写作态度:"'还我头来'是我的口号,我以后也只愿说几句自己确实明白了解的话,不去高攀,谈什么问题主义,免得跌重。说的话自然平淡凡庸或者反因为它的平淡凡庸而深深地表现出我的性格,因为平淡凡庸的话只有我这鲁拙的人,才能够说出的。"他称赞兰姆道:"他文章里十分之八九是说他自己,他老实地亲信地告诉我们他怎么样不能了解音乐,他的常识是何等的缺乏,他多么怕死,怕鬼,甚至于怎样怕自己会做贼偷公司的钱,他也毫不遮饰地说出。他曾说

---

① 梁遇春:《〈小品文续选〉序》,《梁遇春散文全编》,吴福辉编。
② 冯至:《谈梁遇春》,《新文学史料》1984 年 1 期。
③ 梁遇春:《谈"流浪汉"》,《梁遇春散文全编》,吴福辉编,101 页。

他的文章用不着序,因为序是作者同读者对谈,而他的文章在这个意义底下全是序。他谈自己七零八杂事情所以能够这么娓娓动听,那是靠着他能够在说闲话时节,将他全性格透露出来,使我们看见真真的兰姆。"①也不是说个性表现得越直白越好,其实他是注重含蓄的。他在《〈小品文选〉序》中就指出:"含蓄可说是近代小品文的共同色彩,甚么话都只说一半出来,其余的意味让读者自己去体会。"②他对功利主义的文学不满:"我对于古往今来那班带有使命的文学,常抱些无谓的杞忧。"③他在《醉中梦话(一)》中说:"自从我国'文艺复兴'(这四字真典雅堂皇)以后,许多人都来提倡血泪文学,写实文学,唯美派……总之没有人提倡无害的笑。现在文坛上,常见一大丛带着桂冠的诗人,把他'灰色的灵魂',不是献给爱人,就送与 Satan。"这些话对我们认识他散文的取材和主题是有帮助的。

　　梁遇春对小品文的意见虽不多,但经常为人们所引用。他曾在《〈小品文选〉序》中指出小品文的文体特点:"大概说,小品文是用轻松的文笔,随随便便地来谈人生,因为好像只是茶余酒后,炉旁床侧的随便谈话,并没有俨然地排出冠冕堂皇的神气,所以这些漫话絮语很能够分明地将作者的性格烘托出来,小品文的妙处也全在于我们能够从一个具有美妙的性格的作者眼睛里去看一看人生。"还谈到小品文的兴盛与定期出版物的关系:"因为定期出版物篇幅有限,最宜于刊登短隽的小品文字,而小品文的冲淡闲逸也最合于定期出版物读者的口味,因为他们多半是看倦了长而无味的正经书,才来拿定期出版物松散一下。"英国是这样,在中国也是如此:"有了《晨报副刊》,有了《语丝》,

---

① 梁遇春:《查理斯·兰姆评传》,《梁遇春散文全编》,吴福辉编,54—55 页。
② 梁遇春:《〈小品文选〉序》,《梁遇春散文全编》,吴福辉编,438 页。
③ 梁遇春:《文艺杂话》,《梁遇春散文全编》,吴福辉编,74 页。

才有周作人先生的小品文字,鲁迅先生的杂感。"[①]

2 率性而谈

梁遇春散文在取材和主题上迥异于现代"人生派"作家的作品。后者总是偏爱现实生活题材,承载着严肃的社会使命;而梁遇春则是一个执着的人生思考者,偏爱死亡的主题,对人类怀有悲悯之情,笔下多感伤情调。他以自己的人生经验和所读的书为依托,专注于死、爱、读书、理想、生活的艺术等人生的基本问题。

梁遇春的散文有许多对人生的精彩议论,给人以顾盼生姿的感觉,虽然有时"胡闹"的气息不免重了些,但不乏真知灼见。他是一个高度内省型的人,对人生的探索常常是通过审视自己,剖析自己的内心冲突来进行的。与一般的年轻人不同,他对自己的心路历程有着清醒的意识。

人生观,总是青年人爱谈的话题。梁遇春在1927年8月,写了《人死观》一文,对人死观这个论题进行了深入的思考,认为一般人讲到死,就想起生,建立不起人死观来。梁遇春说:"让我们这会死的凡人来客观地细玩死的滋味:我们来想死后灵魂不灭,老是这么活下去,没有了期的烦恼;再让我们来细味死后什么都完了,就归到没有了的可哀;永生同灭绝是一个极有趣味的 dilemma(进退两难的境地——引者),我们尽可和死亲昵着,赞美这个 dilemma 做得这么完美无疵,何必提到死就两对牙齿打战呢?人生观这把戏,我们玩得可厌了,换个花头吧,大家来建设个好好的人死观。"

---

① 梁遇春:《〈小品文选〉序》,《梁遇春散文全编》,吴福辉编,435—436页。

在《春醪集》中，收有两篇《寄给一个失恋人的信》。收信人为秋心，寄信人署驭聪。我们知道，这正是梁遇春常用的两个笔名。作者以这种书信的形式，在讨论失恋后应当怎样对待的问题，设问和解答都是他自己，实际上是自我论辩了。作者对于失恋者常有的"既有今日，何必当初"的论调，提出反对意见。他认为："一般失恋人的苦恼都是由忘记'过去'，太重'现在'的结果。实在讲起来失恋人所失去的只是一小部分现在的爱情。他们从前已经过去的爱情是存在'时间'的宝库中，绝对不会失去的。"又写道："春花秋谢，谁看着免不了嗟叹。然而假设花老是这么娇红欲滴的开着，春天永久不离大地。这种雕刻似的死板板的美景更会令人悲伤。"这里直接谈论的是对失恋的态度，其实对人生中很多失去的东西，何尝不可以采取同一态度呢？

读梁遇春的散文，总会感觉到有很重的悲观色彩，甚至有些阴郁。这些黯淡的成分在相当大程度上来自作品中那些挥之不去的死亡的阴影。叶公超在《泪与笑》的《跋》里说："'死'似乎是我们亡友生时最亲切的题目，是他最爱玩味的意境。"石民读了梁遇春在《春醪集》之后写的一些文章，感到作者"似乎开始染上了一种阴沉的情调，很少以前那样发扬的爽朗的青春气象了。尤其是最近在《新月》上看到他的一篇遗稿《又是一年春草绿》，我真叹息那不应该是像他那样一个青年人写的，为什么这样凄凉呢！"[①]梁的人生态度与兰姆不同。兰姆经历了许多人生悲剧，然而一旦走上充满商业都会气息的伦敦大街，他便因为"有这样丰富的生活而流下泪来"。对此梁遇春评价道，"兰姆真有点泥成金的艺术，无论生活怎样压着他，心情多么烦恼，他总能够随便找些东西来，用他精细微妙灵敏多感的心灵去抽出

---

① 石民：《〈泪与笑〉序三》。

有趣味的点来",梁遇春称赞兰姆是"止血的灵药",从他的生活和作品"我们可以学到很多精妙的生活术"①。

从体式上来说,梁遇春散文属于漫谈式的小品文字,以议论为主。他的谈话风所具有的语体风格是快语:率性而谈,纵横自如,顾盼生姿,时见慧心锦句。唐弢称他走的是一条"快谈、纵谈、放谈"的路②。

他的议论有着特别的观察点。关于观察点梁在哥尔德斯密斯《黑衣人》译注里有这样的说明:"做小品文字的人最要紧的是观察点(the point of view),无论什么事情,只要从个新观察点看去,一定可以发现许多新的意思,除去不少从前的偏见,找到无数看了足以发噱的地方。所以做小品文字的人装单身汉,装做外国人,装穷,装傻,无非是想多懂些事情的各方面。……the point of view,实在是精研小品文学的神髓。"这里所谓的观察点是从表现的角度来说,其实它还是一种思想的方法,显示出作者的世界观。梁遇春在《春醪集》的开篇文章《讲演》中借他人的话说,"所谓世界中不只'无奇不有',实在是'无有不奇'"。将"无奇不有"翻转成"无有不奇",冯至在《谈梁遇春》中认为此话"可以作为他此后六年所写的散文共同的题词",并指出这"无有不奇"的双重意义:"一是'新奇'的奇,是从平凡的生活中看出'新';一是'奇怪'的奇,是从社会不合理而又习以为常的事物中看到'怪'"。之所以能够从司空见惯的事物中见出"奇"和"怪",是与他特别的观察点密不可分的。

他勤于思考,思想敏锐,常站到流行观念和权威话语的反对面。《途中》是一篇精粹之作,其谈论方式也有着作者一贯的特

---

① 梁遇春:《查理斯·兰姆评传》,《春醪集》。
② 唐弢:《两本散文》,《晦庵书话》,生活·读书·新知三联书店1980年9月,52页。

点：善于对司空见惯的观念提出反论,或翻出新意。如说有意义的旅行不如通常的走路那样能与自然更见亲密。如对"读万卷书,行万里路"的别出心裁的阐释。都说"一日之计在于春",他却在《"春朝一刻值千金"》中大谈迟起的妙处,说迟起是一门艺术,极力赞颂迟起的好处,叙说从中获得的安慰和乐趣。在一般人的心目中,大学是知识的殿堂,大学教师是特别有学问的人,可他对大学教授很不恭敬。《论知识贩卖所的伙计》一开始就引用了威廉·詹姆斯的话："每门学问的天生仇敌是那门的教授。"这种观察点反映了梁遇春思想中的怀疑论倾向,也带来了他所表达思想的非系统性。

梁遇春的议论注重方式的变化,对自己辩论是其散文的一种议论方式。在《春醪集》中,《寄给一个失恋人的信》(一)、《寄给一个失恋人的信》(二)采取通信的形式,受信人写的是"秋心",这是梁自己的一个名字;而《讲演》《"失掉了悲哀"的悲哀》用的是对话的形式。

《"失掉了悲哀"的悲哀》通过虚构"青"这个人物,写出了自己的一种精神状态,可以说"青"是作者一幅自我精神的写真。这样说的理由后面将要谈到。"青"是"我"十年前大学预科时候的好友,通过他的口,文章表明"失掉了悲哀"的悲哀是人生的最大悲哀。"我"跟"青"说,自己感到生活中充满了悲剧的情绪。"青"袒露心迹,表达了截然不同的观点。他说,人们一定要对于人生有个肯定以后,才能够有悲欢哀乐。而他因为失掉了价值观念,所以既失掉了快乐,也失掉了悲哀。何以失掉了价值观念呢？"把自己心里各种爱好和厌恶的情感,一个一个用理智去怀疑,将无数的价值观念,一条一条打破,这就等于把自己的心一口一口地咬烂嚼化,等到最后对于这个当刽子手的理智也起怀疑,那就是他整个心吃完了的时候,剩下来的只是一个玲珑的空洞。"他区分了吃了自己的心和心死的不同,心死了,心还在胸内,还会感到它在身体内的重量,哪怕一个穷凶极恶的人他对于生活还是有苦乐的反应。"只有那班吃自己心的人是失掉了悲哀的。"只有留念生活的人才会对生活感到悲哀,因而悲哀是对生活价值的一种肯定。常言道,哀莫大于心死。"青"居然道出了一种更大于心死的悲哀,可见是多么悲观。于是就导致了"青"自陈的这种人生状态:"我失掉了一切行动的南针,我当然忘记了什么叫做希望,我不会有遂意的事,也不会有失意的事,我早已没有主意了。所以我总是这么年轻,我的心已经同我躯壳脱离关系,不至于来捣乱了。"概括起来说,"失掉了悲哀"的悲哀状态就是:否定了一切价值观念,失掉了悲哀和欢乐,就如吃掉了自己的心,外表虽然年轻,实际上则是个空的躯壳。

之所以说《"失掉了悲哀"的悲哀》通过虚拟的"青"与"我"的对话来自剖心迹,是根据文章最后一段的交代。"青"在与我一番谈话,并去一个馆子大快朵颐后,第二天"我"按照他给的地址到旅馆去找他,可旅馆里根本就没有这么一个人。作者又是戴着面具说话的,也很难把"青"与作者完全等同。我们只能说,"青"大致地代表着作者精神的一个层面。作者并没有直截了当地展开议论,而是虚设了简单的情节,让读者通过"我"的角度来审视,经历一个具体可感的认识过程。"青"就是一种精神面貌的具象化,一幅写真。"青"这个"我"昔日大学预科时候的好友,十年后的形象是这样的:"青的眼睛还是那么不停地动着,他颊上依旧泛着红霞,他脸上毫无风霜的颜色,还脱不了从前那种没有成熟的小孩神气。有一点却是新添的,他那渺茫的微笑是从前所没有的,而是故意装出放在面上的。""没有成熟的小孩神气"是十年前的青春本色,而"渺茫的微笑"是他在经历了十年风霜后而增添的新特征。这正是可供解读"青"的一个入口。"青"的自我剖析正是"渺茫的微笑"后面的真实的内容,是带有一点鬼气的东西。对此,作者也有一个具象化的形容——"恶鬼的狞笑"。"渺茫的微笑"与"恶鬼的狞笑"一表一里。本来很枯燥的内容,经过作者的一番巧妙的处理,便多了从容洒脱和风姿。

梁遇春的散文还有一个重要的特点,是把他的人生观念凝聚在具体可感的意象中,然后围绕这文章里的中心意象展开多方面的议论。这是与以周作人为代表的学者的散文迥乎不同的一点。

他有一篇将近一万字的长文《流浪汉》,通过描述和上流人称道的"君子"相对的"流浪汉",表现自己的人格理想。他用讥讽的语调,称赞"君子"的安分守己,方正平和,谨小慎微,温文尔雅。他们从不过激,也不得罪人,谨守着各种各样的人情礼法,到处一团和气。"流浪汉虽然没有这类在台上走S步伐的旖旎风光,他却具有男性的健全。他敢赤身露体地和生命肉搏,打个你死我活。不管流浪汉的结果如何,他的生活是有力的,充满趣味的,他没有白过一生,他尝尽人生的各种味道,然后再高兴地去死的国土里遨游。"在这篇文章里,他以热烈景仰的语调,把流浪汉"豪爽英迈,勇往直前"的性格描绘得淋漓尽致,寄托了他的人生理想。在《观火》《救火夫》,和那篇被废名在《〈泪与笑〉序一》中评为炉火纯青之作的《吻火》里,梁遇春说出了他的人格理想和人生态度。他喜爱火的形态,崇拜火的精神,"火"在他的散文中是一个反复出现、意蕴丰富的意象。大凡理想总是现实中所缺乏的,"火"的意象给人的热烈、奔放的印象正与作者寂寞而有些消沉的生活状态形成了鲜明的对比。

梁遇春的快语自然表现在他的语言上。他自称是一个性急的人(《春雨》),又喜欢滔滔不绝(废名形容他一口气要把世上的话说尽的样子)。他的语言率真自然,气势畅达,玲珑多态,繁华足媚。我们看一段《春雨》中的文字:

> "山雨欲来风满楼",这很可以象征我们孑立人间,尝尽辛酸,远望来日大难的气概,真好像思乡的客子拍着栏杆,看到郭外的牛羊,想起故里的田园……所谓生活术恐怕就在于怎么样当这么一个临风的征人吧。无论是风雨横来,无论是澄江一练,始终好像惦记着一个花一般的家乡,那可说就是生平理想的结晶,蕴在心头的诗情,也就是明哲保身的最后堡垒了;可是同时还能够认清眼底的江山,把住自己的步骤,不管这个异地的人们是多么残酷,不管这个他乡的水土是多么不惯,却能够清瘦地站着,戛戛然好似狂风中的老树。能够忍受,却没有麻木,能够多情,却不流于感伤,仿佛楼前的春雨,悄悄下着,遮住耀目的阳光,却滋润了百草同千花。

这是一段独坐斗室,倾听窗外春雨滴沥的感怀。由于文思飘忽,句群与句群之间意思的跳跃较大,所以不是很明晰;但我们可以看出梁遇春语言的特色。笔墨酣畅,用了铺排的句式,用了排比、对偶、比喻等修辞手法。讲究辞藻,意象丰富。从情思到表达都有浓厚的传统色彩,有点像六朝文。然而遣词造句也不尽妥帖,甚至显得有些芜杂。他还经常说一些偏激的话,在他自己是有意为之的。如说"历来的真文豪都是爱逃学的"(《讲演》),"哲学家多半是傻子"(《醉中梦话(一)》),"最可爱的女子是像卖解,女优,歌女等这班风尘人物里面的痴心人"(《天真与经验》)。真率大胆,力求尽兴,不做拘谨的人和假君子,决不委曲求全。

从《春醪集》到《泪与笑》,随着时间的推移,中国传统诗文的情调变得更浓厚。这似乎从《又是一年春草绿》《春雨》等篇的题目上就可以略见一斑。他试图给小品文这种舶来品融入一种中国情调。

收入《泪与笑》的《途中》是梁遇春有代表性的作品,带有其一贯的谈话风,而文章又加入了大量感性的记叙和描写。不是开门见山,开头一长段具体叙述了自己在秋雨中乘电车和公共汽车穿过上海市区到郊区的旅行,记下了自己的所见所感,自然地引起了关于途中的话题。后面在谈到路途对欣赏自然的价值时,又插入一段自己专程去杭州游览风景名胜的经历,说明这样经历的不愉快。在记叙中也有清细的描写,在第一段中先写从电车中看到的市景,然后写:"到了北站,换上去西乡的公共汽车,雨中的秋之田野是别有一种风味的。外面的蒙蒙细雨是看不见的,看得见的只是车窗上不断地来临的小雨点,同河面上错杂得可喜的纤纤雨脚。此外还有粉般的小雨点从破了的玻璃窗进来,栖止在我的脸上。我虽然有些寒战,但是受了雨水的洗礼,精神变成格外地清醒。已撄世网,醉生梦死久矣的我真不容易有这么清醒,这么气爽。"这里有清新、细腻的描写,有抒情和议论。

梁遇春在《〈小品文续选〉序》中指出:"小品文大概可以分做两种:一种是体物浏亮,一种是精微朗畅。前者偏于情调,多半是描写叙事的笔墨;后者偏于思想,多半是高谈阔论的文字。这两种当然不能截然分开,而且小品文之所以成为小品文就靠这二者混在一起。描状情调时必定含有默思的成分,才能蕴藉,才有回甘的好处,否则一览无余,岂不是伤之肤浅吗?刻划冥想时必得拿情绪来渲染,使思想带上作者性格的色彩,不单是普遍的抽象东西,这样子才能沁人心脾,才能有永久存在的理由。不过,因为作者的性格和他所爱写的题材的关系,每个小品文家多半总免不了偏于一方面,我们也就把他们拿来归儒归墨吧。"①"体物",具体地描述事物;"浏亮",晓畅明朗。陆机《文赋》云:"诗缘情而绮靡,赋体物而浏亮。"在《途中》,梁遇春融体物与议论、情调、思想为一体。

冯至在《谈梁遇春》中说梁遇春:"他博览群书,他受影响较多的,大体看来有下边的三个方面:他从英国的散文学习到如何观察人生,从中国的诗、尤其是从宋人的诗词学习到如何吟味人生,从俄罗斯的小说学习到如何挖掘人生。"也许可以说,在《途中》,梁遇春是把这几个方面结合了起来。

梁遇春的散文灵动畅达,顾盼多姿,并带有浓厚的感伤情调,这是他的风格。然而他并没有成为现代散文的大家,废名在《〈泪与笑〉序一》中说:"他并没有多大的成绩,他的成绩不大看得见,只有几个相知者知道他酝酿了一个好气势而已。"预想中国新的散文在他的手下"将有一树好花开"。他直接采用了英国随笔的形式来写作白话散文,表达自己的人生经验,在其第二本散文集《泪与笑》中,试图用中国传统诗文的情调来改造它,做出了自己的成绩。现代的小品文是在英、法随笔这种外来形式基础上发展来的。1920年代初周作人首倡小品文并亲自实践,一开始就取得了成功,其实他是超出了同时代的普遍水平的。从普遍的情况来看,小品文的体式在1930年代以后才真正走向成熟。而梁遇春的散文创作则留下了这一新形式走向民族化的生动印迹。

---

① 梁遇春:《〈小品文续选〉序》,《梁遇春散文全编》,吴福辉编,555页。

九　张爱玲、苏青的小品文

张爱玲、苏青的小品文在现代散文史上是异数,长期以来没有得到应有的评价,这与她们对现代汉语散文的实际贡献和影响是十分不相称的。张爱玲在《我看苏青》中说:"如果必须把女人作者特别分作一档来评论的话,那么,把我同冰心、白薇她们来比较,我实在不能引以为荣,只有和苏青相提并论我是甘心情愿的。"[①]确实,她们的主要散文都同时产生于沦陷区文坛,表现出诸多的共同点,都充分表达了被压抑的女性话语,其对文学史的贡献完全可以放在一起来评价;同时她们散文的相异之处也可资比较,有利于辨析她们各自的创作特色。

1　欢悦世俗

张爱玲早期散文主要有刊于1933年上海圣玛利女校年刊《凤藻》上的《迟暮》,1936年的《秋雨》,1937年的《论卡通画之前途》《牧羊者素描》《心愿》,还有在另一杂志上发表的几则简短的书评。《迟暮》《秋雨》为抒情散文,带有以后深为作者不屑的浓厚的新文艺腔,迷恋文字技巧,辞藻华丽、堆砌。其余几篇

[①] 张爱玲:《我看苏青》,《张爱玲文集》4卷,安徽文艺出版社1992年7月。下文未注明出处的张的散文均见该书。

则为夹叙夹议式的小品文,这些文章语言有所节制,趋于简洁流畅,明显加强了知性的成分。

1942年到1947年是张散文写作的中期,也是其散文写作的主要时期。1942年夏,张爱玲返回上海,开始了自己职业作家的生涯。小说是她创作的主体,写散文只能算是副业。张爱玲的散文有一册《流言》,中国科学公司1944年12月梓行,收入文章三十篇,插入作者自作漫画多页。这些散文写于1942年到1944年,大致与《传奇》中的小说作于同一时期。"'流言'是引一句英文——诗?Written on water(水上写的字),是说它不持久,而又希望它像谣言传得一样快。"①《流言》出版后的两三年间,又有十来篇散文面世,大致延续了《流言》的路子。这一时期文章情调、章法结构、艺术表现都体现了西方随笔的影响。

张爱玲晚期十几篇散文发表在台湾《中国时报》《联合报》的副刊上,主要收入1970年代、1980年代台湾皇冠出版社印行的她的小说、散文合集《张看》《余韵》《续集》以及《对照记》。晚期之作多是序跋、读书记之类,走入平实一途。和中期散文相比,她晚年之作缺乏水分和光泽,个别篇目甚至还有些拖沓。

张爱玲、苏青散文在内容上的最大特点是对平凡的日常生活的记叙和谈论。自"五四"以来,散文承载着思想启蒙、社会改革、民族救亡乃至政治革命的使命,虽然也记录个人日常生活的感兴,但那是附丽于主流话语之上的,没有多少世俗琐碎的特征。周作人、林语堂等人同样写日常生活,但他们更多地体现了传统士大夫雅文化的影响,而张爱玲、苏青笔下日常生活的底子是市民的俗文化。如果以火焰来作譬,周、林笔下的日常生活有火焰炎炎的外形,有微温,但不像张爱玲、苏青写的那样烟熏火

---

① 张爱玲:《红楼梦魇》,北京十月文艺出版社2012年7月,2页。

燎,给人以灼热感。

在《童言无忌》一文中,张爱玲坦率地谈论金钱、穿着、饮食。她说自己从小似乎就很喜欢钱。她"抓周"的时候有两种截然不同的说法:姑姑记得她拿的好像是小金镑,一个女佣坚持说她拿的是笔。而作者自己更愿意相信前者。"一学会了'拜金主义'这名词,我就坚持我是拜金主义者。"中学时代,她画了一张漫画投给一家报纸,得了五块钱,她立刻去买了一支小号的丹琪唇膏。她欣然承认自己是个"小市民":"每一次看到'小市民'的字样我就局促地想到自己,仿佛胸前佩着这样的红绸字条。""这一年来我是个自食其力的小市民。"

张爱玲成长在大都市中,对现代文明怀着一种与生俱来的亲切感。胡兰成写道:"张爱玲,她是澈底的都市的。春天的早晨她走过大西路,看见马路旁边的柳树与梧桐,非常喜欢,说:'这些树种在铺子面前,种在意大利饭店门口,都是人工的东西,看着它发芽抽叶特别感到亲切。'又说:'现代文明无论有怎样的缺点,我还是从心底里喜欢它,因为它倒底是我们自己的东西。'"[①]现代文明指的是她在《谈女人》中所说的"机械商业文明","上海文明"是其集中的体现。对张爱玲来说,她所喜欢的现代文明从来不是抽象的,而是具体可感,与自己息息相关的,如她的散文里常写到的公寓、时装、电车、橱窗、剧院、市声等。

在《公寓生活记趣》里,作者絮叨了公寓生活的方方面面:热水管,屋子里的水灾,市声,卖吃食的小贩,开电梯的人,炒菜做饭,米虫、苍蝇、蚊子、管闲事……从诸如此类的琐事中,她总是能发现乐趣。她说:"我喜欢听市声。比我较有诗意的人在

---

① 胡览乘(胡兰成):《张爱玲与左派》,《张爱玲与苏青》,静思编,安徽文艺出版社1994年6月,160页。

枕上听松涛,听海啸,我是非得听见电车声才睡得着觉的。"她善于以审美的眼光来打量身边的庸常生活,从中发现温暖的诗意。这在《公寓生活记趣》《道路以目》等篇中得到集中的表现。前一篇文章写道:"许多身边杂事自有它们的愉快性质。看不到田园里的茄子,到菜场上去看看也好——那么复杂的,油润的紫色;新绿的豌豆,热艳的辣椒,金黄的面筋,像太阳里的肥皂泡。把菠菜洗过了,倒在油锅里,每每有一两片碎叶子沾在篾篓底上,抖也抖不下来;迎着亮,翠生生的枝叶在竹片编成的方格子上招展着,使人联想到篱上的扁豆花。"作者还把电车进厂想象成是"电车回家":"一辆衔接一辆,像排了队的小孩,嘈杂,叫嚣,愉快地打着哑嗓子的铃:'克林,克赖,克赖,克赖!'吵闹之中又带着一点由疲乏而生的驯服,是快上床的孩子,等着母亲来刷洗他们。"在1939年写的《天才梦》里,她就谈到了"生活的艺术":"生活的艺术,有一部份我不是不能领略。我懂得怎么看'七月巧云',听苏格兰兵吹bagpipe,享受微风中的藤椅,吃盐水花生,欣赏雨夜的霓虹灯,从双层公共汽车上伸出手摘树巅的绿叶。在没有人与人交接的场合,我充满了生命的欢悦。"这里所说的"生活的艺术"在她以后的散文里有更详细的呈现。

不仅在那个大时代中这样关注庸常生活,甚至直接生活在战火蹂躏下的城市中,她依然故我,更加尖锐地凸显出自己对"现实"的理解和与主流文学截然不同的旨趣。《烬余录》记述作者在香港战争时的经验。这里没有写战争的崇高、残酷之类的东西,而是通过一个"俗人"的眼光,写战时的日常生活片段,表现的是生趣。她当过所谓防空员,在临时医院做过看护,然而这只是为她观察和记录提供了一些便利。"我记得香港陷落后我们怎样满街找寻冰淇淋和嘴唇膏。"文章没有明确的主题和贯串的线索。有的只是大背景下的一个个片段,其中几个相对完整的片段是可以单独成篇的。但作家没有,而是把它们嘈杂地并置。这里面有着她对"现实"的理解:"现实这样东西是没有系统的,像七八个话匣子同时开唱,各唱各的,打成一片混沌。在那不可解的喧嚣中偶然也有清澄的,使人心酸眼亮的一刹那,听得出音乐的调子,但立刻又被重重黑暗拥上来,淹没了那点了解。"如果硬要找主题,这便是主题。面对那些似不可解的混沌和喧嚣,作者有自己深刻的洞见:"去掉了一切的浮文,剩下的仿佛只有饮食男女这两项。人类的文明努力要想跳出单纯的兽性生活的圈子,几千年来的努力竟是枉费精神么?事实是如此。"在作者的叙述的背后,仍然隐藏着其一贯的人生哲学:"清坚决绝的宇宙观,不论是政治上的还是哲学上的,总未免使人嫌烦。人生的所谓'生趣'全在那些不相干的事。"

张爱玲的《道路以目》写的是沪上流动的街景,梁遇春有一篇同样内容的《途中》。两文的观点有相同之处,都强调"行万里路"未必要走遍名山大川或漂洋过海,应该注重眼前的风景。两人都写了十里洋场的街景,但梁遇春描绘的是都市在秋雨中闲暇悠然的一面,而且重在由此引起议论,始终显示的是一个文人的趣味和思索,重在言志。张爱玲则不同,她有意抹去观察者的痕迹,呈现出一幅幅跳跃式的街景镜头,靠喧嚣的众生相烘托出都市本身的种种趣味。梁遇春用了文雅而富有诗意的文体,引用了不少中外的诗句;张爱玲用了贴近世俗生活的言语,朴实而真切。

张爱玲谈绘画、音乐、文学,谈道德、思想、宗教等,无不以世俗化的眼光来观察,体现出强烈的世俗化的价值取向。如《谈音乐》,虽然有着中规中矩的 essay 式的题目,却是表现自己对音乐的一偏之见,显示对社会成见的系统背叛。她喜欢通俗歌曲《本埠新闻里的姑娘》,因为里面写的"完全是大城市的小市民"。喜欢巴赫的曲子,因为其中"没有庙堂气也没有英雄气"。不喜欢情歌《在黄昏》,因为里面固守着一些过了时的逻辑。

她有意用世俗的眼光消解女性美和崇高。《谈女人》一文写道:"'翩若惊鸿,宛若游龙'的洛神不过是个古装美女,世俗所供的观音不过是古装美女赤了脚,半裸的高大肥硕的希腊石像不过是女运动家,金发的圣母不过是个俏奶妈,当众喂了一千余年的奶。"神像被剥去了金装,露出了里面的泥胎。

她消解传统关于女性的道德。在京剧传统剧目《红鬃烈马》中,薛平贵出征西凉,其妻王宝钏清守寒窑十八年,张爱玲在这里看到了对女人的不公和残忍:"《红鬃烈马》无微不至地描写了男性的自私。薛平贵致力于他的事业十八年,泰然地将他的夫人搁在寒窑里像冰箱里的一尾鱼。……薛平贵虽对女人不甚体谅,依旧被写成一个好人。"(《洋人看戏及其他》)富于自我牺牲的母爱向来被视为伟大的美德,她却要说这是动物所共同具有的,本能的仁爱只是兽性的善。(《造人》)她还进一步去揭示男人和女人提倡或标榜母爱的不同动机:"母爱这大题目,像一切大题目一样,上面做了太多的滥调文章。普通一般提倡母爱的都是做儿子而不做母亲的男人,而女人,如果也标榜母爱的话,那是她自己明白她本身是不足重的,男人只尊敬她这一点,所以不得不加以夸张,浑身是母亲了。其实有些感情是,如果时时把它戏剧化,就光剩下戏剧了;母爱尤其是。"(《谈跳舞》)

她有时简直"非圣无法",甚至对中国文化的圣人孟子也免不了来一番调侃。她家阳台的破竹帘子上拴了块旧污的布条子,"从玻璃窗里望出去,正像一个小人的侧影,宽袍大袖,冠带齐整,是个儒者,尤其像孟子……那小人在风雨中作揖点头,虽然是个书生,一样也世事洞明,人情练达,辩论的起点他非常地

肯迁就,从霸道谈到王道,从女人谈到王道,左右逢源,娓娓动人,然而他的道理还是行不通。"(《气短情长及其他》)

张爱玲的消解神话不无夸大和偏激,但你无法否认其中有着片面的深刻。

不过,张爱玲并不是一味地揭露和讽刺男性和男性中心的观念。她对女性自身的弱点和劣根性也不留情。《有女同车》记录电车上的女人议论她们生活中的男性。作者最后发表议论:"电车上的女人使我悲怆。女人……女人一辈子讲的是男人,念的是男人,怨的是男人,永远永远。"《忘不了的画》写道:"普通女人对于娼妓的观感则比较复杂,除了恨与看不起,还又羡慕着,尤其是上等妇女,有着太多的闲空与太少的男子,因之往往幻想妓女的生活为浪漫的。"不过,她把造成女性"劣根性"的原因归之于男性。几千年来,女性始终受男性支配,因为适应环境,养成了所谓的妾妇之道。女性的"劣根性"是男人一手造成的,全是环境所致。(《谈女人》)

做一个"俗人",关注日用饮食,是她的人生哲学和创作理念。她在《必也正名乎》中说:"我愿意保留我的俗不可耐的名字,向我自己作为一种警告,设法除去一般知书识字的人咬文嚼字的积习,从柴米油盐,肥皂,水与太阳之中去找寻实际的人生。"与时代相关的大题材她不熟悉,也没有兴趣:"一般所说'时代纪念碑'那样的作品,我是写不出来的,也不打算尝试,因为现在似乎还没有这样集中的客观题材。"(《自己的文章》)她相信只要从自己的观点出发,写日常题材同样是有前途的:"只要题材不太专门性,像恋爱结婚,生老病死,这一类颇为普遍的现象,都可以从无数各各不同的观点来写,一辈子也写不完。"(《写什么》)偶尔她也提醒读者自己与名士派的不同:"有时候我疑心我的俗不过是避嫌疑,怕沾上了名士派;有时候又觉得是

天生的俗。"(《我看苏青》)

张爱玲的散文表现了世俗的繁华和对繁华的爱恋,但那繁华和爱恋是以虚无衬底的。两个方面在文本中好像是一枚硬币的两面,一面是繁华,一面是苍凉。她文章中的苍凉如同《私语》末了写的更鼓或卖馄饨的梆子,"托,托,托,托"地响在文章里,绵长而又凄凉。王安忆说:"张爱玲的世俗气是在那虚无的照耀下,变得艺术了。"①

她骨子里对人生是悲观的。在《造人》中,她甚至这样写:"文明人是相当值钱的动物,喂养,教养,处处需要巨大的耗费。我们的精力有限,在世的时间也有限,可做,该做的事又有那么多——凭什么我们要大量制造一批迟早要被淘汰的废物?"物质享受难以给人完全的慰藉:"说到物质,与奢侈享受似乎是不可分开的。可是我觉得,刺激性的享乐,如同浴缸里浅浅地放了水,坐在里面,热气上腾,也得到昏濛的愉快,然而终究浅,即使躺下去,也没法子淹没全身。思想复杂一点的人,再荒唐,也难求得整个的沉湎。"(《我看苏青》)

张爱玲的悲观显然有着时代的原因,身处乱世给了她强烈的不安全感。她在《〈传奇〉再版序》中写道:"个人即使等得及,时代是仓促的,已经在破坏中,还有更大的破坏要来。有一天我们的文明,不论是升华还是浮华,都要成为过去。如果我最常用的字是'荒凉',那是因为思想背景里有这惘惘的威胁。"她作品里所透出的繁华和苍凉都有着乱世的背景。在《自己的文章》里,她从时代的角度解释人们关注饮食男女的原因:"这时代,旧的东西在崩塌,新的在滋长中。但在时代的高潮来到之前,斩

---

① 王安忆:《世俗的张爱玲》,《张爱玲评说六十年》,子通、亦清编,中国华侨出版社 2001 年 8 月,391 页。

钉截铁的事物不过是例外。人们只是感觉日常的一切都有点儿不对,不对到恐怖的程度。人是生活于一个时代里的,可是这时代却在影子似地沉没下去,人觉得自己是被抛弃了。为要证实自己的存在,抓住一点真实的,最基本的东西,不能不求助于古老的记忆,人类在一切时代之中生活过的记忆,这比瞭望将来要更明晰,亲切。"好比身在悬崖,脚下是万丈深渊,这时候双手会紧紧地抓住一切可以抓住的东西。对自己在乱世的"身世之感",她在《我看苏青》中有过一段情景交融式的描写——

> 我一个人在黄昏的阳台上,骤然看到远处的一个高楼,边缘上阿着一大块胭脂红,还当是玻璃上落日的反光,再一看,却是元宵的月亮,红红地升起来了。我想着:"这是乱世。"晚烟里,上海的边疆微微起伏,虽没有山也像是层峦叠嶂。我想到许多人的命运,连我在内的;有一种郁郁苍苍的身世之感。"身世之感"普通总是自伤、自怜的意思罢,但我想是可以有更广大的解释的。将来的平安,来到的时候已经不是我们的了,我们只能各人就近求得自己平安。

张爱玲的不安全感和对世俗的欢悦还有着家庭的原因。《我看苏青》一文告诉我们,她出身于一个没落的贵族之家,从小父母不合。1937年因与后母争执,遭到父亲责打,并被监禁了半年之久。她还告诉我们,从父亲家里跑出来之前,母亲提醒她,离开父亲,她会因为缺钱而受苦。这个问题曾使她痛苦了许久。最后还是选择了出走,然而"这样的出走没有一点慷慨激昂"。以后她做过穷学生、穷亲戚,这对她的情感产生过影响。在香港上大学时,她虽算不上很穷,但同班的同学都太阔了。她离开父亲家不久,舅母说,等翻箱子的时候要把表姐们的旧衣服找点出来给她,张爱玲连忙拒绝,立刻红了脸,掉了泪。她说:

"看苏青文章里的记录,她有一个时期的困苦的情形虽然与我不同,感情上受影响的程度我想是与我相仿的。所以我们都是非常明显地有着世俗的进取心,对于钱,比一般文人要爽直得多。"

她从中国传统文学那里得到了共鸣。《金瓶梅》《红楼梦》不惮其烦,详细地开出整桌筵席的菜单,"不为什么,就因为喜欢——细节往往是和美畅快,引人入胜的,而主题永远悲观。一切对于人生的笼统观察都指向虚无。"(《中国人的宗教》)张爱玲散文里的世俗与苍凉与《金瓶梅》和《红楼梦》的古典悲剧精神是联系着的。

上文从作者的角度揭示了张爱玲欢悦世俗的原因,那么,从接受的角度来看,她与主流文学观念和文学话语迥异的散文为什么能够受到欢迎,取得成功呢?当然,我们仍然可以采取柯灵的观点,说上海沦陷给了张爱玲机会。日本侵略者和汪精卫政权把新文学传统切断了,只要不反对他们,乐得文学艺术粉饰太平。天高皇帝远,这给张爱玲提供了大显身手的舞台。① 不过,这个解释有些表面、笼统。还要联系张爱玲写作、发表和被接受的环境——上海文化,这一点或多或少是被张爱玲散文研究者忽视了。

上海是中国的一个文化中心,有着鲜明的生活风格和文化性格。张爱玲有一篇《到底是上海人》,这是一篇理解她的世俗精神与上海文化的重要文本。她说:"我为上海人写了一本香港传奇……写它的时候,无时无刻不想到上海人,因为我是试着用上海人的观点来察看香港的。只有上海人能够懂得我的文不达意的地方。我喜欢上海人,我希望上海人喜欢我的书。"可以

---

① 柯灵:《遥寄张爱玲》,《读书》1985 年 4 期。

说,她是用带着上海人观点色彩的眼光来打量她所表现的生活的。她写道:"上海人之'通'并不限于文理清顺,世故练达。到处我们可以找到真正的性灵文字。"小报上登载了一首打油诗:"樽前相对两头牌,张女云姑一样佳。塞饱肚皮连赞道:难觅任使踏穿鞋!"张爱玲表现说:"多么可爱的,曲折的自我讽嘲!这里面有无可奈何,有容忍与放任——由疲乏而产生的放任,看不起人,也不大看得起自己,然而对于人与已依旧保留着亲切感。"道出了上海的"真正的性灵文字"与上海文化的关系,这样的文字能够产生和发表源自一种世俗的宽容精神以及对世俗生活的爱恋。而这些都与张的散文的产生和接受息息相关,它们之间是一种鱼水式的关系。

张爱玲散文的被接受离不开上海宽容的文化环境。与北京是传统的消费文化都市不同,上海具有近代的工商文化的性格。上海的第一大特点就是商业化。"近代文明一切东西都商业化,物质的精神的各方面都商业化了。在中国内地还不明显,在上海这情形就十分明显了。事实上,上海是中国经济命脉的商业的总枢纽,你有钱,你可买小姐的青睐,若是没有钱,烧饼店的芝麻也莫想吃一颗,一切是钱说话。"[1]上海文化的宽容又与上海人口特点有关。上海是典型的移民城市。"人口的高度异质性,对上海文化产生了两个极为重要的影响。一、文化来源的多元性。来自不同国家、不同民族、不同区域的人们,将各地不同的文化带到上海……二、文化气度的宽容性。凡异质性高的文化必然同时也是宽容性大的文化,因为多种文化共处一隅,就其相互比较而言,表现为异质性高;就文化整体而言,则为宽容性

---

[1] 高植:《在上海》,《上海:记忆与想像》,马逢洋编,文汇出版社1996年2月,80页。

大。"①又有人说:"上海文明的最大心理品性是建筑在个体自由基础上的宽容并存。……上海人的宽容并不表现为谦让,而是表现为'各管各'。"②有了宽容的文化环境,作者就可以各抒性灵了,来自政教和主流文学的束缚则被淡化。市场的规则决定作品的命运。这也是为什么自晚清以降以鸳鸯蝴蝶派为代表的海派小说尽管受到来自主流文学的口诛笔伐,而能长盛不衰的主要原因。

在商业化的文化环境中,上海人变得实际、精明,形成自己的处世艺术:"上海人是传统的中国人加上近代高压生活的磨炼。新旧文化种种畸形产物的交流,结果也许是不甚健康的,但是这里有一种奇异的智慧。谁都说上海人坏,可是坏得有分寸。上海人会奉承,会趋炎附势,会浑水摸鱼,然而,因为他们有处世艺术,他们演得不过火。"(《到底是上海人》)"上海文明的又一心理品性,是对实际效益的精明估算。……上海人的精明估算,反映在文化上,就体现为一种'雅俗共赏'的格局。"③在张爱玲、苏青的文章里,都隐藏着上海人的实际、精明,材料的取舍、内容的尺度处理得很有分寸感,艺术表现又雅俗共赏。她们心知肚明自己的衣食父母是谁。她们自己在生活上认同上海的小市民,写作时心里又装着上海的小市民,那么写出来的东西当然就是富于世俗气、雅俗共赏的海派文化了。

2 感觉和语象

张爱玲散文文体给人印象最深的,要数其丰盈的感觉与缤

---

① 熊月之:《海派文化》,《上海:记忆与想像》,183页。
② 余秋雨:《上海人》,《秋雨散文》,浙江文艺出版社1994年10月,474页。
③ 余秋雨:《上海人》,《秋雨散文》,478页。

纷的语象。她总是能够充分调动自己所有的感官,描摹尽致。语象是语言层面的感性形象,大致可分为描述性语象、比喻性语象和象征性语象①。张爱玲散文中的语象主要是前两者。

张爱玲的散文与其小说一样充满了缤纷的语象。《公寓生活记趣》充满着代表现代都市日常生活方方面面的语象。《更衣记》是一篇充满色彩、气味的具象化的近现代中国人的服装简史。《私语》对语象和意象的刻画与她的小说十分接近。而《谈音乐》更像是一席感觉的盛宴。感觉是最能显示生活质感的,"使这世界显得更真实"。色彩描画是作者的拿手好戏,文章中使用了许多形容颜色的词汇。声音总是难以摹写的,作者采用大量充满生活质感的语象。她又这样形容气味——

> 牛奶烧糊了,火柴烧黑了,那焦香我闻见了就觉得饿。油漆的气味,因为簇崭新,所以是积极奋发的,仿佛在新房子里过新年,清冷、干净、兴旺。火腿咸肉花生油搁得日子久,变了味,有一种"油哈"气,那个我也喜欢,使油更油得厉害,烂熟、丰盈,如同古时候的"米烂陈仓"。香港打仗的时候我们吃的菜都是椰子油烧的,有强烈的肥皂味,起初吃不惯要呕,后来发现肥皂也有一种寒香。

这里的语象都是描述性语象,不是简单的物象,而是充分感觉化的,读后使人如临其境。她还使用大量的、绵长的比喻,表达淋漓尽致。如形容音乐馆的弹琴声,用了博喻,其中的两个喻体都包括一个较为复杂的句群。《诗与胡说》评论一个诗中的人物——

---

① 参阅赵毅衡:《新批评——一种独特的形式主义文论》,中国社会科学出版社 1986年8月,136—140页。

>她不是树上拗下来,缺乏水分,褪了色的花,倒是古绸缎上的折枝花朵,断是断了了的,可是非常的美,非常的应该。

《我看苏青》这样写苏青——

>苏青是——她家门口的两棵高高的柳树,初春抽出了淡金的丝,谁都说:"你们那儿的杨柳真好看!"她走出走进,从来就没看见……

这两个例子都是用来评论人物的,很像传统品藻人物或评点诗文常用的象喻手法,以象喻人,立象以尽意。然而,这里的比喻都不是一个简单的句子,而是包括一个句群。一连串的句子把本来可以简单的比喻晕开、扩展起来,使所比喻的人物鲜明生动,带有丰富的象征意蕴。后面一个例子有些特殊,因为喻体不是单一的语象,而是一种"事象"。这在现代散文中是一种非常独特的修辞。象喻手法也常见于作者的小说,如第一个例子就颇似《茉莉香片》中写聂传庆母亲冯碧落的"绣在屏风上的鸟"的比喻。张爱玲有时还远取譬,用抽象的事物比喻具体的事物,令人耳目一新,意味丰富。如《谈音乐》中的两个例子:"大规模的交响乐自然又不同,那是浩浩荡荡五四运动一般地冲了来,把每一个人的声音都变了它的声音,前后左右呼啸喊嚓的都是自己的声音,人一开口就震惊于自己的声音的深宏远大","我房间里倒还没熄灯,一长排窗户,拉上了暗蓝的旧丝绒帘子,像文艺滥调里的'沉沉夜幕'"。

张爱玲生来感觉敏锐。早在《天才梦》中,她就自陈:"对于色彩,音符,字眼,我极为敏感。当我弹奏钢琴时,我想象那八个音符有不同的个性,穿戴了鲜艳的衣帽携手舞蹈。我学写文章,爱用色彩浓厚,音韵铿锵的字眼,如'珠灰','黄昏','婉妙',

'splendour','melancholy',因此常犯了堆砌的毛病。直到现在,我仍然爱看《聊斋志异》与俗气的巴黎时装报告,便是为了这种有吸引力的字眼。"早期的散文《迟暮》《秋雨》等就有堆砌辞藻的毛病,后来随着写作水平的提高,她才有所收敛,趋于得体,但辞藻的运用仍给人逞才使气之感。她的文字秾艳,带有几分妖冶。

张爱玲散文的魅力来源之一是其中处处闪眼的隽语。所谓隽语,指的是简短、机智、意味深长的话。她曾在《红楼梦魇》的《自序》中引用过培根的一句话,"简短是隽语的灵魂"[1]。它介于俏皮话和格言之间,所以亦庄亦谐。读过张的散文,总会记得几则带有明显"张记"特色的隽语。作者能够沉浸到日常生活中去,津津乐道,又能走得出来,洞见生活的本质,发出许多为人们所熟知的"俗人名言"。同时代的读者对张爱玲的文章就有"文不如段,段不如句"之说[2]。在现代作家中,作品中的话如今作为名言被引用最多的,除了鲁迅,大概就要数张爱玲了。典型的隽语如——

生命是一袭华美的袍,爬满了蚤子(应作"虱子"——引者)。(《天才梦》)

较量些什么呢?——长的是磨难,短的是人生。(《公寓生活记趣》)

出名要趁早呀!来得太晚的话,快乐也不那么痛快。(《〈传奇〉再版序》)

有美的身体,以身体悦人;有美的思想,以思想悦人,其

---

[1] 张爱玲:《红楼梦魇》。
[2] 谭厂:《〈流言〉管窥——读张爱玲散文集后作》,《张爱玲的风气》,陈子善编,山东画报出版社2004年5月,86页。

实也没有多大分别。(《谈女人》)

张爱玲的散文深受西方essay的影响。她从小就接受英文教育。早在圣玛利女校读书时,她就用英文写作。1939年到香港大学去读书,有三年光景没有用中文写东西。为了练习英文,连信也用英文书写。她说"这是很有益的约束。"(《存稿》)中期的散文写作是从英文打头的,如最初用英文写的《洋人看京戏及其他》《更衣记》。1942年在英文《泰晤士报》上发表影评与剧评。又在英文的月刊《二十世纪》上发表《中国人的生活和时装》《中国人的宗教》《洋人看戏及其他》等及影评数篇。在这样一条西化的学习和写作的路子,显然少不了与英国的散文打交道。她的《谈女人》用四分之一左右的篇幅,抄录了一本专门骂女人的英文小册子《猫》中的三四十则隽语。如:"如果你不调戏女人,她说你不是一个男人;如果你调戏她,她说你不是一个上等人。"张爱玲"现学现卖",《谈女人》中就有一些类似的话:"正经女人虽然痛恨荡妇,其实若有机会扮个妖妇的角色的话,没有一个不跃跃欲试的。"当然,张的隽语并非来源于某一个或几个西方作家,而是根源于西方散文的传统。

隽语在张的散文中或许有点类似于"文眼",起到提炼和升华文意的作用。隽语不只是简单的几句聪明话,而且与作者观察生活的视点、思维方式以及文章的构思方式密切相关。她总是别出心裁,不拘成见。像《谈音乐》,谈出了别人所没有的感受。在行文中甚至到了语不惊人死不休的程度。《诗与胡说》中写:"听见说顾明道死了,我非常高兴,理由很简单,因为他的小说写得不好。"还没听说过谁因为不喜欢某人的作品,而如此幸灾乐祸的。她甘冒一定的道德风险,而要把话说得不同凡响。隽语还提高了张散文的知性。她散文是重感性的,但并没有沉溺其中,而是把二者调和了起来。她曾经这样评论新诗:"中国的新诗,经过胡适,经过刘半农,徐志摩,就连后来的朱湘,走的都像是绝路。用唐朝人的方式来说我们的心事,仿佛好的都已经给人说完了,用自己的话呢,不知怎么总说得不像话,真是急人的事。"她敏锐地感觉到新诗的主体走的是唐诗宋词感性抒情的路子,难以真切传达现代人的"心事",所以她表示欣赏路易士和一个不知名的诗人倪弘毅充满知性的诗句。诗歌尚且如此,那么在夹叙夹议体式的小品文中,知性就更不可或缺了。

张爱玲的散文有一味是幽默与讽刺。幽默味渗透在行文中,有效地除去可能会有的板滞,带来轻松风趣。她的幽默在多数情况下是悲悯的,是"因为懂得,所以慈悲"①的。有时也与隽语相结合,形成一种机警犀利的讽刺。林语堂指出:"幽默是温厚的,超脱而同时加入悲天悯人之念,就是西洋之所谓幽默,机警犀利之讽刺,西文谓'郁剔'(wit)。"②这种"郁剔"如上文引述过的《忘不了的画》中说普通女人对妓女的又恨又爱。《道路以目》中写:"坐在自行车后面的,十有八九是丰姿楚楚的年青女人,再不然就是儿童,可是前天我看见一个绿衣的邮差骑着车,载着一个小老太太,多半是他的母亲吧?……做母亲的不惯受抬举,多少有点窘。她两脚悬空,兢兢业业坐着,满脸的心虚,像红木高椅坐着的告帮穷亲戚,迎着风,张嘴微笑,笑得舌头也发了凉。"这就有些"郁剔"了。这种"郁剔"属于偶尔流露,又适可而止,往往能够给读者带来新异的阅读快感。

一般说来,张爱玲是注重经营自己文章的篇章结构的。比如她在文末通常营造高潮。《更衣记》的结尾处写到有人打扮得略略不中程式,作者通过讲述一个小事情来讽喻:"秋凉的薄

---

① 张爱玲语,参见胡兰成《今生今世》,146页。
② 语堂:《论幽默》,1934年1月16日《论语》33期。

暮,小菜场上收了摊子,满地的鱼腥和青白色的芦粟的皮与渣。一个小孩骑了自行车冲过来,卖弄本领,大叫一声,放松了扶手,摇摆着,轻悄地掠过。在这一刹那,满街的人都充满了不可理喻的景仰之心。人生最可爱的当儿便在那一撒手罢?"全文略显平实,结尾处给人以飞扬之感,言有尽而意无穷。其他的如《道路以目》等文章都有一个类似的结尾,让人眼前一亮。然而,作者并没有刻意经营,结构显得较为随意。有的文章如《忘不了的画》没有一贯的线索和主题。《谈跳舞》拉杂地讲述了自己关于跳舞的经验,横生枝蔓,用一千字的篇幅,叙述作者在香港认识的一个姑娘的故事,其实与跳舞没有什么关系。还有一小部分文章写得随意简单,如《谈画》一幅幅地评介一本日本出版的赛尚画册中的画,单调沉闷。这些文章写于张爱玲小说创作的高峰期,又不断面临编辑拉稿,难免也有率尔操觚的时候。也许写作散文对张爱玲来说只是正餐之间的点心。在她的散文中,很难选出几篇内容与形式兼美,又能充分显现其特点的精粹之作。相对来说,《公寓生活记趣》《烬余录》《更衣记》《私语》《谈音乐》《我看苏青》等几篇较好。只是《私语》是记叙文,文体上与小说接近,并不属于小品文。

3 女性生存状态的书写

苏青共出版了三个散文集子:《浣锦集》(1944 年 4 月)、《涛》(1945 年 2 月)、《饮食男女》(1945 年 7 月)。从文体上看,可分为小品文、记叙文和杂文三类。小品文是大宗;其次是杂文,如《饮食男女》中的文章,篇幅较短,针对某一社会现象,直抒胸臆,趋于杂文一路;再次是记叙文。她的杂文很少涉及重大问题,笔调较为平易,有时与小品文是难以区分的。

苏青正式写的第一篇文章发表于《论语》。那时她刚生了一个女孩,闲下来看一些消遣性质的书,"杂志则家中定的只有《论语》及《人间世》两种,我对于前者尤其爱好。有一天我忽然技痒起来,写了一篇《产女》投稿到《论语》去,很快地就被录用了,不过题目已由编者改为《生男与育女》,这是我正式写文章的开始。那篇文章登在第六十四期《论语》上,是民国廿四年六月十六日出版的,实得稿费五元正。"①1942年冬,夫妻反目,苏青连最低限度的生活费都拿不到。好不容易在一家私立中学谋到一个代课教员的位置,但很快又失业。为了钱,开始投稿。这以前她写文章署名"冯和仪",此后便改用"苏青"②。

苏青不像张爱玲那样有意疏远和撇清与新文学传统的关系,她是认同的。她在读书的时候,"所看的书又是新文艺居多数"(《关于我——〈续结婚十年〉代序》)。她的文学观念和文章的题材、风格明显承继了1930年代言志派文学的传统。苏青一开始在论语派的杂志上发表散文,计在《论语》上发表二篇,在《宇宙风》上发表十篇,在《宇宙风乙刊》上发表十一篇。《宇宙风乙刊》是《宇宙风》于1938年5月迁至广州后,在上海"孤岛"创办的小品文半月刊,由林憾庐、林语堂、陶亢德、周黎庵等人编辑,秉承《宇宙风》幽默闲适的文风。她典型的散文话语方式发端于《论语》,如在1935年8月《论语》第七十期上发表的《我的女友们》中有这样的句子:"女子是不够朋友的。无论两个女人好到怎样程度,要是其中有一个结了婚的话,'友谊'就进了坟墓。"观点与说话的方式都与她创作高峰期的散文非常

---

① 《女作家聚谈会》,《张爱玲的风气》,151页。
② 苏青:《关于我——〈续结婚十年〉代序》,《苏青散文全编》,浙江文艺出版社1995年1月,541页。以下苏青文章未注明出处的均见该书。她1937年5月在《宇宙风》41期上发表《算学》时,已用了"苏青"的笔名。

相近。她对言志派文学的精神导师周作人是心仪的,并与他保持着联系。《浣锦集》《饮食男女》和长篇小说《结婚十年》都由周氏题签。

苏青的记叙文或回忆自己成长过程中的人和事,或描述自己某一时期的境遇与心情,前者如《豆酥糖》《外婆的旱烟管》《涛》等,后者如《过年》《饭》《海上的月亮》《自己的房间》《我的手》《归宿》。小品文和杂文则为她散文的主体,谈论的是恋爱结婚、饮食起居、生儿育女、女子教育、女子职业、女子社交等方面的话题。比较有代表性的篇目有《谈女人》《我国的女子教育》《论女子交友》《恋爱结婚养孩子的职业化》《第十一等人》《道德论》《科学育儿经验谈》《王妈走了以后》《小天使》等,前六篇重在谈自己的意见,后三篇揭示女性的生存现状[①]。两方面加在一起构成了对现代城市中产阶级女性生活经验和意见的完整叙述。

作者以一个现代女性——或者说出走以后的"娜拉"——的实际经验,检验了启蒙主义的理想和妇女运动的成绩。《第十一等人》《挑断脚筋之类》表达的意见是,现代的妇女运动失败了,虽然说男女从法律上平等了,但只限于表面,女性的生活却变得更加艰难。有的说,男女平等应从经济独立着手,其实难以做到。"我们要解决这问题,除了国家切实保护外(如多设公共食堂,洗衣作坊,托儿所等),先得从改造思想入手。"(《挑断脚筋之类》)婚姻不合理,女子教育不合理,她开出的药方实现的希望同样渺茫。《小天使》《王妈走了以后》写的是女性的实际生活状态,印证了她提出的观点。作者一个初中时代的女友带一岁八个月的"小天使"路过上海。这个女友曾在民众大会

[①] 参阅苏青:《〈浣锦集〉与〈结婚十年〉》。

演说台上高喊"奋斗",因反对父母代订的婚姻而出走,而今却把她全部青年时代的精力用在孩子身上,溺爱孩子而不体谅别人,甚至否定自由恋爱的意义。文中充斥着拉屎拉尿之类的细节,语言也不文雅,这些都构成了对"小天使",对现代青年理想的反讽。在《王妈走了以后》中,女佣走了以后,家里就添了数不尽的烦恼。找来一个个女佣,终不合适。最后作者写道:"有时也着实后悔,悔不当初少读几本莎翁戏剧,洗衣烧饭等常识才较汉姆德王子来得重要呢!"从苏青的笔下,我们可以看到小资产阶级女性在职业、婚姻、生育等问题上所面临的深刻困境。她受到过深刻的现代独立女性的苦痛,在她的言说的背后有着自己的悲辛。

苏青与张爱玲一样,对男性中心的观念和秩序采取了消解的策略。她的《谈女人》与张爱玲的同名散文同时发表于《天地》,一唱一和,消解男性中心主义观念支配下的女性形象。她消解女性的"神秘",消解女性的爱情,消解上流女性与卖淫女子的差别。她写道:"我不懂为什么许多女子会肯因讨好男人而自服药或动手术消灭自己生育的机能,女子不大可能爱男人,她们只能爱着男子遗下的最微细的一个细胞——精子,利用它,她们于是造成了可爱的孩子,永远安慰她们的寂寞,永远填补她们的空虚,永远给予她们以生命之火。"《现代母性》以带反讽性的笔调叙述"现代母性"的形成:从初妊、分娩、鞠育、教育到现代母性的完成。在《道德论——俗人哲学之一》《牺牲论——俗人哲学之二》中,她进一步把消解的刀子伸向了一些传统道德,试图划开"忠君""爱国""救世""利群""牺牲"等道德观念的面纱。她的立足点是在自己的生活经验上的,她在前一篇文章中说:"我是一个彻头彻尾的俗人,素不爱听深奥玄妙的理论,也没什么神圣高尚的感觉。"

与张爱玲一样,她也不放过女性自身的弱点,有时不免尖酸刻薄。《论女子交友》说,女子因为小心眼儿、口是心非,因为放弃事业、娱乐、友谊去管束丈夫,所以彼此间很难产生真正的友情,于是造成了寂寞的人生。《未亡人》说,有的女人在自己姓名之上必冠以夫姓,大半恐怕是因为夫姓实在有舍不得不用的尊贵。《看护小姐》《家庭教师面面观》分别道出看护小姐和家庭教师这两个职业女性的无奈和缺点。她对女性心理的刻画和讽刺简直无处不在。她同样把女性的诸多缺点归因于男性中心的观念和现实秩序。

苏青记述日常生活,但不像张爱玲那样充满欢悦,而是带有无可奈何之感。这构成了她们文章题材处理上的一个根本不同。她们的写作态度也因此迥乎不同,张是愉悦的,"她写作的时候,非常高兴,写完以后,简直是'狂喜'"[①]。苏青则不然,如果非生活所逼,也许根本就不会写作。她在《自己的文章》里,称对自己的文章"爱之不能,弃之不得"。老写自己生活和职业小圈子的事情,她觉得"腻烦";老写男男女女的事情,她感到"憎厌";老是替别人写有趣的事情,她又感到难过。为了生活而写作,她"鄙视"自己。她也没有张爱玲在那篇同名文章里所表现的自信。张爱玲在《我看苏青》中记述了苏青"雪地售书"的"雅事":"可是她的俗,常常有一种无意的隽逸,譬如今年过年之前,她一时钱不凑手,性急慌忙在大雪中坐了辆黄包车,载了一车书,各处兜售。书又掉下来,《结婚十年》龙凤帖式的封面滚在雪地里,真是一幅上品的图画。"这件事在《续结婚十年》中也有叙述,可是一点也不"隽逸",倒是充满了一种无可奈何的酸辛。相同的题材,不同的态度,虽然有着当事人与旁观者角

[①] 水晶:《蝉——夜访张爱玲》,《张爱玲评说六十年》,155 页。

度的不同，但也凸显了两个人不同的心态。把这两处的描写并置，简直就是两人文章不同创作特色的一个生动的象喻。张爱玲似乎也有意通过这一件具体的事情委婉地道出她们的分别。张爱玲是天生的作家，不写作不知还能干什么，苏青是为生活所逼而成为作家的。虽然遭遇种种不幸和烦扰，但她选择的是面对和承担，这是其文章中"简单健康的底子"（张爱玲：《我看苏青》）。与张爱玲相比，苏青对人生的态度要积极得多。

苏青在《〈浣锦集〉再版自序》中自陈是一个"生来脾气爽直的人"。1934年，苏青在《宇宙风》上发表《说话》一文，回溯自己性格的成因。她从小被寄养在离城五六十里的山乡的外婆家，喜欢说话，说"山芋野笋妈的×"之类的村话。八岁那年，随做银行经理的父亲到上海生活，爱说村话的习惯导致了与都市文明的冲突，违背了"女子以贞静为主"的父训。"我以为各人爱说什么，爱对什么人说，爱用怎样说法，及希望说了后会发生什么结果虽各有不同，但爱说的天性是人人都有的，尤其是富于感情的女人，叫她们保守秘密，简直比什么都难。""我有一个脾气，就是好和人反对，人家在赞美爱情专一时，我偏要反对一夫一妻制。"回忆过去其实在确认现在，文章中所说的性格特点都完整地表现在她的文章中了。胡兰成说："她喜欢说话，和她在一起只听见她滔滔不绝的说下去。但并不唠叨。"[①]她的文章不像张爱玲那样隐藏自己，而是能够清楚地看到她本来的面目。所以，王安忆评论道："她给我们一个麻利的印象，舌头挺尖，看人看事很清楚，敢说敢做又敢当。我们读她的文章，就好比在听

[①] 胡兰成：《谈谈苏青》，《张爱玲与苏青》，220页。

她发言,几乎是可以同她对上嘴吵架的。"①对苏青,真正可以说得上文如其人,平实、爽利是她小品文的风格。

胡兰成还描述过苏青的形象:"她长的模样也是同样地结实利落;顶真的鼻子,鼻子是鼻子,嘴是嘴;无可批评的鹅蛋脸,俊眼修眉,有一种男孩的俊俏。无可批评,因之面部的线索虽不硬而有一种硬的感觉。"②她的文章给人的感觉亦复如是,结实硬朗而缺乏张爱玲文章那样绰约的风姿。你很难说出苏青文章有什么独创性,她的长处也就是普通好文章的长处,难以找出有着作者独特才情印记的文体特征。也正因为如此,可以说后世某某的散文学习张爱玲,而很难找到师法苏青的人。她的文体脱胎于论语派的性灵小品,论语派的文体与带有女性主义倾向的思想内容的结合就是苏青的散文。

苏青文章给人印象最深的,是一种说话的姿态和方式。其特点,一是放谈,就是放得开,敢于挑战人所共仰的金科玉律。《烫发》写她初到上海,因为不了解新式的烫发方法,心存恐惧,于是给自己找出了不烫发的冠冕堂皇的理由。结果得到了不随波逐流、懂得自然美的不虞之誉。她说:"这种做法,我在中学时是早经训练熟了的。作文课先生教我们须独有见解,因此秦桧严嵩之流便都非硬派他们充起能臣来不可。"这其实是做翻案文章的方法。苏青写带有女性主义色彩的文章在不少时候与此相似,这样才会标新立异,吸引眼球。很难说是她的由衷之言。其背后是有世俗的理性的计算的。有些读者不习惯读那些发表"一偏之见"的小品文,把小品文当作严

---

① 王安忆:《寻找苏青》,《重建象牙塔》,上海远东出版社1997年9月,43页。
② 胡兰成:《谈谈苏青》,《张爱玲与苏青》,220页。

肃的论文,苏青《论女子交友》在《宇宙风乙刊》上发表后就受到过读者的质疑①。二是快人快语,条理清晰,不论写人叙事,都泼辣风趣。以《论女子交友》为例,文章开头说明女子对男子没有什么友谊可言,接着第二段点明全文的主题:女子与女子之间也很难找到真正的友情。于是下文展开具体的论述。先按女子成长的顺序,说在女中读书的女生之间没有真正的友谊,后来她们出嫁了同样如此。论述的重点是要证明结婚后的女人没有友谊。她们放弃事业、娱乐、友谊等,目的只是为了管束丈夫。管束丈夫是因为不放心,这种心理对男人的影响也很大。要是丈夫被管服了,他也就得跟着与世隔绝;如果相反,男人们自寻声色犬马去了,她只好把希望寄托于"伟大母爱"。那么,从横向来看,那些没有结婚或死了丈夫的女人如何呢?还是不会有友情,原因是这些女性嫉妒。这样一路挺进,决不善罢甘休,把她提出的观点贯彻到底。尽管用的是女子全称,但她具体谈论的只是都市小资产阶级女子,所说的情况也大抵只是都市小资产阶级女子交友和婚姻的一种状态。她不管这许多,而是沿着自己的思路,把话一口气说完。这里肯定是以偏概全,但你不得不承认她有自己的道理,谁能否认她所分析的女性的心理在一般女性身上也有不同程度的存在呢?文章的缺点是过于平实,像一条直流而下的清澈小溪,一览无余。苏青的小品文议论性较强,为了避免枯燥乏味,她常穿插事例,有时举出"真人真事",有时采用"情景呈现"的手法,把一些抽象的叙述"情景化"。《论女子交友》中有

---

① 《论女子交友》发表于1940年9月《宇宙风乙刊》28期。该刊1940年10月31日,同时刊出读者谿谷《读了〈论女子交友〉后》和苏青(冯和仪)的《不算辩正》。此前《科学育儿经验谈》在《宇宙风》上发表时也遇到类似情况。

这样一段文字:"女人们最爱当着朋友讲丈夫坏话,但丈夫真正的坏处却讳莫如深,生怕给人家知道了有伤自己体面。譬如张太太告诉你:'我家先生多顽固哪,人家袖子短了也有得说的,我偏不听他。'这几句话与其说是怨恨不如说是夸耀,她在得意自己有个不爱摩登的好丈夫。"文章没有告诉我们这个"张太太"实有其人,而是为了把道理说得具体生动临时编造的。这种"情景呈现"在《论夫妻吵架》一文中表现得更为突出。这是一篇较长的文章,主要篇幅是叙述夫妻吵架的三个具体事例。除了第二个点名为也许同样子虚乌有的"表兄家"的事,其余两个都是有意虚构的。第一个例子这样引入:"近来常为朋友夫妻吵架,忙着做和事佬。照例先是女方气愤愤的跑来告诉,一面揩着眼泪:'你瞧,昨天早晨他又来同我吵嘴了……'"用虚构的典型"事例"把劝解的过程具象化,针脚细密,富有生趣。这是一种小说化的笔法。

4 女性主义小品文话语

张爱玲、苏青的散文长期不入文学史家的法眼。究其原因,与她们的现实选择、文学观念乃至在沦陷时期特殊的人事关系密切相关。远一点的不说,1980年代以来主要的中国现代文学史教材极少注意到她们的散文,就连一些有影响的散文史著作如林非的《中国现代散文史稿》、俞元桂主编的《中国现代散文史》都只字未提。

张爱玲本人对自己在文学史上的地位也不是很自信的。1970年代初,她接待一个来访者,"谈到她自己作品流传的问题,她说感到非常的 uncertain(不确定),因为似乎从五四一开始,就让几个作家决定了一切,后来的人根本就不被重视。她开始写作的时候,便感到这层困恼,现在困恼是越来越深了。"①她针对的可能主要是自己的小说,但散文是可以包括在内的。当年她表示愿意与苏青相提并论时,在自信的表面下其实可能是也隐藏着一些不自信的。仿佛与苏青一起,她才不会感觉到被威胁:苏青的存在对她来说是一种肯定,同时谈论苏青时她有一种俯视的优越感。

其实,早在《流言》出版之前的一次座谈会上,张爱玲的散文就受到过高度的肯定。班公(周班侯)说:"我以为她的散文,她的文体,在中国的文学演进史上,是有她一定的地位了的。"②胡兰成称赞过苏青的散文,对《浣锦集》中的文章评价很高:"是五四以来写妇女生活最好也最完整的散文,那么理性的,而又那么真实的。她的文章少有警句,但全篇都是充实的。她的文章也不是哪一篇特别好,而是所有她的文章合起来作成了她的整个风格。"③张爱玲与苏青是互相欣赏的,有些惺惺惜惜的意思。一个说:"女作家的作品我从来不大看,只看张爱玲的文章。"另一个说:"近代的最喜欢苏青,苏青之前,冰心的清婉往往流于做作,丁玲的初期作品是好的,后来略有点力不从心。踏实地把握住生活情趣的,苏青是第一个。她的特点是'伟大的单纯'。经过她那俊洁的表现方法,最普通的话成为最动人的,因为人类的共同性,她比谁都懂得。"④显然同样的优点张爱玲自己也具备,特别是在她的散文里。

1990年代以来,一些张爱玲的研究者则给张爱玲的散文作了高度的评价。余彬在其《张爱玲传》中有专写《流言》的一章,这一章是可以作为专篇论文来看的。他指出,现代文学史上散

---

① 水晶:《蝉——夜访张爱玲》,《张爱玲评说六十年》,155页。
② 《〈传奇〉集评茶话会记》,《张爱玲与苏青》,26页。
③ 胡兰成:《谈谈苏青》,《张爱玲与苏青》,222页。
④ 《女作家聚谈会》,《张爱玲的风气》,153—154页。

文名家辈出,"张爱玲以她薄薄的一册《流言》,仍然能于众多的名家之中独树一帜,卓然而立"。当时左右沦陷区文坛风气的《古今》作者群追随周作人"冲淡"的路子,往往才情不足,索然无味。而"张爱玲自出手眼,自铸新词,她的文章在一派雍容揖让的沉沉暮气中吹进的是一股清风"。不同于流行的"冲淡","张爱玲偏是逞才使气,并不收敛锋芒,其隽永的讽刺、尖新的造语、顾盼生姿的行文,使其文章显得格外妖娆俊俏"①。台湾研究者周芬伶认为张爱玲是一个"散文大家",并说:"一般研究者将张爱玲的小说成就放置于散文之上,笔者认为她的散文成就不但不亚于小说,在神韵与风格的完整呈现上或有过于小说者……张爱玲的文体自成一格,对散文语言及题材的开拓确有新境。"②

在中国大陆最早把张、苏散文写入文学史的,要数钱理群、温儒敏、吴福辉合著的《中国现代文学三十年》(修订本,1998)。该书在新文学第三个十年"散文"一章的最后,以八百余字的篇幅简评张爱玲《流言》的创作特色,接着又把百字左右的位置给了苏青的《浣锦集》。(上海文艺出版社1987年8月的初版本只字未提二人的散文)这标志着二人的散文开始进入主流的文学史教材,然而书中还没有对二人散文在文学史上的地位的估量。

张爱玲、苏青散文的文学史意义大致可以从以下几个方面来看。

对沦陷区文学来说,反对追随周作人一路的"冲淡"文字,丰富了沦陷区散文乃至抗战时期的散文创作。对此,张爱玲有

---

① 余彬:《张爱玲传》,广西师范大学出版社2001年10月,174—175页。
② 周芬伶:《艳异——张爱玲与中国文学》,中国华侨出版社2003年5月,149页,21页。

明确的自觉,在1944年3月的一次聚谈会上说:"现在最时髦的'冲淡'的文章,因为一倡百和,从者太多,有时候难免有点滥调,但比洋八股倒底是一大进步。"①她甚至还作文戏仿,讽刺当时散文的"冲淡"之风。《说胡萝卜》是一篇只有三百多字的短文,核心部分抄录其姑姑关于用胡萝卜养"叫油子"的几句话。作者写道:"我把这一席话暗暗记下,一字不移地写下来,看看忍不住要笑,因为只消加上'说胡萝卜'的标题,就是一篇时髦的散文,虽说不上冲淡隽永,至少放在报章杂志里也可以充充数。而且妙在短——才起头,已经完了,更使人低徊不已。"这种冲淡之风是以《古今》《风雨谈》等杂志为代表的,主要作者有文载道、纪果庵等人。

张爱玲散文的出现对改变时风的意义在当时就得到了积极的肯定。章品镇的《〈传奇〉的印象》一文把张爱玲与文载道、纪果庵对比,谈在《古今》上读到张爱玲《西洋人看京戏》的"视觉的享受"。在他看来,文载道的文章是"没颜落色的,他的笔记规避了具有绚丽敷彩的浮世相,而着意于历史事件和人物的稗贩,像一只浅薄的乐曲,经不起话匣子的利齿,几次咀嚼,就剩下一堆渣滓。丢开文先生,目光找到另一件附着物,是'实大声宏'的纪果庵。他比文先生聪明,论点较不执着于几种固定的对象,虽然在视觉的燃烧下,使这位'北方之强'也渐渐现出有被蒸发干尽的可能,时间却比文先生长得多。"②还有人说:"近来散文的蓬勃,实比小说为甚。不过有许多甚负时誉的散文仅是学术思想的探索,或掌故史迹的研究,如其严格说来,不能归入于文艺一部门的散文。像张爱玲的集子,该属于正宗的文艺

---

① 《女作家聚谈会》,《张爱玲的风气》,161页。
② 顾乐水(章品镇):《〈传奇〉的印象》,《张爱玲的风气》,34页。

的散文,既不獭祭典籍,又不见滥施新文艺滥调,所以值得鼓掌。"①

张爱玲、苏青的散文一反五四以来感伤主义的文学传统。张爱玲把这种浪漫抒情的感伤主义称作"新文艺腔""新文艺滥调"(《存稿》)。郁达夫常用一个新名词:"三底门答尔"(sentimental),一般译作"感伤的"。张爱玲在《谈看书》中说:"现代西方态度严肃的文艺,至少在宗旨上力避'三底门答尔'。""我是对创作苛求,而对原料非常爱好,并不是'尊重事实',是偏嗜它特有的一种韵味,其实也就是人生味。"张爱玲、苏青正是用"原料"中蕴含的实实在在的人生味来抵制感伤主义。再者,她们在记叙、抒情和议论时,都不是胸无城府的,在选材时有别择,表现时有控制。张爱玲以距离的控制来避免直抒胸臆,叙述世故老练。在呈现和隐藏之间,张是经过仔细斟酌的。她有意突出一些东西,又有意遮蔽一些东西。《私语》一开始摆出讲故事的姿态,作者说自己"喊喊切切絮絮叨叨"。有些论者就用"絮絮叨叨"来形容张爱玲散文的文体特征。其实这是不甚准确的,因为过于彰显了随意性。在张爱玲和苏青散文的背后,都有着清明的理性的调配。

张爱玲、苏青的庸常生活书写对主流文学也是具有一定纠偏补正的作用。现代主流文学由于过于强调政治教化的功用,在很大程度上忽视了人的感性生命和日常生活。然而,任何声称理想的文学如果缺乏感性存在的坚实的基础和有力的对照,也就显得苍白、单薄甚至虚假。张爱玲、苏青的创作可以促使文学更加真诚地直面人生,直面人生中不是那么美好和高尚的内容。张爱玲说得好:"文学史上素朴地歌咏人生的

---

① 谭厂:《〈流言〉管窥——读张爱玲散文集后作》,《张爱玲的风气》,87页。

安稳的作品很少,倒是强调人生的飞扬的作品多,但好的作品,还是在于它是以人生的安稳做底子来描写人生的飞扬的。没有这底子,飞扬只能是浮沫。"(《自己的文章》)

张爱玲、苏青散文对现代汉语散文的最大意义就是开创了一种女性话语方式。对女性感觉和女性生活细节的描写构成了她们散文的肌质。她们在丰富的日常经验和充盈的生命感觉的基础上,以自己独特的语言,建构了一种非男性中心、非主流的话语方式。冰心笔下的女性虽然已实现个性解放,但仍然笼罩在男性中心观念的阴影之下,她们是真善美的化身,为了爱而自我牺牲,抹去了女性具有七情六欲的感性和其他不那么"高尚""高雅"的一面。而张爱玲、苏青则打破了冰心笔下圣洁女性的神话。这种新的话语如此满溢着生命力,让你无法忽视它和它所表现的女性生命的存在。它填补了中国现代散文中自身日常经验的匮乏,补正了女性话语的单调和苍白,并预示着文学史上两性之间更加精细和平衡的分工。

当然,这种话语方式存在着本身的问题。王安忆指出:"如今有不少作者被张爱玲吸引,学习她描写琐细事物的耐心和兴趣,表示着对人生和生活的喜悦心情,可这喜悦是简单的喜悦,说不出多少根据的喜悦,所以就变得有些家庭妇女式,婆婆妈妈的。而张爱玲的喜悦,则是有着一个大虚无的世界观作着无底之底,这喜悦是有着挣扎和痛楚作原由的。可惜的是张爱玲只是轻描淡写。"[1]学张爱玲、苏青最容易流于琐碎、浅薄。1990年代的"小女人"散文就是,流于写一些小情趣、小感受,难成大气候。

---

[1] 王安忆:《人生戏剧的鉴赏者》,《作别张爱玲》,陈子善编,文汇出版社1996年2月,135页。

附录

周作人致周建人的一封未刊书信

1994年,我编《知堂书信》一书,前往鲁迅博物馆查阅资料。承蒙杨燕丽女士指点,得读周作人1937年2月9日致周建人的信。这封信不是原件,而是许广平抄件。后来写《论知堂书信》一文,我引用了其中的一段文字:"王女士在你看得甚高,但别人自只能作妾看,你所说的自由恋爱只能运用于女子能独立生活之社会里,在中国倒还是上海男女工人骍姘头勉强可以拉来相比,若在女子靠男人蓄养的社会则仍是蓄妾,无论有什么理论作根据,而前此陈百年所说的多妻之护符到现在亦实实证明并不虚假也。"[1]这是首次披露此信的内容。从那时到现在,只有极少数研究文献引用这段文字[2],都没有涉及信的其余内容。陈子善、张铁荣编《周作人集外文》(1995年)、钟叔河编《周作人散文全集》(2009年)等均未收录此信,《周作人年谱》初版本和再版本也无记录。

这封信是用钢笔抄录在一张白报纸(20.8cm×27.5cm)上,与同一时期许广平书信的笔迹相同。现收藏于鲁迅博物馆的周

---

[1] 黄开发:《论知堂书信》,《鲁迅研究月刊》1995年2期。
[2] 参阅南江秀一:《鲁迅与羽太芳子》,《书城》1995年3期;黄乔生:《八道湾十一号》,生活书店出版有限公司2015年6月,304页。

作人文物中,系许广平1956年所捐赠。她显然是为自己抄存的,至于具体的目的何在,不得而知。全信只有一千来字,内容却很丰富,是研究周氏三兄弟关系的重要文献,从中可以找到索解三个家庭之间矛盾的关键线索。

1 一封回信

1937月元月1日为农历丙子年十一月十九,是周氏三兄弟母亲鲁瑞八十诞辰,也是鲁迅去世后鲁老太太的第一个生日。鲁迅去世后不久,许广平即有意携子北上省亲。1936年12月9日,周建人、许广平却致信祝贺鲁瑞八十大寿,说"以路远未能趋前叩贺"①。最后他们又改变主意,准备共同前往。临行前,因海婴出水痘,许广平母子没有成行。这样,周建人与新夫人王蕴如两人北上。王蕴如又名贤桢,浙江上虞人,是周建人在绍兴明道女中任教时的学生。二人1924年在上海同居。到北平祝寿时,他们已有三个女儿。之所以一起在北平的亲属面前出现,是为了正式宣布他们的婚姻,用旧话来说,是为了给女方名分。周海婴说:"婶婶之所以同去,是要趁机公开宣布他们俩的事实婚姻成立,叔叔与羽太芳子婚姻的结束。"②周作人信中写"我见你带王同来",可见两人是一起到八道湾的。而周海婴的说法不同:"母亲告诉我,叔叔、婶婶到了北平,住在西三条祖母那里,寿席却设在八道湾。这样婶婶未去赴席。"③俞芳记述说:"当时三先生与蕴如师母全家回北京给太师母拜寿……据说在

---

① 《周建人、许广平等致鲁瑞》(1936年12月9日),北京鲁迅博物馆鲁迅研究室编《鲁迅研究资料》(16),天津人民出版社1987年1月,4页。
② 周海婴:《鲁迅与我七十年》,南海出版公司2001年9月,88页。
③ 周海婴:《鲁迅与我七十年》,89页。

祝寿席上,信子、芳子和三先生、蕴如师母大吵。"①周建人与羽太芳子的长子丰二于1987年叙述当年的情形是:"那天我母亲正在院内擦窗,见到父亲他们,便大哭着回屋,我出来后,就与父亲冲突起来。"②1951年周芳子起诉周建人,北京人民法院的事实认定说:"一九三七年一月,被告为母庆寿,携王蕴如自沪来京,先去周树人家(宫门口西三条二十一号),后到八道湾十一号看视其母,原告得悉,找与被告口角,事后次子丰二闻知即向被告理论争吵,并以短刀威胁,经人拦阻,亦相恨甚深。"③有当事人丰二的指认,又有法院的事实认定,可以确定王蕴如是在冲突现场的。

周建人与王蕴如在寿席风波的第二天匆匆赶回上海。2月6日周建人给周作人写信。我从一个私人藏家那里找到了周建人的原信。信件的正文部分如下:

> 来信已早收到,商务之书已收到否?如尚未收到,来信后即当往查,关于年谱,已与许先生说过,他的意见以为仍由你编为佳,再由他补充,最近几年则由我及景宋女士补充之。如日子来不及,稍缓亦可。不知你的意思如何?
>
> 玛利将("将"为日语中表示亲密的称呼语"ちゃん"的音译,用于婴儿和女孩——引者)预备今日夜车返平,许此信到时已早回家了。你患伤风以后身体想已复元了。
>
> 倏忽已到阴历年边,想起阳历回平时,土步对我拔刀相向,殊觉大不应该,此种性质发展上去,如何得了,实可担心。近因叠连用款,我又看医生吃药,以致此次家款只寄了

---

① 俞芳:《周建人是怎样离开八道湾的?》,《鲁迅研究动态》1987年8期。
② 姚锡佩:《琐谈鲁迅家族风波——八道湾房产"议约"引出的话题》,《鲁迅研究月刊》1997年12月。
③ 周海婴:《鲁迅和周建人重婚了吗?》,2009年6月25日《新民周刊》24期。

  五十元,心颇不安。又一纸汇票,是还你的买书余款。

玛利是周建人与羽太芳子的长女周鞠子(1917—1976),又称马理等。土步为周建人与芳子的长子周丰二(1919—1992)的诨名。周建人以较为平静的语气指责丰二,并表达了对未来的担心。周作人似乎没有在冲突发生时表达对三弟的不满,但后者的来信只是指责丰二,未做自我检讨,甚至可能在玛利面前把二哥的沉默说成是对他的理解,这激起了周作人隐忍着的愤怒。

  周作人2月9日信是对三弟2月6日信的回复,中心是表明自己的态度,责难周建人再娶,以贬损的态度指其与王蕴如的结合是"蓄妾""置妾",甚至用"上海男女工人辫姘头"来比况。

  信中涉及几个重要的事情和问题,关系着对文本的理解,下面大致按照其在信中出现的顺序略加考述。

  周作人信中有云:"王女士在你看得甚高,但别人自只能作妾看,你所说的自由恋爱只能运用于女子能独立生活之社会里",周建人的信中并无关于"自由恋爱"之类的话。周作人这么说,是因为周建人曾在《妇女杂志》等报刊上发表过大量提倡恋爱、婚姻自由等关于新的性道德的文章,周作人把周建人的思想观点和婚姻选择联系起来理解,于是有了上述言论。

  1921年,周作人写信给胡适,托他向商务印书馆编译所引荐周建人。9月,周建人前往上海,到章锡琛主编的《妇女杂志》编辑部担任助理编辑。1922年,周建人与胡愈之、周作人、章锡琛等十七人一起发起成立妇女问题研究会,分别在8月1日《妇女杂志》第八卷第八号和8月1日《晨报副刊》上发表宣言。

  周建人在《恋爱的意义和价值》一文中,高度肯定理想的恋爱,写道:"真诚的恋爱,本是人生的花,是精神的高尚产品"。按照现代的婚姻观念,只有恋爱才可为结婚的根据,换言之,没有恋爱的婚姻是不道德的。如果恋爱破灭了,只有离婚之一法。

"恋爱破裂而离婚,既是合于道德的行为,换一句话,也可以说如果恋爱破裂而还保存这结婚的形式,是不道德的行为。"①这里由自由、理想的恋爱自然推出了离婚自由的问题。他还在多篇文章里直接讨论离婚,涉及在当时社会条件下离婚所面临的实际问题。他强调离婚观念是现代思想观念变革的一部分:"中国近年来就离婚观念的改变而言,是一种极大的变迁,是家族主义渐次破裂而趋向个人主义的一个运动。这是随思想的潮流而来的一定的趋势,势所必至,阻遏无效的。"要使这种潮流不产生流弊,就不应该阻遏它,或是用旧道德来对抗它,而只能在个人方面养成对于离婚的正确的伦理观念②。

他把恋爱视为性道德的基础,这样一来,因恋爱破裂而离婚,是可以另寻恋人的。不过,他意识到了观念是抽象的,又往往是理想化的。他提出一个"无意的蹈入三角关系"的具体情况来讨论:

> 照一夫一妇主义的伦理说,如有关系或感情未绝的妻的男子是不该和第三者发生恋爱的;但事实告诉我们说,恋爱是一种热情,不能用冷静的头脑的判断去推进他或抑止他的,因此会得有人明知和第三者发生恋爱会招到不幸,然而仍不能用理智的判断去制止的。所以这种三角关系是常有的而又是不得已的事情,是性的困难问题中之一个。有许多一夫一妇主张者是这样说,如果发生这种关系时,只有和前妻离婚的一法最为正当。殊不知这样办,一夫一妇的教条是不违背了,但在妇女经济不能独立的时代,只为了男

---

① 周建人:《恋爱的意义和价值》,1922年2月《妇女杂志》8卷2号。
② 周建人:《离婚问题释疑》,1922年8月《妇女杂志》8卷4号。

子另有了恋人而必须使前妻离开他家也不是妥当的办法。①

此文发表于1925年3月,当时作者已经与王蕴如同居。据周建人的传记作者说:1924年5月,周建人与王蕴如在上海结合,在景云里10号租了房子②。这里的讨论篇幅较大,站在负责任的婚外恋者的角度说话,具体而周到,似乎是以实际的经验做依托。他得出结论:"离婚自由在解放妇女固然极重要,但如要谋他的实现,仍非女子有地位改善和养成能够自立的实质不可。"③两年以后,他仍然说:"我是很固执的,离婚毕竟应当自由,今日也仍然这样主张;不过在女子没有经济地位如今日的中国那样,离婚后男子应当负担一点抚养的责任,即多拿出一点抚养费罢了。"④

周作人信中所言"陈百年所说的多妻之护符",缘于1925年上半年的一场关于"新性道德"的论争。1925年1月,《妇女杂志》推出一期"性道德专号"(第11卷第1号)。杂志主编章锡琛发表《新性道德是什么》,把爱伦凯所称没有恋爱的结婚是不道德的观点作为理论基础,强调性道德应该是"利己主义"与"爱他主义"的结合,认为离婚自由是新道德的条件之一。他所主张的性道德观是:"性的道德,完全该以有益于社会和个人为绝对的标准;从消极方面说,凡是对于社会及个人并无损害的,我们决不能称之为不道德。"⑤周建人《性道德之科学的标准》

---

① 开时(周建人):《离婚和恋爱》,1925年3月《妇女杂志》11卷3号。
② 谢德铣:《周建人评传》,重庆出版社1991年1月,108页。
③ 高山(周建人):《离婚自由与中国女子》,1924年9月《妇女杂志》10卷3号。
④ 建人:《离婚问题的两方面》,1927年12月《新女性》2卷12号。
⑤ 章锡琛:《新性道德是什么》,1925年1月《妇女杂志》11卷1号。

从人道主义的角度,把自然欲求视为"科学性道德"的根据,要求尊重女性的欲望。他提出:"把两性关系看作极私的事,和生育子女作为极公的事,这是性道德的中心思想。"①章锡琛和周建人的性道德观是很一致的,不过前者表现得更为激进。他们性道德观的理论主要来源于瑞典作家、教育家和女性主义理论家爱伦凯(Ellen Key,1849—1926)。沈泽民对爱伦凯性道德理论进行过简要的概括:爱伦凯对于两性的关系提出了几项改革,"这些改革的项目其实也是很简单而且很平常的,不过是(一)恋爱自由,(二)自由离婚罢了。她对于这两项改革的意见是:恋爱必须绝对自由,就是说,必须完全依从当事人的选择。旁人,无论是社会,无论是家庭,无论是父母,无论是法律,都不当加以一点限制或干涉的。"②稍加比较,即可见出章、周二人的性道德观与爱伦凯理论的密切关系。

章、周二人的言论在当时显得十分激进,引起了很大的关注。北京大学教授陈百年在《现代评论》上发表《一夫多妻的新护符》一文,对二人文章中的观点提出抗议:

> 不料以指导新妇女自任的《妇女杂志》的《新性道德号》中竟含着一种议论,足以为一夫多妻的生活的人所藉口,足以为一夫多妻的新护符。周建人在《性道德之科学的标准》说及各种性道德观念,末了一段说道:"至于说同时不妨恋爱二人以上的见解,以为只要是本人自己的意志如此而不损害他人时,决不发生道德问题的(女子恋爱多人也是如此)。"此处周先生似乎只说到现在中国社会上有这样一种见解,似乎并不是自己的主张。但章锡琛在《新

---

① 建人:《性道德之科学的标准》,1925年1月《妇女杂志》11卷1号。
② 沈泽民:《爱伦凯的〈恋爱与道德〉》,1925年1月《妇女杂志》11卷1号。

性道德是什么》里却明白说道:"甚至如果经过两配偶的许可,有了一种带着一夫二妻或二夫一妻性质的不贞操形式,只要不损害于社会及其他个人,也不能认为不道德的。"如此说来,章先生对于一夫多妻的生活,虽不至认为道德的,至少也认其为'道德中性',虽不至于加以提倡,至少也认其为可以许可而不在应当革命之列了。……这些新的见解虽然以男女平等为原则,虽然主张,一妻多夫和一夫多妻同样不背道德,但现在中国社会上只有一夫多妻的事实,没有一妻多夫的事实,所以这些新见解只能作一夫多妻的新护符而不能做一妻多夫的护符。①

陈百年名大齐,字百年,时为北大教授,专攻心理学,著有《迷信与心理》等。

章、周颇受舆论的压力。他们把反批评文章寄至《现代评论》编辑部,却迟迟未见刊出,后来才在1925年5月9日第1卷第22期的"通信"栏中发表。篇幅不大,可能经过编辑部删节。鲁迅则在1925年5月15日《莽原》第4期上,发表周建人《答"一夫多妻的新护符"》和章锡琛《驳陈百年教授"一夫多妻的新护符"》。鲁迅在本期《莽原》编后记中说:"我总以为章周两先生在中国将这些议论发得太早——虽然外国已经说旧了,但外国是外国。可是我总觉得陈先生满口'流弊流弊',是论利害,不论是非,莫名其妙。"②周作人则在1925年5月11日《语丝》第26期上发表随笔《与友人论性道德书》,假借给《妇人杂志》编者写信的方式,进行反讽。周文的受信人为"雨村",影射章锡琛,后者字雪村。《妇人杂志》借指《妇女杂志》。文中说"我

---

① 百年:《一夫多妻的新护符》,1925年3月14日《现代评论》1卷14期。
② 鲁迅:《编完写起》,1925年5月15日《莽原》4期。

劝你少发在中国是尚早的性道德论","不要太热心,以致被道学家们所烤"①。周作人与鲁迅一样,批评章锡琛、周建人脱离实际,但更多的是声援。

然而,在寿席风波发生三个多月后,周作人却借卓文君的事讽刺说:"中国多妻主义势力之大正是当然的,他们永久是大多数也。中国喊改革已有多年,结果是鸦片改为西北货,八股化装成宣传文,而姨太太也着洋装号称'爱人',一切贴上新护符,一切都成为神圣矣。"②其中的意思与2月9日信中的责难是一致的。

又过了十几年,周作人发表短文《关于陈百年》,写道:"论理陈百年是不会反对新道德的,他所反对的是多妻的新护符,在容易误认并利用自由的中国社会上固然不免有这流弊,而且陈本人就身受其害的,他的老太太在家庭受尽侮辱与损害,不能安身,一直由他独立奉养,他对于这种事情之痛心疾首正是当然。不过当时很少有人知道这内幕,所以大家难免觉得太偏于保守一点。事实上他的忧愤不是多余的,在男子中心思想占势力的社会里,不管护符是旧是新,女人总归还是吃亏。就我个人所知道的说,像陈百年母亲这种的人眼前就有好些,不过她们自己不说话,我们旁观的人也只能慨叹而已。"③时隔多年,在家族经历"多妻"而引起的风波以后,周作人旧事重提,借题发挥。

周作人在信中为丰二辩护,说在他看来"归根结底为了一个妾弄得其母亲如此受苦",所以才"拔刀相向",并把老三的再

---

① 开明(周作人):《与友人论性道德书》,1925年5月11日《语丝》26期,收入《雨天的书》。
② 周作人:《谈卓文君》,原载1937年5月25日《北平晨报·风雨谈》31期,收入《秉烛后谈》,北京十月文艺出版社2012年2月,119页。
③ 周作人:《关于陈百年》,原载1949年12月28日《亦报》,收入钟叔河编订《周作人散文全集》9卷,广西师范大学出版社2009年4月,845—846页。

娶与他们祖父纳妾相提并论。1937年元旦前后,周作人患流行感冒,但还是去逛了一趟厂甸,买了几本书。其中有一本是清人汪辉祖的《双节堂庸训》。没过几天就作了一篇《女人的命运》。他有感于书中所记汪父死后,其生母、继母所历的苦境,想到了他自己的继祖母蒋氏。虽然她与前二者的境遇不同,"但是在有妾的专制家庭中,自有其别的苦境"。汪氏说其母寡于言笑,周作人说:"至于祖母生平不见笑容,更是不佞所亲知灼见者也。"①文字简劲,力透纸背,传达出刻骨的痛感。周氏兄弟的祖父周介孚在原配孙氏去世后,再娶继室蒋氏。蒋氏的生活很不幸,周作人回忆这个继祖母说:"她的生活是很有光荣的……后来遗弃在家,介孚公做着京官,前后蓄妾好些人,末后带了回去,终年的咒骂欺凌她,真是不可忍受的。"②这个从北京带回去的小妾就是潘姨太,名叫潘大凤,北京人,1893年到了绍兴。周作人在谈到她时说:"一夫多妻的家庭照例有许多风波,这责任当然该由男子去负,做妾的女子在境遇上本是不幸,有些事情由于机缘造成,怪不得她们。"③

导致兄弟关系破裂的直接原因是元旦的寿席风波。周建人已娶新妇多年,他们且有三个女儿,周作人不可能不知情,但他显然有幻想,就是维持关系现状,让芳子和三个子女的生活得以维持,不至于受到更大的伤害。而周建人、王蕴如同往八道湾,使得形势急转直下,彻底打破了依旧生活于八道湾的人们的幻想。不过,元旦那天周作人并未发作,迄今没有材料说及当时周

---

① 知堂:《女人的命运》,1937年2月16日《宇宙风》35期,收入《秉烛谈》,改题《双节堂庸训》。
② 周作人:《祖母》,《鲁迅小说里的人物》,北京十月文艺出版社2013年11月,236页。
③ 周作人:《伯升》,《鲁迅的故家》,北京十月文艺出版社2013年8月,127页。

作人的态度。他在信中说,因为看到木已成舟,说也于事无补,于是"默然而止"。或许他在面对复杂局面时,还没有想好或找到合适的机会做出反应。之所以要说话,周作人自己说因为两人是兄弟,自己间接地受到连累,论理应该说话;此外,周建人的后续态度进一步引发了他的怒火。周建人至少跟玛利子威胁说要登报断绝父子关系①,指责丰二,说他"拔刀相向",自己显得"意甚不平",在周作人看来他"实为不知自己反省"。

引起周作人愤怒的还有一件小事——周建人给儿子寄了一本很特别的书,而后者并不知其意。这就是周作人信中所提"寄 Lombroso 之犯罪论给丰二"。那么,这是一本什么样的书呢?Lombroso 译为朗伯罗梭(Cesare Lombroso,1835—1909),又译为龙勃罗梭、伦勃罗梭,意大利犯罪学家、精神病学家,被称为"现代犯罪学之父"②。20 世纪二三十年代关于朗伯罗梭的中文书有两种,一是日本水野錬太郎著、徐天一译《伦勃罗梭犯罪人论》,国民政府立法院编译处 1929 年 8 月初版,上海民智书局发行。封面署"琴娜女士著　徐天一重译"。本书是龙勃罗梭之女吉娜·龙勃罗梭·费雷罗梭所著《犯罪人:根据切萨雷·龙勃罗梭的分类》一书改写的。周作人明确说"Lombroso 之犯罪论",周建人寄给儿子的不会是这本。另一种是 Cesare Lombroso 著、刘麟生译《朗伯罗梭氏犯罪学》,商务印书馆 1922 年 10 月初版,编入"社会经济丛书";1928 年 4 月再版,列入"社会丛书";1933 年 2 月,印行国难后第一版。因为时间距离最近,所以周建人寄这本书的可能性较大。本书是根据亨利·霍顿(Henry P. Horton)翻译美国英文版《犯罪及其原因和矫治》一书

---

① 《宋琳致许广平》(1937 年 2 月 25 日),《鲁迅研究资料》(16),10 页。
② 参阅吴宗宪:《再论龙勃罗梭及其犯罪学研究(代序)》,[意]切萨雷·龙勃罗梭著,黄风译,《犯罪学论》,北京大学出版社 2011 年 11 月。

重译的。全书有三编,共分三十章。三编的标题分别为:"犯罪原因论","犯罪之预防法及治疗法","综合论与应用法"。周建人曾在《废娼的根本问题》一文中,介绍"龙勃罗淑(Lombroso)一派的学者"关于娼妓存在的个体原因的观点①。很难确切指认周建人想让丰二看什么内容,但基本用意不外乎就是用犯罪来警告丰二。

2 隐忍的敌意

现存周作人1937年2月9日致周建人信为许广平抄件,未发现表明抄件产生时间的相关材料,不知许广平是在什么样的情况下抄写的,但不管怎样,都不难想见她的委屈、愤怒和怨恨,因为从中清楚可见周作人对鲁迅再娶的否定态度,而且可以从周作人的一些影射文章中得到佐证。俗语云,一竿子打翻满船人,此之谓也。

许广平很早就看到了周作人的信。她写信向北平方面代鲁瑞写信的联系人宋琳问询,宋回答她对周作人态度的关切道:"二先生拟于夫人一方面无甚异言,即有其他主张,有太师母及大师母在,亦无所用其计。观其对于三先生亦主张此后双方不再提及,谓其有甚毒计或过虑也。""有甚毒计"显系许广平信中的用语,流露出她对周作人的怨恨情绪和提防心理。宋又宽解云:"丰二函三先生有所要挟,或以玛利回平责丰二过分,谓三先生将登报不认他为子,以致母子一时气愤,亦未可知。二先生之信大约根据三先生来信责备丰二而发,此无严重性,时过境

---

① 乔峰(周建人):《废娼的根本问题》,1923年3月《妇女杂志》9卷3号。

迁,当可释然。"①这"二先生之信"无疑是指周作人2月9日信,许广平在看到周作人2月9日信后,写信向宋琳询问详情及周作人"有何毒计"。她最有可能在致信宋琳前抄录周作人信。宋答信中寥寥数语,大致交代了鲁瑞生日当天冲突的经过,尽量轻描淡写来做和事佬。

1937年4月11日,许寿裳、宋琳拜访鲁瑞,告知许广平将北上省亲,鲁瑞感到为难。她在信中对许广平说:"这事实在难,我虽然很想见你和海婴的,但我真怕使你也受到贤桢他们一样的委屈,大太太当然是不成问题的,不过八道湾令我难预料。"②许广平很快回复道:"大先生如此恩爱,什么苦都值得了。暑间极愿北上候安。如果有人不拿媳当人看待时,媳就拿出'害马'的皮气来,绝不会像贤桢的好脾气的,所以什么都不怕的。"③

1938年初秋,许广平手头拮据,于10月1日致信周作人,请求按月支付鲁瑞生活费用④。周作人没有回复,事情却照办了。鲁瑞在10月17日给许广平的信中说:"现在时势如此,百物奇贵,沪寓自不易维持,八道湾老二亦深悉此中困难情形,已说明嗣后平寓在予一部分日常用费由伊自愿负担管理。惟老大名下平沪共计三人休戚相关终须一体。"⑤到了下月上旬,鲁瑞报告:"老二自一月起管我一部分用费,担任若干尚未说明。"⑥半年后,她又说:"这半年来,老二月费按月送来五十元。余给

---

① 《宋琳致许广平》(1937年2月25日),《鲁迅研究资料》(16),10页。
② 《鲁瑞致许广平》(1937年4月12日),《鲁迅研究资料》(16),15页。
③ 《许广平致鲁瑞》(1937年4月14日),《鲁迅研究资料》(16),16页。
④ 许广平:《致周作人》,《许广平文集》(3卷)江苏文艺出版社1998年1月,326—327页。
⑤ 《鲁瑞致许广平》(1938年10月17日),《鲁迅研究资料》(16),46页。
⑥ 《鲁瑞致许广平》(1938年11月8日),《鲁迅研究资料》(16),46—47页。

大媳家用三十元,余二十元作予自己零用,亦尚敷用。"①1944年8月31日,因保护鲁迅在北平藏书问题,许广平再次致信周作人②。周作人依然没有回复,他始终对许广平采取的是不理会、不承认的态度。

周作人在新中国成立后给香港朋友的信中有几次谈到许广平。1958年5月20日致曹聚仁信云:"我曾经说明'热风'里有我文混杂,后闻许广平大为不悦,其实毫无权利问题,但求实在而已。她对于我似有偏见,这我也知道,向来她对我以师生之理(通信),也并无什么冲突过,但是内人以同性关系偏袒朱夫人,对她常有不敬的话,而妇人恒情当然最忌讳这种名称,不免迁怒,但是我只取'不辩解'态度,随她去便了。"③1961年5月,许广平《鲁迅回忆录》出版,其中"所谓兄弟"一节对周作人多有非议。周氏于1961年11月28日写给鲍耀明的信中说:"她系女师大学生,一直以师弟名义通信,不曾有过意见,其所以对我有不满者殆因迁怒之故。内人因同情于朱夫人(朱安),对某女士常有不敬之词,出自旧家庭之故,其如此看法亦属难怪,但传闻到了对方,则为大侮辱矣,其生气也可以说是难怪也……内人之女弟为我之弟妇,亦见遗弃,(以系帝国主义分子之故),现依其子在京,其子以抗议故亦为其父所不承认。"④他还在1962年5月4日致鲍耀明的信中说:"那篇批评许××的文章,不知见于什么报,所说大抵是公平的。实在我没有什么得罪她的事情,只因内人好直言,而且帮助朱夫人,有些话是做第二夫人的人所

---

① 《鲁瑞致许广平》(1939年7月4日),《鲁迅研究资料》(16),46页。
② 许广平:《致周作人》,《许广平文集》3卷,327—328页。
③ 周作人、曹聚仁:《周曹通信集》(第一辑),香港:南天书业公司1973年8月,52页。
④ 《周曹通信集》(第一辑),53页。

不爱听的。女人们的记仇恨也特别长久,所以得机会来发泄是无怪的。"①这里称朱安为"朱夫人",称许广平为"某女士""第二夫人",他对许广平的态度是一贯的,说"妇人恒情""女人们的记仇恨也特别长久"之类的话则表现出他不宽容的决绝态度。

  在谈到与许广平的矛盾上,周作人其实在扮无辜。2月9日信与许广平密切相关姑且不论,早在此前,周作人就反对鲁迅再娶,甚至称之为"纳妾"。1930年3月,他作《中年》一文,影射鲁迅:"少年时代是浪漫的,中年是理智的时代,到了老年差不多可以说是待死堂的生活罢。然而凡事是颠倒错乱的,往往少年老成,摆出道学家超人志士的模样,中年以来重新来秋冬行春令,大讲其恋爱等,这样地跟着青年跑,或者可以免于落伍之讥,实在犹如将昼作夜,'拽直照原',只落得不见日光见月亮,未始没有好些危险。"又说:"普通男女私情我们可以不管,但如见一个社会栋梁高谈女权或社会改革,却照例纳妾等等,那有如无产首领在高贵的温泉里命令大众冲锋,未免可笑,觉得这动物有点变质了。我想文明社会上道德的管束应该很宽,但应该要求诚实,言行不一致是一种大欺诈,大家应该留心不要上当。"②周作人把鲁迅的个人生活与政治活动结合起来,指责他不诚实,言行不一。1933年4月,他在《周作人书信》的序中,暗讽鲁迅出版《两地书》:"这原不是情书,不会有什么好看的。……别无好处,总写得比较诚实点,希望少点丑态。兼好法师尝说人们活过了四十岁,便将忘记自己的老丑,想在人群中胡混,私欲益深,人情物理都不复了解。"③在给朋友的信中,他把上面的意思表达得更直接:"观蔡公近数年'言行',深感到所谓晚节之不易保

---

① 《周曹通信集》(第一辑),54页。
② 周作人:《中年》,《看云集》,58页、60页。
③ 周作人:《周作人书信·序信》,3页。

守,即如'鲁'公之高升为普罗首领,近又闻将刊行情书集,则几乎丧失理性矣。"①周作人一直把鲁迅再娶视为纳妾,把女方视为姨太太,并以之为攻击鲁迅的口实。鲁迅、许广平是留意周作人文章的,很有可能读到后者文章中的影射之语。

3 再次兄弟失和

与对待许广平一样,周作人对周建人同样采取的是不理会、不承认的态度,写2月9日信以后再也没有与他联系。虽然如此,此信并不像1923年7月18日致鲁迅的绝交信那样决绝,而是留有些许余地,这或可理解为他对三弟仍抱一丝希望。他给大哥的信态度平等,而给三弟的信则是轻视的、教训的,受信人很容易产生屈辱感。也许是因为周建人并没有表现出任何"自省"和退却,周作人才关死了兄弟关系的门。周建人在1983年所发表的《鲁迅和周作人》中回忆说,抗战爆发后,他写过一封恳切的信劝周作人南下,但没有得到片言只语的回复,于是就断绝了往来②。这是周建人从自己的方面来说的。

在寿席风波前,两兄弟之间的关系是怎么样的呢?我从上文所提藏家那里,还找到另一封周建人致周作人的信。正文如下:

　　来信及明片已收到。伯上(周作人之子周丰一的笔名——引者)想已早平安到平。开明版税五十六元另已取到,折子已还给他了(新章说须交还)。伯上用费,五次分

---

① 张挺、江小蕙:《周作人早年佚简笺注》,四川文艺出版社1992年9月,273页。
② 周建人:《鲁迅和周作人》,《新文学史料》1983年4期。

交的，共一百六十元，我本月家用没有寄，开明版税亦不寄回了，尚差一点，我用你的钱之处甚多，可以不必算还给我了。

人间世稿费已送来，计十五元，中国书店已去过，笑林等四种无有，埤雅广要是有的，但天头有破损，文字间亦略破，正在修装，说须一星期方好。今已口头约定，会其修好后送至商务。（如看得不好，仍可不买）魏科姓名录发信后知道中国书店弄错，故不曾寄去。

该信写于1936年（？）2月17日，可见当时兄弟俩虽然居住京沪两地，但互帮互助，关系甚密。然而，由于寿席风波，周作人继与鲁迅绝交之后，与周建人两兄弟再成参商，并对家族关系产生深刻的影响。

周海婴说，冲突之后，周建人不再给芳子母子提供抚养费，因为鞠子没有参与冲突，周建人还每月寄给零用钱二十元，直到1941年4月她随周作人去日本旅行[①]。而周建人2月6日信显示，冲突发生后他还是寄过五十元家款的。到底是什么时候停止寄款，停止支付与周作人2月9日信有无关系，尚不清楚。

周建人当时的经济状况如何呢？从1934年8月12日鲁迅在致母亲的信中，可以略见一斑：

老三是好的，但他公司里的办公时间太长，所以颇吃力。所得的薪水，好像每月也被八道湾逼去一大半，而上海物价，每月只是贵起来，因此生活也颇窘的。不过这些事他决不肯对别人说，只有他自己知道。男现只每星期六请他

---

① 参阅周海婴：《鲁迅和我七十年》，90页。

吃饭并代付两个孩子的学费,此外什么都不帮,因为横竖他去献给八道湾,何苦来呢?八道湾是永远填不满的。①

周建人的经济状况窘迫,这有可能是他携新妇到八道湾的考量之一,也会或多或少地影响其对事态的进一步反应。

与三弟绝交后,周作人并没有就此罢手,以后还采取或介入了两次进一步的行动,扩大了家族关系的裂痕,致使兄弟三方之间的积怨雪上加霜。

第一次是周作人主持修订八道湾 11 号房产议约。八道湾 11 号是周氏兄弟于 1919 年共同购置的房产,长兄鲁迅已经去世,修订议约是有必要的;然而,周作人有着自己的用心。1937 年 4 月修订议约,他把许广平、周建人撇在了一边,立议约人被改为周朱氏(朱安)、周作人和周建人(周芳子代)。他采取这种修订议约的方式,意图维护朱安、周芳子母子等几个弱者的地位和财产,同时也可以在一定程度上缓解其面对芳子母子和信子的压力。周作人因汉奸罪被捕后,朱安担心八道湾 11 号被全部作为逆产没收,于 1946 年 1 月 13 日给周海婴的信中告知议约一事,并附议约的抄件②。后来,朱安又把议约拍成照片寄往上海。有鲁迅研究者认为,周作人的行为是在法律允许的范围内,合情合理的③。许广平之子则指"周作人蓄意侵吞八道湾房产"④,与实情不合。

第二次是参与周芳子起诉与周建人离婚。1950 年 4 月,中央人民政府颁布《中华人民共和国婚姻法》,周作人一向关注男

---

① 鲁迅:《340812 致母亲》,《鲁迅全集》13 卷,196 页。
② 《朱安致周海婴》(1946 年 1 月 13 日),《鲁迅研究资料》(16),76 页。
③ 参阅姚锡佩:《琐谈鲁迅家族风波——八道湾房产"议约"引出的话题》;黄乔生:《八道湾十一号》,314 页。
④ 周海婴:《鲁迅与我七十年》,74 页。

女平等、妇女解放问题,自然是十分拥护的,他写了多篇颂扬的文章。周氏在7月11日《亦报》上,以"十山"的笔名发表短文《重婚与离婚》,写道:

> 近来见到北京市人民法院院长的一篇报告,对于重婚等问题有所说明,十分合理,在被压迫的女性真是一个引路的明灯,在婚姻法公布以前的重婚,只要由任何一个关系女性提出离婚,区政府或法院应立即批准或判离,财产上亦给予照顾,但如男方提出与前妻离异,则一般的不批准亦不判离。有人会这样问,这不是违反了自由的原则吗?我们的答复是,给他以损人利己的自由,便违反了保护妇女利益的立法精神。这一节话真是说得好极了,从前在国民党治下,那些官商和知识界的特权阶级停妻再娶极为平常,被害的妇女告诉无门,只好忍受,到了今天才有了自己的政府,有人给她说话了。法律不究既往,即是说不判重婚罪,不是不究其罪行,如对方的虐待、遗弃等罪,照样要依法判处。若在婚姻法公布以后的重婚,这样对前妻的一个实际上是有利的。①

1951年,周芳子由丰二代理,向北京市人民法院起诉周建人,提出与被告离婚,要求被告帮助医疗费,得到周建人已捐献给政府的部分八道湾房产。4月20日法院判决,结果是:确认原告与被告的婚姻关系自1937年1月起消灭,原告请求被告让与房屋等主诉一律驳回,被告与周丰二终止父子间的权利义务关系。芳子不服判决,向最高人民法院提起上诉,7月6日最高人民法院做出终审判决,维持原判。判决理由中有言:"故原审

---

① 周作人:《重婚与离婚》,《知堂集外文·〈亦报〉随笔》,陈子善编,岳麓书社1988年1月,370页。

判决确认双方的婚姻关系自一九三七年一月起消灭,而驳回周芳子的离婚之诉,是完全正确的,合理的。婚姻关系既早已消灭,以往一贯敌视中国人民利益的周芳子,自不得适用一九五一年五月一日所颁布的中华人民共和国婚姻法来向被上诉人要求因婚姻关系而产生的任何权利。周芳子上诉把她以往一贯敌视中国人民的行为,曲解为被上诉人遗弃的结果,这是完全不符合事实的,应予驳回。"[1]判决明显是政治性的。鉴于周作人与芳子的关系,他一贯的思想态度,有理由相信诉讼少不了他的参与,甚至可能由他建议甚至主导。

诉讼的失败又给了芳子一次沉重的打击。据周作人1951年7月22日日记,诉讼失败后,芳子服毒(硝酸银)自杀未遂。俞芳在《我所知道的芳子》中写道:"据说芳子晚年患失眠症,每晚靠服安眠药睡眠,自她的幼子丰三去世,病情加剧。"[2]离婚诉讼失败后,自会每况愈下。

许多年后,周建人打破沉默,在《新文学史料》1983年第4期上发表《鲁迅和周作人》一文,以周氏三兄弟之一的身份来谈鲁迅和周作人的关系。此文与周作人1937年2月9日信有着潜在的对话关系,也就是说只有联系这个文本,才可能对周建人的文章有全面、深入的理解。他借写鲁迅与周作人夫妇的矛盾、周作人在家庭中的状态,间接地谈论和总结自己和八道湾的关系,从而证明他自己人生选择的正确性。作者的态度似乎是平静的、超然的,然而在精神深处依然显示着岁月难以拂去的怨恨。

文中说羽太信子,"她并非出身富家,可是气派极阔,架子

---

[1] 判决书可见周海婴《鲁迅和周建人重婚了吗?》,2009年6月25日《新民周刊》24期。

[2] 俞芳:《我所知道的芳子》,《鲁迅研究动态》1987年7期。

很大,挥金如土",是"占领"八道湾的"奴隶主";而周作人"受到百般的欺凌虐待",是"沉睡中的奴隶",他"意志薄弱","助纣为虐",是八道湾"唯一臣民"。1930年代,周作人写了系列的"日本研究"文章,用具体的事例揭露日本对中国的丑行,而日本文化又尽有其好处,他表示很困惑。周建人说:"这是什么缘故呢?周作人似乎不明白,然而,他更不明白的是,所谓兄弟'失和',全套骂詈殴打,说秽语,不正是上述事件的翻版吗?有军国主义思想的人,要侵略、征服别国或别人,可以制造各式各样、大大小小的事件。我亲眼看到过他们对周作人施用过强盗行径,他完全屈服了,又附和着去欺侮自己的亲兄,那曾经从政治上、思想上、经济上、生活上赤胆忠心帮助过他的人。中国经过八年抗战没有亡,而从鲁迅周作人兄弟来说,却先拆家了。"这里显示了一种家国一体的叙事,与后文所要谈到的"意外相遇"的诀别场面相呼应。在周建人的叙述中,在八道湾11号居住或者居住过的人明显可分为三类:一是以羽太信子为代表的奴役者,二是周作人这个屈从者或者说被奴役者,三是鲁迅、周建人这两个反抗者和出走者(随鲁迅出走的还有鲁瑞和朱安)。羽太芳子只是作为信子帮腔的周作人"小姨"出现过一次,她无疑是属于其姐姐阵营的[①]。

在对羽太信子的指责中,"奴隶主""欺凌虐待"等措辞最为严厉,然而有一些不同的材料。立场靠近周建人一边的俞芳回忆说:"太师母还说,信子平时,对老二和孩子们的生活等各方面,都照顾得很周到的。"她还说"信子深得周作人的信任"[②]。俞芳于1980年代后期写过多篇关于周作人、周建人、羽太信子

[①] 周建人:《鲁迅和周作人》。
[②] 俞芳:《谈谈周作人》,《鲁迅研究动态》1988年6期。

姐妹的文章,应该是读过周建人文章的。有人在新中国成立初失业后,到北京找工作,在周家寄寓过一段时间,和羽太信子有过近距离接触。他印象中的信子是这样的:"她完全是日本型的贤妻良母,鞠躬如也,低声碎步,温良恭俭让,又极像绍兴的老式妇女,使我一点也看不出从前知堂当教授,做伪官领高薪时她会变成阔太太,如今过穷日子才变成这样勤俭朴素。"①周作人确实对羽太信子有过抱怨。他曾有过一个梦中情人,这就是他在《知堂回想录·六六》所记东京旅馆馆主人的妹子兼做下女工作的乾荣子。步入中年以后,周作人日记中还多次记录梦见过她。信子晚年病卧,精神状态不佳,怀疑周作人1937年7月日本之行有外遇,指的可能是与乾荣子有过会面。一段时间里,周作人深受困扰,日记中多有怨言②。在信子去世后,他在1963年4月8日日记中表达了对亡人的怀念:"今日为信子周年忌辰,忆戊申(一九〇八)年初次见到信子,亦是四月八日也。"③由于意识到日记所记可能会引起别人的误解,他在1963年2月19日日记中特地写道:"余与信子结婚五十余年,素无反目情事。晚年卧病,心情不佳。以余弟兄皆多妻,遂多猜疑,以为甲戌东游时有外遇,冷嘲热骂,几如狂易,日记中所记即指此也。"④文洁若回忆说,信子死后,"钱稻孙到周家去吊唁后对我说,羽太信子病笃说胡话时,讲的居然是绍兴话,而不是日语,使周作人大为感动"⑤。周作人曾从日本人著作里,读到清初学者朱舜水在日本临终前的记述:"'舜水归化历年所,能和语,然及

---

① 徐淦:《忘年交琐记》,《闲话周作人》,浙江文艺出版社1996年7月,136页。
② 参阅鲍耀明《周作人晚年书信》(香港真文化出版公司1997年10月)所摘抄周氏1960—1962年日记。
③ 鲍耀明编:《周作人晚年书信》,296页。
④ 鲍耀明编:《周作人晚年书信》,282页。
⑤ 文洁若:《晚年的周作人》,《闲话周作人》,陈子善编,226页。

其病革也,遂复乡语,则侍人不能了解。'……不佞读之怆然有感。舜水所语盖是余姚话也。"①而今从弥留之际的妻子口中听到绍兴话,亦当是"怆然有感"吧。周作人在 2 月 9 日信中说他"间接受累也不少",除了要帮补鲁瑞、朱安、芳子母子,"受累"最重的恐怕要算他的夫妻关系吧。

周建人还在《鲁迅与周作人》结尾部分中重点叙述了他与周作人之间最后的诀别——

> 我想起这与鲁迅生前讲过周作人不如来南方安全的话,正是不谋而合,于是,就写了一封信,恳切地劝他来上海。
>
> 然而,没有得到他片言只字的回音。
>
> 于是,我们就断绝了往来。
>
> 在中国共产党的领导下,八年抗战,艰苦卓绝,人民谱写了历史上可歌可泣的一页;接着,三年内战,像摧枯拉朽一样,推翻了黑暗腐败的反动统治,取得了政权。
>
> 全国解放后不久,有一次,我在教科书编审委员会突然面对面地碰到周作人。我们都不由自主地停了脚步。
>
> 他苍老了,当然,我也如此。只见他颇为凄凉地说:"你曾写信劝我到上海。"
>
> "是的,我曾经这样希望过。"我回答。
>
> "我豢养了他们,他们却这样对待我。"
>
> 我听这话,知道他还不明白,还以为自己是八道湾的主人,而不明白其实他早已只是一名奴隶。
>
> 这一切都太晚了,往事无法追回了。
>
> ……

---

① 周作人:《卖糖》,《药味集》,北京十月文艺出版社 2012 年 2 月,73 页。

只是，我觉得事过境迁，没有什么话要说了。这次意外相遇，也就成了永诀。①

这次成为"永诀"的"意外相遇"是颇富戏剧性的。在新生政权的机构里，一个是政府高官，一个是政治贱民；一个是后悔者，一个是后悔诉说的对象。这"意外相遇"具有某种象征性，作者赋予他逃离八道湾以政治大义。有人提出过疑问："按周作人的性格，只会把这一切默默忍受。迄今没有发现他在解放后向弟弟求助的资料。正相反，他对建人满怀怨恨和蔑视。"②就是在新中国成立初给国家主要领导人的书信中，他的态度也是平等的。在像与鲁迅失和、附逆这样的大事中，周作人从来都没有认过错。据楼适夷说，周氏于1950年代初被安排做人民文学出版社特约翻译，"他要求用周作人的名义出版书，中宣部要他写一篇公开的检讨，承认参加敌伪政权的错误。他写了一个书面材料，但不承认错误，认为自己参加敌伪，是为了保护民族文化。领导上以为这样的自白是无法向群众交代的，没有公开发表，并规定以后出书，只能用周启明的名字"③。

周建人文中只提到1949年以后与周作人的一次会面，其实能够证实的还有一次。1950年1月23日，周建人到过八道湾，不过这次是因为公务。《知堂回想录·一八六》有记，那天出版总署副署长叶圣陶、秘书长金灿然过访，约他译希腊文的书。而这次叶、金二人来，是在另一位副署长周建人陪同下的，周作人有意不提。叶圣陶还有一个身份，《叶圣陶年谱长编》1950年1月13日项下记："教育部与出版总署联合成立教科书编审委员

---

① 周建人：《鲁迅和周作人》。
② 黄乔生：《八道湾十一号》，273页。
③ 楼适夷：《我所知道的周作人》，《鲁迅研究动态》1987年1期。

会,圣陶为主任。"①叶圣陶有当天的日记:"饭后两时,偕乔峰灿然访启明于八道湾。启明于日本投降后,以汉奸罪系于南京,后不知以何因缘由国民党政府释出,居于上海,去年冬初返回北京。闻已得当局谅解。渠与乔峰以家庭事故不睦,来京后乔峰迄未往访,今以灿然之提议,勉一往。"②这次回到八道湾周建人是不情愿的,只因同事的请求,才勉强到往。如果确有周建人所言那次会面的话,可能正是因为这次访问,叶圣陶才会进一步邀请周作人参加教科书编审委员会的活动,于是有了二周在那里相见的机会。具体时间有可能在八道湾见面后不久。我想知道周作人未刊日记中有无参加这个委员会活动的记录,于是与周作人之孙周吉宜先生联系。得到的回答是:"50年日记中没有参加'教科书编审委员会'活动的记录,别的年份的日记也查了,都没有。这个说法以前我们就注意过,查过。"

周作人1939年2月9日信的主要意图是表明对寿席风波的态度,指责周建人"一夫多妻"。是否属于"一夫多妻",可以从当时男方的主观意图、法律、道德、当事人关系现状等方面来看。从主观意图上来说,周建人无疑是没有的,他的新婚姻既不是出于纵欲的目的,亦非意图获得权力和财产,而是以爱情为基础的;从法律上看,是肯定的,因为没有与原配正式离婚,民国时期一夫多妻合法;从道德上看,新旧道德观念不一,结论也迥异。按新道德观念,周建人的新婚姻建立在爱情的基础上,理论上是合乎道德的。然而,由于女方没有独立的生存能力,此事是否合乎道德则意见分歧甚大。按旧道德标准,是有问题的,因为影响了原配在家庭中的地位;从当事人关系的角度看,男方实际上过

---

① 商金林:《叶圣陶年谱长编》3卷,人民教育出版社2005年12月,3页。
② 叶圣陶:《叶圣陶日记》,商务印书馆2018年6月,1154页。

的是严格的一夫一妻生活。当事人面临的是在一个新旧交替时代的尴尬处境,无论是男方还是女方,均为某种程度的受害者;相对而言,作为无过错方的女性缺少独立的经济地位,受害的程度更为深重。正因为如此,周建人选择了承担对女方及其子女的抚养责任。不过,如果没有对新旧杂陈的婚姻实际情况的足够尊重,过于张扬新的姿态,或者执意把新的现象作为旧例来对待,都容易造成或加重婚姻当事人人生的倾斜,并且对相关的人造成伤害。面对周氏两兄弟进退失据的处境,我常常不禁唏嘘。我试图弄清楚事情的来龙去脉,从而加深对周氏三兄弟关系的理解,而无力做出全面而深入的道德或者政治的评价。这个工作只好俟诸方家了。

最后还是感到有些遗憾,虽经多方查找,仍未能发现周作人书信的原件。好在从许广平抄件本身来看,意思完整,且基本上能在周氏的文字和相关材料中找到印证,可信度很高。许广平当初看到这封信,难免产生某些负面情绪,然而她愿意把这封信抄存,并且捐献出来,反映了一个新女性对自己婚姻选择的坦然和自信。我给周建人和王蕴如的三女婿顾明远先生打过电话,他说:"周老没有保存信件的习惯,那时候有些信的内容很敏感,容易招来麻烦。连鲁迅给他的很多信也没有保存,周老说,没想到他后来的名气变得那么大。"

附:1937年2月9日周作人致周建人(许广平抄件)

三弟鉴:玛利子于昨日下午回家,(开明款取来后,望并十五日左右宇宙风社之款汇来为要。玛利子已回来,旅费我想不必再送了。又及。)六日函并款亦收到了。函中提及丰二意甚不平,实为不知自己反省,可谓大谬。丰二在家中是最有感情之一人,平常对于母弟生病时最肯尽心力帮助,(其忽而会转刚狠者,其大半原因或当在于深受军事训练,前得有证书,如入伍即可得什长以上资格也。)此次见其母为妾所苦,其发愤亦是情理所有,往往有人见其父母被窘因而斗殴杀伤者,虽属不幸亦可哀矜也。王女士在你看得甚高,但别人自只能作妾看,你所说的自由恋爱只能应用于女子能独立生活之社会里,在中国倒还是上海男女工人姘姘头勉强可以拉来相比,若在女子靠男人蓄养的社会则仍是蓄妾,无论有什么理论作根据,而前此陈百年所说的多妻之护符到现在亦实实证明并不虚假也。总之在小孩们看来归根结底为了一个妾弄得其母亲如此受苦,"拔刀相向",情形岂不与你从前为了母亲祖母而赶出潘姨相似,丰二眼中当然不能认王为庶母,至于恶意并不"向"你,不过他不能承认你蓄妾为是则亦当然,你如责丰二不逊,则自己亦应反省,古人所云父父子子,反过来便是父不父子不子,两者是相互关系者也。前见你寄 Lombroso 之犯罪论给丰二,丰二未能知悉其中用意,我则深知你意,甚为不愉快,此举谬举大可不必。前回你们父子相见,我所觉得可惜可哀者,即在你将如此好机会错过,如你独自来一趟,家中大家原是"既往不咎",相见一次略可疏通,即小孩们平素感觉你不管他们,"不像父亲",此次亦可消除此种意见,保有普通父子和善关系,及我见你带王同来,便知一切都失败,更无话可说,只能默然,据玛利子说似你反以我为理解你,岂不大冤。我所希望于你者,原只是与芳子不要再多出裂痕,对小孩们给予他们一个良好的印象,而今乃大失败,且不知小孩心中留下你一个怎么印象,念之可怜。我们的父亲虽早死,我却保留一个严正而慈的父亲之印象,祖父则只能引以为戒(即不敢说引为笑柄),平常觉得对不起祖父,事实却无可如何,惜此理你未能早知耳。我有一个缺点,即不大有热情,看见已无希望的事便默然而止,不再多说多做,因为终是徒劳,前回对于你的事不说实在是不应该的,因为你是我的兄弟,置妾事虽与我无直接关系,却间接地受累也不小,论理应当说话,但是我以为说了也无用故不再说,而此意你又不明瞭,故并说明之,——但此次写了许多,虽然你看了未必喜欢,我却是努力盖前愆,觉得比以前更对得你也。 二月九日,作人

参考书目

作品

［日］厨川白村:《苦闷的象征》,鲁迅译,新潮社 1924 年 12 月

［日］厨川白村:《出了象牙之塔》,鲁迅译,未名社 1925 年 12 月

林语堂:《翦拂集》,北新书局 1928 年 12 月

［日］鹤见佑辅:《思想·山水·人物》,鲁迅译,上海北新书局 1929 年

沈启无编:《近代散文抄》(上下),北平人文书店 1932 年 9 月、12 月

林语堂:《大荒集》,上海生活书店 1934 年 6 月

施蛰存编:《晚明二十家小品》,光明书局 1935 年 4 月

袁宏道:《袁中郎全集》(共 4 卷),时代图书公司 1934 年 9—12 月

阿英编校:《现代十六家小品》,光明书局 1935 年 3 月

陈望道编:《小品文和漫画》,生活书店 1935 年 3 月

周作人编选:《中国新文学大系·散文一集》,上海良友图书印刷公司 1935 年 8 月

郁达夫编选:《中国新文学大系·散文二集》,上海良友图书印刷公司 1935 年 8 月

幼松:《汤尔和先生》,金华印书局1942年10月

周作人:《周作人晚年手札一百封》,香港:太平洋图书公司1972年5月

周作人、曹聚仁:《周曹通信集》,香港:南天书业公司1973年8月

唐弢:《晦庵书话》,生活·读书·新知三联书店1980年9月

于力:《人鬼杂居的北平市》,群众出版社1984年3月

朱光潜:《朱光潜全集》(第3、8、9卷),安徽教育出版社1987年8月、1993年2月、1996年11月1版2次印刷

茅盾:《茅盾全集》(第20卷),人民文学出版社1990年

张爱玲:《张爱玲文集》(第4卷),金宏达、于青编,安徽文艺出版社1992年7月

张挺、江小蕙:《周作人早年佚简笺注》,四川文艺出版社1992年9月

吴福辉编:《梁遇春散文全编》,浙江文艺出版社1992年10月

郁达夫:《郁达夫全集》(第6卷),浙江文艺出版社1992年12月

林语堂:《我的话·上册——行素集》,河北教育出版社1994年5月

林语堂:《我的话·下册——披荆集》,河北教育出版社1994年5月

静思编:《张爱玲与苏青》,安徽文艺出版社1994年6月

林语堂:《林语堂名著全集》(第7、10、14、16、18、20、29卷),东北师范大学出版社1994年11月

苏青:《苏青散文全编》,浙江文艺出版社1995年1月

周作人:《周作人集外文》(上下),海南国际新闻出版中心1995年9月

陈子善编:《作别张爱玲》,文汇出版社1996年2月

马逢洋编:《上海:记忆与想象》,文汇出版社1996年2月

丰子恺:《丰子恺随笔精编》,浙江文艺出版社1996年3月

施蛰存:《施蛰存七十年文选》,上海文艺出版社1996年4月

陈子善编:《闲话周作人》,浙江文艺出版社1996年7月

朱自清:《朱自清全集》(第6卷),江苏教育出版社1996年8月2版

阿英:《阿英书话》,北京出版社1996年10月

章克标:《文坛草木》,上海书店出版社1996年12月

刘如溪编:《周作人印象》,学林出版社1997年1月

鲍耀明:《周作人晚年书信》,香港:真文化出版公司1997年10月

许广平:《许广平文集》(第3卷),江苏文艺出版社1998年1月

梁实秋:《文学与革命》,《梁实秋批评文集》(徐静波编),珠海出版社1998年10月

周劭:《午夜高楼——〈宇宙风〉萃编》,上海古籍出版社1999年9月

止庵编:《废名文集》,东方出版社2000年2月

周海婴:《鲁迅与我七十年》,南海出版公司2001年9月

[法]蒙田:《蒙田随笔全集》,潘丽珍等译,译林出版社2001年9月1版第3次印刷

沈从文:《沈从文全集》(第17卷),北岳文艺出版社2002年12月

废名:《莫须有先生传》,广西师范大学出版社2003年1月

子通主编:《林语堂评说七十年》,中国华侨出版社2003年1月

阿英:《阿英全集》(第4卷),安徽教育出版社2003年7月

胡适:《胡适全集》(第2卷),安徽教育出版社2003年9月

胡兰成:《今生今世》,中国社会科学出版社2003年9月

鲍耀明编:《周作人与鲍耀明通信集》,河南大学出版社2004年4月

陈子善编:《张爱玲的风气》,山东画报出版社2004年5月

鲁迅:《鲁迅全集》(共18卷),人民文学出版社2005年

陶希圣:《潮流与点滴》,中国大百科全书出版社2009年1月

周作人:《周作人散文全集》(第6、7、9卷),钟叔河编,广西师范大学出版社2009年4月

周作人:《周作人自编集》(37种,止庵编),北京十月文艺出版社2011年3月

中国社会科学院近代史研究所中华民国史研究室编:《胡适来往书信选》(下),社会科学文献出版社2013年7月

孙玉蓉编注:《周作人俞平伯往来书信集》(修订本),上海译文出版社2014年5月

乐黛云:《师道师说·乐黛云卷》,东方出版社2016年1月

叶圣陶:《叶圣陶日记》,商务印书馆2018年6月

论著

[俄]托尔斯泰:《艺术论》,耿济之译,商务印书馆1921年3月

林语堂译:《新的文评》,上海北新书局1930年1月

梁实秋:《偏见集》,正中书局 1934 年 7 月

胡适:《中国新文学大系·建设理论集》,上海良友图书印刷公司 1935 年 10 月

[俄]托尔斯泰:《艺术论》,丰陈宝译,人民文学出版社 1958 年 5 月

上海图书馆编:《中国近代现代丛书目录》,1980 年 9 月第 2 次印刷

黄美真、张云编:《汪精卫集团投敌》,上海人民出版社 1984 年 2 月

[苏]波斯彼洛夫:《文学原理》,王忠琪、徐京安、张秉真译,生活·读书·新知三联书店 1985 年 8 月

赵毅衡:《新批评——一种独特的形式主义文论》,中国社会科学出版社 1986 年 8 月

北京鲁迅博物馆鲁迅研究室编:《鲁迅研究资料》(16),天津人民出版社 1987 年 1 月

[美]林毓生:《中国意识的危机——五四时期激烈的反传统主义》,穆善培译,贵州人民出版社 1988 年 1 月增订再版

[匈]阿格妮丝·赫勒:《日常生活》,衣俊卿译,重庆出版社 1990 年 7 月

钱理群:《周作人传》,北京十月文艺出版社 1990 年 9 月

朱自清:《朱自清全集》(第 3、4 卷),江苏教育出版社 1990 年

谢德铣:《周建人评传》,重庆出版社 1991 年 1 月

[美]费正清主编:《剑桥中华民国史》(第 2 部),章建刚等译,上海人民出版社 1992 年 9 月

北京大学党史校史研究室,王效挺、黄文一主编:《战斗的历程(1925—1949.2 燕京大学地下党概况)》,北京大学出版社

1993年2月

钱锺书:《七缀集》,上海古籍出版社1994年8月2版

陈平原:《中国现代学术之建立》,北京大学出版社1998年2月

黄开发:《人在旅途——周作人的思想和文体》,人民文学出版社1999年7月

[美]弗雷德里克·詹姆逊:《政治无意识》,王逢振、陈永国译,中国社会科学出版社1999年8月

张菊香、张铁荣:《周作人年谱》,天津人民出版社2000年4月

子通、亦清编:《张爱玲评说六十年》,中国华侨出版社2001年8月

余彬:《张爱玲传》,广西师范大学出版社2001年10月

吴承学、李光摩编:《晚明文学思潮研究》,湖北教育出版社2002年10月

南京市档案馆编:《审讯汪伪汉奸笔录》(上下),凤凰出版社2004年4月

[美]M.H.艾布拉姆斯、杰弗里·高尔特·哈珀姆:《文学术语词典》(10版),吴松江、路雁等编译,北京大学出版社2004年11月

李健吾:《咀华集·咀华二集》,复旦大学出版社2005年5月

商金林:《叶圣陶年谱长编》(第3卷),人民教育出版社2005年12月

张中行:《禅外说禅》,中华书局2006年4月

曹聚仁:《文坛五十年》,东方出版中心2006年1月2版

郭宏安:《从阅读到批评——"日内瓦学派"的批评方法论

初探》,商务印书馆 2007 年 9 月

李强:《厨川白村文艺思想研究》,东方出版社 2008 年 3 月

[日]木山英雄:《北京苦住庵记——日中战争时代的周作人》,赵京华译,生活·读书·新知三联书店 2008 年 8 月

李永圻、张耕华:《吕思勉先生年谱长编》,上海古籍出版社 2012 年 12 月

汪成法:《在言志与载道之间——论周作人的文学选择》,南京大学出版社 2013 年 2 月

[英]特里·伊格尔顿:《美学意识形态》,王杰等译,中央编译出版社 2013 年 12 月

高恒文:《周作人与周门弟子》,大象出版社 2014 年 7 月

黄开发:《周作人精神肖像》,辽宁人民出版社 2015 年 4 月

卢铁澎:《文学思潮论》,人民出版社 2015 年 5 月

黄乔生:《八道湾十一号》,生活书店出版有限公司 2015 年 6 月

[英]以赛亚·伯林:《自由论》,胡传胜译,译林出版社 2015 年 8 月 1 版 4 次印刷

[加]卜正民:《秩序的沦陷——抗战初期的江南五城》,潘敏译,商务印书馆 2015 年 10 月

[英]伊格尔顿:《二十世纪西方文学理论》,伍晓明译,北京大学出版社 2015 年 12 月第 1 版第 8 次印刷

后　记

　　本书提出并论证了1930年代的言志文学思潮。引起我对这个问题关注的是沈启无所编晚明小品选本《近代散文抄》，1932年，此书与周作人《中国新文学的源流》同时由北平人文书店印行，一理论一作品选，互相配合，引发了一场晚明小品热，推动了言志文学思潮的产生。

　　受《近代散文抄》的影响，1930年代中期出版了几本晚明小品选集：《明人小品集》（刘大杰编）、《晚明二十家小品》（施蛰存编）、《晚明小品文库》（阿英编）等。新时期以降，这三本书都有了新版本，而最重要的《近代散文抄》却受到冷落。我与东方出版社联系好，准备重印《近代散文抄》，可是一时联系不到版权继承人。研究者对1949年后的沈启无了解甚少，只知道他在北京师范学院中文系教古代文学。多方联系，最后通过首都师范大学中文系古代文学专业的廖仲安教授，联系上了沈氏长女沈兰女士。

　　2004年12月一个飘着雪花的上午，我前往北京良乡拜访了沈女士。我提出要重印《近代散文抄》，希望得到授权，沈女士显得很慎重，说要和家人商量商量。过了一阵子，她打来电话，约我过去谈谈。再去她家，主人很热情，告知已向我所供职学校的一位退休党委书记了解过，说我可靠。很多有历史问题的家庭经历过屡次的政治运动，到了新时期以后，依然心有余悖。这次她为我提供了一些重要材料,最重要的是一本五十开牛皮纸封面的工作日记,内容为沈启无自己誊抄的写于1968年的多份个人检查,含有不少关于沦陷区文坛的重要史料。2005年2月,我去和平西街沈启无之子沈平子先生家取授权书,受委托全权代理《近代散文抄》的版权事宜。

关于沈启无,我写过几篇文章。其中有一篇论文《一个晚明小品选本与一次文学思潮》(见本书第二章"晚明小品热与言志文学思潮"),发表于《文学评论》2006年第2期,首先提出了"言志文学思潮"的概念。该期杂志的《编后记》把这篇文章作为本期现当代文学方面的重要文章予以介绍,有云:"现代片黄开发的文章敏锐而大胆地论述了'一个晚明小品选本'如何引发了一个现代'言志派'的文学思潮。史料撑起结论,有文有质,不尚空言。"我是由《近代散文抄》走向言志文学思潮研究的,这是我系列论文的第一篇。

自2006年以来,围绕着"言志文学思潮",我断断续续发表了十几篇文章。现在把它们整理成了这本"言志文学思潮论稿",更大规模地论证了这个思潮的存在。我所做的还只是初步的工作,还有很多重要的问题需要研究。如言志文学思潮与左、右翼及京派等文学思潮的关系,以周作人为代表的苦雨斋派,苦雨斋派与论语派的异同,古今言志派的继承与创新,言志派的流向等。我认为,1930年代言志文学思潮与左翼文学思潮代表着新文学的两个主要传统。如果言志文学思潮的面貌不清晰,那么1930年代文学的整体面貌就不会十分清晰。这是一大片长期受到遮蔽或忽视的重要风景。

我发表过的相关文章如下——

1.《一个晚明小品选本与一次文学思潮》,《文学评论》2006

年第2期。该文英文版 An Anthology of Essays of the Late Ming Dynasty and the Self-Expressionists Literary Trend，载 LITERATURE & MODERN CHINA(《文学与现代中国》，四川大学出版社2020年版)，VOL.1, NO.1, 2020

2.《关于〈沈启无自述〉》，《新文学史料》2006年第1期

3.《沈启无自述》(史料整理)，《新文学史料》2006年第1期

4.《沈启无——人和事》，《鲁迅研究月刊》2006年第3期

5.《张爱玲、苏青小品文的创作特色及其意义》，《江苏行政学院学报》2009年第4期

6.《论废名散文的文体》，《江淮论坛》2007年第2期

7.《重印沈启无编〈大学国文〉序》，《鲁迅研究月刊》2010年第7期

8.《张爱玲、苏青、梁遇春》，《书屋》2012年10期

9.《现代小品文的日常书写》，《东岳论丛》2017年第1期

10.《论语派作家的政治身份》，《东岳论丛》2018年第3期

11.《论语派作家小品文话语的政治意味》，《文艺研究》2019年第2期

12.《林语堂与论语派杂志的政治性》，《博览群书》2019年第7期

13.《言志派文论的核心概念溯源》，《鲁迅研究月刊》2020年第4期

书末附录了一篇近作:《周作人致周建人的一封未刊书信》(《新文学史料》2019年第2期)。

谨向以上诸刊的编者表示谢忱!

2019年12月5日于北京海鹡楼